GATOS

ALMA CLÁSICOS ILUSTRADOS

GATOS

RELATOS CLÁSICOS
con una mirada felina

Selección y prólogo de Ana Mata Buil

Ilustrado por
Iratxe López de Munáin

ÍNDICE

Prólogo.. 9

GATOS DE LEYENDA Y FÁBULA

Los domadores de dragones... 19
Edith Nesbit

El gato y el raposo... 35
Jacob y Wilhelm Grimm

Oda al gato.. 37
Pablo Neruda

El gato que iba a su aire.. 41
Rudyard Kipling

El gato y la luna... 53
W. B. Yeats

Los gatos de Ulthar... 55
H. P. Lovecraft

El gato y el ratón... 61
José Joaquín Fernández de Lizardi

El Terror Amarillo.. 65
W. L. Alden

FELINOS DE TODOS LOS COLORES

El gato negro 81
Edgar Allan Poe

El gato de Dick Dunkerman 93
Jerome K. Jerome

La Gata Blanca 101
Edith Nesbit

La vieja y el gato 109
Félix María de Samaniego

El gato 111
Mary E. Wilkins Freeman

La casa de la agonía 119
Luigi Pirandello

Después del bombardeo 125
Emilio Bobadilla y Lunar

Minina 127
Edward Frederic Benson

Atisba un pájaro 139
Emily Dickinson

NOBLES, SOBERANOS Y ALGÚN DEMONIO FELINO

La bienhechora y el gato dichoso 145
Saki

Se erigió un rey 151
Edward Frederic Benson

Canción novísima de los gatos 163
Federico García Lorca

Mi hermana Antonia 167
Ramón María del Valle-Inclán

Los gatos 185
Charles Baudelaire

El espectro 187
Emilia Pardo Bazán

El gato vampiro de los Nabéshima 191
Algernon Bertram Freeman-Mitford

Del temeroso espanto cencerril y gatuno
que recibió don Quijote 199
Miguel de Cervantes

GATOS HUMANIZADOS Y HUMANOS GATUNOS

Penas de amor de una gata inglesa 209
Honoré de Balzac

Soneto (La Gatomaquia) 225
Lope de Vega

El rey de los gatos 227
Stephen Vincent Benét

El gato con botas 245
Charles Perrault

El gato de Dick Baker 251
Mark Twain

El paraíso de los gatos 255
Émile Zola

De cómo un gato encarnó a Robinson Crusoe 261
Charles G. D. Roberts

Cutufato y su gato 273
Rafael Pombo

Tobermory 275
Saki

Soliloquio de una vieja gata moribunda 285
Anna Seward

PRÓLOGO

Minnaloushe repta por la hierba,
solo, sabio e importante,
y a la cambiante luna eleva
sus dos ojos cambiantes.

El gato y la luna, W. B. Yeats

Los gatos son animales refinados, independientes y astutos, a juzgar por los ingeniosos recursos que tienen para ganarse la vida. No obstante, si nos preguntaran qué caracteriza a estos felinos, muchas personas diríamos que es su halo de misterio, su poder de seducción, condensados en esos ojos tornasolados, cambiantes, como los del gato del poema de W. B. Yeats que abre este prólogo. Y como ocurre con todo lo misterioso, esa incógnita es justo lo que nos atrae hacia ellos.

¿Quién no se ha preguntado, al ver un gato esquivo colarse por un agujero o a una felina aventurera dar un salto de vértigo para salvar una tapia, a dónde irán, qué les espera al otro lado? Esa pregunta es la que nos rondaba la mente cuando empezamos a seleccionar poemas y relatos para esta antología. ¿Cómo saber qué motiva a un gato, qué le pasa por la cabeza cuando nos mira con esas pupilas penetrantes? Una buena forma de intentarlo es dejar que el propio gato hable, aunque sea a través de la imaginación de los autores que se han puesto en la piel de este animal, en cuentos como «El gato de Dick Baker», de Mark Twain; «La casa de la agonía», de Luigi Pirandello; y «El espectro», de Emilia Pardo Bazán, así como en poemas de la talla de «Atisba un pájaro», de Emily Dickinson, y del soneto «La Gatomaquia», de Lope de Vega.

Sin embargo, ese no es el único interrogante que generan los gatos. Tan misteriosas como su paradero son sus compañías. ¿De qué hablan los gatos cuando maúllan y gimen casi como criaturas humanas? ¿Qué defienden cuando se plantan cara unos a otros y o bien establecen o bien desafían la jerarquía de la colonia? Vistos de cerca, estos pequeños felinos tienen mucho que enseñarnos... Y ¿cuál es su relación con las personas? ¿Quién es amo de quién cuando conviven? A juzgar por la experiencia de muchos amantes de los felinos, y a diferencia de los perros, a los que con frecuencia decimos que «adoptamos», en el caso de los gatos son ellos los que nos aceptan (o no) en su particular familia. Son ellos los que, mimosos o ariscos, sientan las bases de hasta dónde llegará esa relación. Como dice Edward Frederic Benson en «Minina»: «Los gatos nos utilizan, y si les damos satisfacción, pueden llegar a adoptarnos». Un comentario nada romántico que más de uno compartiría...

Así pues, con la intención de acercarnos a estos animales tanto como nos dejen y ver qué importancia y simbolismo han tenido a lo largo de los siglos, ofrecemos aquí más de una treintena de cuentos y poemas dedicados a los gatos. Algunos son de sobra conocidos e imprescindibles, como «El gato negro», de Edgar Allan Poe, o los poemas «Canción novísima de los gatos», de Federico García Lorca, y «Los gatos», de Charles Baudelaire. Otros son inéditos en castellano (por ejemplo, el poema «Soliloquio de una vieja gata moribunda», de la poeta del siglo XVIII Anna Seward) o apenas difundidos en nuestro sistema literario, como los ingeniosos cuentos de Edward Frederic Benson, de quien incluimos «Minina» y «Se erigió un rey», dos historias que pueden leerse de forma independiente pero también secuencial, complementaria, emulando a esos gatos que van a su aire pero que, en ocasiones, se aproximan con sigilo a un congénere para frotarse un momento con él y comunicarse antes de seguir su camino.

Algunos de los cuentos son alegóricos y marcadamente adultos. Pensemos, por ejemplo, en el fantástico «Penas de amor de una gata inglesa», de Honoré de Balzac, o en «El gato vampiro de los Nabéshima», de Algernon Bertram Freeman-Mitford, ambos presentados aquí con una traducción nueva. Otros, en cambio, podrían considerarse cuentos infantiles (como los tiernos relatos «La Gata Blanca» y «Domadores de dragones», de Edith Nesbit, o el imperecedero «El gato con botas», de Charles Perrault), si no fuera por el trasfondo de las imágenes evocadas. Juntas, las diversas obras de estos escritores que vivieron entre el siglo XVI y el XX dialogan y ejemplifican la variedad de mininos que aún hoy pueblan las calles y casas de pueblos y ciudades.

En concreto, el libro se divide en cuatro partes, cada una de ellas centrada en una faceta de los felinos, pero, como es natural, completada y enriquecida por las otras partes. La primera se titula «Gatos de leyenda y fábula» y pretende ser un homenaje a esa figura legendaria, idealizada desde el antiguo Egipto, y presente en obras tan dispares como los cuentos de los hermanos Grimm y las oscuras historias de H. P. Lovecraft («Los gatos de Ulthar», con su impactante arranque: «Cuentan que en Ulthar, allende el río Skai, derramar sangre de gato se considera un delito») y de W. L. Alden («El Terror Amarillo»). La segunda parte es «Felinos de todos los colores», la antítesis del famoso dicho «De noche todos los gatos son pardos». Gracias a cuentos como los de Edgar Allan Poe, Jerome K. Jerome y Ramón María del Valle-Inclán, en los que el color del gato (negro, rubio, pardo, blanco...) es algo más que una característica del pelaje, o a poemas como «Canción novísima de los gatos», de Federico García Lorca, con su «gato elegante con gesto de león» que ya no solo tiene color en el cuerpo, sino también en «su alma verde», tomamos conciencia de la variedad de felinos que maúllan desde los tejados, los callejones y las terrazas.

En tercer lugar, tenemos «Nobles, soberanos y algún demonio felino», donde se destaca ese carácter sofisticado y en ocasiones déspota que pueden presentar los gatos. Aquí aparecen, entre otros, «La bienhechora y el gato dichoso», de Saki, «un ser que se dedica a soñar», y «Se erigió un rey», donde Benson compara ciertos gatos con Enrique VIII o con la reina Isabel en un retrato de la sociedad inglesa. También el poema «Los gatos», de Baudelaire, y el episodio «Del temeroso espanto cencerril y gatuno que recibió Don Quijote» se presentan en esta sección. Por último, la cuarta parte está dedicada a «Gatos humanizados y humanos gatunos». En sus páginas encontramos gatos que hablan y piensan casi como personas, y que a menudo nos superan en inteligencia y *savoir faire*. Basta con conocer a la gata inglesa que se enamora de un arrollador gato francés en el cuento de Honoré de Balzac o al inteligente gato gris de Mark Twain para comprobarlo. Junto a ellos hay seres humanos que se comportan igual que si tuvieran bigotes y zarpas, o una impresionante cola felina, al estilo del inolvidable «El rey de los gatos», de Stephen Vincent Benét.

Antes de cerrar este espacio y abrir la gatera, nos gustaría mencionar a las personas que hay detrás de dichas creaciones literarias. Pensamos, por supuesto, en sus autores, que han tenido el ingenio ¡y el atrevimiento! de ponerse en la piel y en la mente de los gatos y deleitarnos con reflexiones como las de Rudyard Kipling («el más salvaje de todos los animales era el Gato: él iba a su aire y tanto le daba estar en un sitio como en otro») y versos como los de Pablo Neruda: «El gato, / solo el gato / apareció completo / y orgulloso». Y también, cómo no, pensamos en esa otra clase de autores, quienes han traducido los cuentos de la antología que estaban escritos en otros idiomas. Su labor ha permitido que estas páginas cuenten con poemas y relatos creados originalmente en alemán, inglés, francés o italiano. De ese modo, la muestra se ha vuelto más variada y novedosa, pues ya se sabe que cada reinterpretación de un texto puede ofrecer matices nuevos y aportar nuevos placeres literarios.

No obstante, por encima de todo, están las otras personas que siguen a estos misteriosos gatos, los lectores que ahora tenéis el libro en las manos y os disponéis a entrar en la psique gatuna. Algunos ya seréis aficionados a los relatos y poemas de esta temática, y disfrutaréis con la mezcla de creaciones conocidas y novedosas; otros tal vez abordéis la lectura de esta antología como forma de entrar en el apasionante mundo felino. Con intención de que cada persona encuentre algo atractivo, hemos seleccionado estos cuentos y poemas que ahora se acercan a vuestra pierna, zalameros, para que los acariciéis.

Ana Mata Buil
Barcelona, noviembre de 2023

GATOS DE LEYENDA Y FÁBULA

Los gatos han fascinado al ser humano desde hace siglos. Su carácter indómito, su astucia, su independencia... han llevado a los escritores de todos los tiempos a dedicarles cuentos y fábulas, y a fantasear sobre su origen. Por ejemplo, Edith Nesbit relaciona estos pequeños felinos con los dragones en un relato entretenidísimo y Rudyard Kipling nos recuerda que el gato prefiere campar a sus anchas, sin dejarse domesticar. Ya sea con el aire fabuloso de los hermanos Grimm o con el tono siniestro de Lovecraft, estos relatos y poemas nos recuerdan que los gatos, animales legendarios, merecen respeto.

LOS DOMADORES DE DRAGONES

EDITH NESBIT

Había una vez un castillo muy muy viejo... Era tan viejo que sus muros y torretas y entradas y arcos se habían convertido en ruinas, y de todo su gran esplendor ya solo quedaban dos pequeñas estancias; y allí fue donde el herrero John montó su forja. Era tan pobre que no podía vivir en una casa en condiciones y nadie le pedía alquiler por alojarse en las habitaciones de aquel ruinoso lugar, porque todos los lores del castillo habían muerto hacía muchísimos años. Así pues, allí John usaba el fuelle y daba martillazos al hierro y hacía todos los encargos que le salían al paso. En realidad, no tenía mucho trabajo, porque la mayor parte del negocio iba a parar a manos del alcalde de la localidad, que además era un herrero floreciente y poseía una forja inmensa que daba a la plaza del pueblo, y tenía doce aprendices, que se pasaban el día martilleando como pájaros carpinteros, y doce oficiales para dar órdenes a los aprendices, y una fragua patentada y un martillo automático y fuelles eléctricos y todos los artilugios imaginables. Por eso, como es natural, la gente del pueblo, cada vez que quería poner herraduras a un caballo o necesitaba arreglar el asta de una flecha, iba a ver al alcalde. Y el herrero John se ganaba la vida lo mejor que podía, con los escasos encargos ocasionales de viajeros y desconocidos que no sabían que la forja del alcalde era muy superior. Las dos estancias eran cálidas y le protegían de los elementos, pero no eran muy espaciosas; así pues, el herrero decidió guardar el hierro viejo y todos sus cachivaches y sus fardos de leña y sus dos peniques de carbón en la inmensa mazmorra que había en el sótano del castillo. Desde luego, era una mazmorra muy elegante, con un hermoso techo abovedado y grandes aros de hierro empotrados en la pared, muy fuertes y convenientes para atar a los cautivos, y en un rincón había un tramo roto de escaleras anchas que nadie sabía a dónde conducían. Ni siquiera los lores del castillo en los viejos tiempos habían sabido nunca a dónde llevaban aquellos peldaños, pero de vez en cuando arrojaban a algún prisionero escaleras abajo con su típica despreocupación y ánimo esperanzado y, como era lógico, los prisioneros jamás regresaban. El herrero nunca se había atrevido a bajar más allá del séptimo escalón, y yo tampoco... Así pues, no sé más que él acerca de qué se esconde al pie de esa escalera.

El herrero John tenía una esposa y un hijo recién nacido. Cuando su mujer no estaba haciendo las tareas del hogar, daba de mamar al pequeño y lloraba al recordar los días felices vividos en casa de su padre, quien tenía diecisiete vacas y vivía perdido en el campo, y al pensar en cuando John solía ir a cortejarla las noches de verano, elegante como un pincel, con una flor en el ojal. Y ahora a John empezaban a salirle canas y apenas tenían qué comer.

En cuanto al recién nacido, lloraba mucho y en el momento más inesperado; por la noche, cuando su madre lo acostaba, siempre se echaba a llorar, sin pausa y a pleno pulmón, de modo que era imposible descansar. Por eso la madre estaba muy cansada. El retoño podía compensar las malas noches durmiendo de día si le apetecía, pero la pobre madre no. Así pues, siempre que no tenía otra cosa que hacer, se sentaba a llorar, porque estaba agotada de tanto trabajo y tantas preocupaciones.

Una tarde, el herrero estaba ocupado con su forja. Estaba preparando una herradura para la cabra de una dama muy rica, que deseaba comprobar si a su cabra le gustaba que la herraran, además de asegurarse de si la herradura le costaría cinco peniques o siete peniques antes de encargar el juego entero. Era el único encargo que había tenido John en toda la semana.

Y mientras trabajaba, su esposa, que estaba sentada, daba de mamar al recién nacido, quien, para asombro de todos, no estaba llorando.

En ese momento, por encima del ruido del fuelle y por encima del clonc clonc del hierro, se impuso otro sonido. El herrero y su mujer se miraron a los ojos.

—No he oído nada —dijo él.

—Yo tampoco —dijo ella.

Pero el ruido aumentó de volumen, y los dos estaban tan ansiosos por no oírlo que el herrero se puso a golpear la herradura de la cabra con el martillo mucho más fuerte de lo que había martilleado en su vida, y ella empezó a cantarle al niño, algo que no había tenido ánimo de hacer en varias semanas.

Sin embargo, entre el fuelle, los martillazos y la canción, el ruido se oyó todavía más fuerte, y cuanto más se esforzaban por ignorarlo, más se veían obligados a oírlo. Era como si una criatura inmensa ronroneara, ronroneara... y la razón por la que no querían creer que lo habían oído de verdad era que procedía de la inmensa mazmorra del sótano, donde estaba el hierro viejo, la leña y los dos peniques de carbón, así como los peldaños rotos que se perdían en la oscuridad y terminaban nadie sabía dónde.

—Es imposible que sea algo de la mazmorra —dijo el herrero, limpiándose la cara—. Bueno, en cualquier caso, tendré que bajar dentro de un momento a buscar más carbón.

—Claro, ahí abajo no hay nada. ¿Cómo va a haber algo? —dijo su mujer.

Y se esforzaron tanto en creer que no podía haber nada que en ese momento casi llegaron a convencerse.

Entonces, el herrero agarró la pala con una mano y el martillo para remachar con la otra, y se colgó la vieja linterna del establo del dedo meñique. Así ataviado, bajó a buscar el carbón.

—No me llevo el martillo porque piense que hay algo, ¿eh? —comentó—. Me resulta práctico para romper los trozos grandes de carbón.

—Te entiendo perfectamente —dijo su esposa, que había llevado el carbón a casa esa misma tarde en el delantal y sabía que era fino como el polvo.

Así pues, el herrero bajó la escalera de caracol que daba a la mazmorra y se quedó al pie con la linterna en alto, por encima de la cabeza, para comprobar que la mazmorra estuviera en efecto tan vacía como de costumbre. Y sí, una mitad estaba vacía como de costumbre, salvo por el hierro viejo y los cachivaches, y por la leña y el carbón. Pero la otra mitad no estaba vacía. Al revés, estaba bastante llena, y de lo que se había llenado era... de un dragón.

«Seguro que ha subido por esos repugnantes peldaños de vete a saber dónde», se dijo el herrero, temblando de la cabeza a los pies, e intentó subir a hurtadillas la escalera de caracol.

Pero el dragón era mucho más rápido que él: sacó una garra inmensa y lo atrapó por la pierna y, al moverse, tintineaba como un gigantesco manojo de llaves, o como la plancha de metal que sacuden en el teatro para simular el trueno.

—No te irás —dijo el dragón, casi farfullando, como un duende enfadado.

—Ay, ¿qué será de mí? —se lamentó el pobre John, que temblaba más que nunca bajo la garra del dragón—. ¡Así acabará este respetable herrero!

El dragón pareció muy impresionado por el comentario.

—¿Te importaría repetir lo que has dicho? —preguntó con suma educación.

—Así... acabará... este... respetable... herrero.

—No lo sabía —dijo el dragón—. ¡Qué casualidad! Eres justo el hombre que necesitaba.

—Eso me ha parecido oírte decir antes —dijo John, sin poder evitar que le castañetearan los dientes.

—No, no, no me refiero a eso —dijo el dragón—. Me gustaría que hicieras un trabajo para mí. Se me han salido algunos de los remaches de un ala, justo por encima de la articulación. ¿Podrías arreglarlos?

—Tal vez sí, señor —dijo John, con mucha educación, porque uno siempre debe ser educado con los posibles clientes, aunque se trate de un dragón.

—Un maestro artesano (porque eres un maestro, ¿verdad?) sabe ver en un minuto qué es lo que falla —continuó el dragón—. Mira, acércate aquí y palpa mi coraza metálica, por favor.

Con timidez, John rodeó al dragón en cuanto este apartó la garra; y, tal como le había dicho el animal, vio que el ala del dragón colgaba de un modo muy raro y varias de las piezas cercanas a la articulación necesitaban unos remaches.

Daba la impresión de que el dragón estaba cubierto casi por completo por una armadura de hierro —era de un color rojo óxido, leonado; seguro que a causa de la humedad— y debajo de la armadura parecía tener una capa peluda.

John notó cómo el corazón se le ensanchaba por su vocación de herrero y se sintió más cómodo.

—Desde luego, no le irían mal un par de remaches, señor —comentó—. Es más, necesita muchos.

—Bueno, pues ponte a trabajar —dijo el dragón—. En cuanto me arregles el ala, iré a devorar a todo el pueblo, y si haces un trabajo fino te comeré el último. ¡Venga!

—No quiero que me coma el último, señor —dijo John.

—Bueno, pues entonces me lo comeré el primero —dijo el dragón.

—Tampoco quiero que haga eso, señor —dijo John.

—A ver si te aclaras, tontorrón —dijo el dragón—. Parece que no sabes ni lo que quiere esa cabeza de chorlito. Vamos, ponte manos a la obra.

—No me gusta este encargo, señor —dijo John—, le digo la verdad. Sé lo fácil que es que haya algún accidente. Todo va bien, como la seda, y todo son «Por favor, ponme los remaches y te comeré el último»… Y luego, te pones a trabajar y le das al caballero un golpecito o le hundes un poco el martillo por debajo de los remaches… y entonces, empieza el fuego y el humo y no hay disculpas que valgan.

—Te doy mi palabra de honor de dragón —dijo el otro.

—Sé que no lo haría usted a propósito, señor —dijo John—, pero cualquier caballero daría un respingo o resoplaría si le pellizcaran o le dieran un golpe, y uno de sus resoplidos bastaría para acabar conmigo. ¿Por qué no me deja que lo ate primero?

—Me parece muy poco digno —objetó el dragón.

—Siempre atamos a los caballos —dijo John—, y es el «animal noble».

—Sí, de acuerdo —dijo el dragón—, pero ¿y cómo puedo saber si vas a desatarme cuando termines con los remaches? Dame algo en prenda. ¿Qué es lo que más aprecias?

—Mi martillo —contestó John—. Un herrero no es nada sin su martillo.

—Pero te hará falta para remachar las piezas. Tienes que pensar en otra cosa, y cuanto antes, o te comeré el primero.

En ese momento, el recién nacido empezó a chillar en la planta de arriba. Su madre estaba tan callada que la criatura pensó que la mujer ya se disponía a pasar la noche y que era el momento de empezar con su concierto.

—¿Qué ha sido eso? —preguntó el dragón con tal sobresalto que todas las placas de metal de su cuerpo se sacudieron.

—Ah, el crío, nada más —dijo John.

—¿Y eso qué es? —preguntó el dragón—. ¿Algo que aprecias?

—Bueno, sí, señor, bastante —dijo el herrero.

—Pues tráemelo —dijo el dragón—. Y yo cuidaré de él hasta que termines de remacharme el ala. Entonces te dejaré que me ates.

—Muy bien, señor —dijo John—, pero tengo que advertirle algo. Los recién nacidos son veneno para los dragones, así que no le engaño. No pasa nada si lo toca..., pero no se le ocurra metérselo en la boca. No me gustaría ver que le ocurre algo malo a un caballero tan apuesto como usted.

El dragón ronroneó al oír ese halago y dijo:

—Muy bien, iré con cuidado. Ahora ve a buscar esa cosa, sea lo que sea.

Dicho esto, John corrió escaleras arriba tan rápido como pudo, pues sabía que, si el dragón se impacientaba antes de atarlo, sería capaz de levantar el techo de la mazmorra con una sacudida del lomo y los mataría a todos, aplastados entre las ruinas. Su mujer estaba dormida, pese a los llantos del bebé, así que John cogió en brazos a la criatura, bajó al sótano y la colocó entre las garras delanteras del dragón.

—Basta con que le ronronee, señor —dijo el herrero—, y será tan bueno como el pan.

Así pues, el dragón ronroneó, y eso le gustó tanto al recién nacido que dejó de llorar.

Entonces John rebuscó entre el montón de hierro viejo y encontró unas cadenas pesadas y una argolla grande que había sido fabricada en los tiempos en los que los hombres cantaban mientras trabajaban y ponían el corazón en su labor, de modo que los objetos que fabricaban eran lo bastante resistentes para soportar el peso de mil años, por no hablar del peso de un dragón.

John le colocó la argolla del cuello y las cadenas al dragón y, tras haberlas cerrado todas con candado para estar a salvo, se puso manos a la obra para averiguar cuántos remaches harían falta.

—Seis, ocho, diez... Veinte, cuarenta —fue diciendo—. No tengo ni la mitad de los remaches necesarios en la herrería. Si me disculpa, señor, me acercaré a otra forja para coger algunas docenas. Será un momento.

Y se puso en camino, dejando al recién nacido entre las patas delanteras del dragón. El chiquillo se reía y cacareaba encantado ante el sonoro ronroneo del animal.

John corrió a toda velocidad hasta la aldea y fue a buscar al alcalde y a las autoridades.

—Hay un dragón en la mazmorra —anunció—. Lo he encadenado. Ahora vengan a ayudarme a quitarle a mi hijo.

Y se lo contó todo.

Pero resultó que todos tenían otros compromisos para esa tarde; así que alabaron la astucia de John y dijeron que estaban encantados de dejar el asunto en sus manos.

—Pero ¿y qué pasa con mi hijo? —preguntó John.

—Ah, bueno —dijo el alcalde—, si le ocurriera algo, siempre podrá recordar que su bebé pereció por una buena causa.

Así pues, John regresó a casa y le contó a su mujer parte de lo sucedido.

—¡Le has dado nuestro hijo al dragón! —chilló ella—. ¡Menudo padre desnaturalizado!

—Chist —dijo John, y le contó otra parte de la historia—. Mira, ahora voy a bajar. Cuando me despida del dragón, baja tú y, si mantienes la cabeza fría, no le ocurrirá nada al pequeño.

Dicho esto, el herrero bajó a la mazmorra y se encontró con el dragón ronroneando con todas sus fuerzas para que el bebé estuviera callado.

—Date prisa, por favor —le dijo el animal—. No podré soportar esta tortura toda la noche.

—Cuánto lo siento, señor —dijo el herrero—, pero todas las tiendas estaban cerradas. Habrá que esperar a mañana para que pueda acabar mi labor. Y no se olvide de que me ha prometido que cuidaría del bebé. Me temo que le resultará un poco cansino, pero en fin... Buenas noches, señor.

El dragón siguió ronroneando hasta que se quedó sin aliento; entonces paró y, en cuanto todo estuvo en calma, el recién nacido pensó que todos debían de haberse ido a dormir y que era el momento de ponerse a gritar. Así que empezó.

—Ay, dios mío —dijo el dragón—, esto es horroroso.

Le dio unas palmaditas al chiquillo con la garra, pero este gritó todavía más fuerte.

—Yo también estoy agotado —dijo el dragón—. Y yo que pensaba que dormiría bien esta noche.

El bebé siguió berreando.

—Después de esto jamás volveré a tener paz —dijo el dragón—. Esto machaca los nervios de cualquiera. Chist, venga... Va, bonito, ya...

E intentó tranquilizar al bebé como si fuese una cría de dragón. Pero cuando empezó a cantar «Duérmete, dragón», el niño se puso a chillar más y más.

—Es imposible hacer que se calle —dijo el dragón; y entonces vio de repente a una mujer sentada en los peldaños—. Anda, mira, ¿sabes algo sobre bebés?

—Sí, un poco —dijo la madre.

—Pues ojalá pudieras llevarte a este y dejarme dormir en paz —dijo el dragón, entre bostezos—. ¿Por qué no me lo traes por la mañana, antes de que vuelva el herrero?

En cuanto lo oyó, la madre cogió en brazos al pequeño y lo subió a la habitación y se lo contó a su marido, y todos se fueron a dormir felices, porque habían atrapado al dragón y salvado al bebé.

Y al día siguiente, John bajó y le contó al dragón sin alterarse cómo estaban las cosas, y puso una puerta de metal con un ventanuco enrejado y la colocó al pie de las escaleras, y el dragón rugió furioso durante días y días, pero cuando descubrió que no servía de nada, se calló.

Entonces, John fue a ver al alcalde y le dijo:

—He apresado al dragón y he salvado el pueblo.

—Noble salvador —exclamó el alcalde—, haremos una colecta en tu honor y te homenajearemos en público con una corona de laurel.

A continuación, el alcalde puso cinco libras a nombre del herrero, y cada una de las autoridades dio tres más, y otras personas entregaron sus guineas y medias guineas y medias coronas y coronas enteras, y mientras se recaudaba el dinero, el alcalde encargó tres poemas, que él mismo pagaría, al poeta del pueblo para celebrar la ocasión. Los poemas despertaron gran admiración, sobre todo por parte del alcalde y las autoridades.

El primer poema hablaba de la noble conducta del alcalde al organizar la caza del dragón. El segundo describía la espléndida ayuda prestada por las autoridades. Y el tercero expresaba el orgullo y el júbilo del poeta al habérsele permitido cantar tales hazañas, ante las cuales los actos de san Jorge parecerían una chiquillada para todas las personas con sentimientos en el corazón y una mente bien equilibrada.

Cuando terminaron con la colecta había mil libras, y se estableció un comité para decidir qué hacer con el dinero. Un tercio se destinó a pagar un banquete para el alcalde y las autoridades; otro tercio se gastó en comprar una banda de oro con un dragón bordado encima para el alcalde, así como medallas de oro con dragones grabados para las autoridades; y lo restante fue para cubrir los gastos del comité.

Así pues, no quedó nada para el herrero salvo la corona de laurel y la certeza de que en realidad había sido él quien había salvado al pueblo. Pero después de aquel episodio, las cosas mejoraron un poco para el herrero. Para empezar, su hijo ya no lloraba tanto como antes. Luego, la señora rica propietaria de la cabra se conmovió tanto por la noble acción de John que le encargó todo un juego de herraduras a dos chelines y cuatro peniques, e incluso le dio de propina dos chelines y seis peniques en agradecido reconocimiento por su conducta altruista. Luego los turistas tomaron la costumbre de desplazarse hasta allí desde muy lejos y pagarle dos peniques por cabeza a cambio de bajar las escaleras y echar un vistazo por la ventana enrejada al dragón oxidado de la mazmorra... y costaba tres peniques extra cada uno si el herrero encendía una llama de colores para verlo, que, dado que la llama era extremadamente corta, cada vez que la prendía sacaba dos peniques y medio de beneficio neto. Y la esposa del herrero solía ofrecerles té a nueve peniques la taza y, en conjunto, las cosas fueron mejorando semana tras semana.

El niño (al que llamaron John, en honor de su padre, y denominaban Johnnie para distinguirlo), empezó a crecer a pasos de gigante. Era muy amigo de Tina, la hija del pulidor de metales, que vivía casi enfrente del castillo. Era una niña encantadora, con coletas rubias y ojos azules, y nunca se cansaba de oír la historia de cómo Johnny, cuando era recién nacido, había tenido de niñera a un auténtico dragón.

Los dos niños solían ir juntos a espiar al dragón por la ventana enrejada de hierro y algunas veces lo oían gemir con mucha pena. Y entonces encendían una llama de colores de medio penique para observarlo mejor. Y con el tiempo se hicieron mayores y más listos.

En fin, el caso es que un día el alcalde y las autoridades, mientras cazaban liebres con sus trajes de oro, volvieron gritando a las puertas de la localidad con la noticia de que un gigante cojo y jorobado, tan grande como una iglesia de hojalata, se acercaba por la marisma hacia el pueblo.

—Estamos perdidos —dijo el alcalde—. Le daré mil libras a quien consiga mantener al gigante alejado del pueblo. Yo sé lo que come... a juzgar por sus dientes.

Al parecer, nadie sabía qué hacer. Pero Johnnie y Tina, que lo habían oído, se miraron a los ojos y corrieron tan rápido como se lo permitían sus botas.

Cruzaron la forja a la carrera y bajaron los peldaños de la mazmorra. Luego llamaron a la puerta de hierro.

—¿Quién anda ahí? —dijo el dragón.

—Nosotros, nadie más —dijeron los niños.

Y el dragón estaba tan aburrido después de diez años solo que les dijo:

—Entrad, queridos.

—¿No nos harás daño ni nos escupirás fuego ni nada parecido? —preguntó Tina.

Y el dragón contestó:

—Ni por todo el oro del mundo.

Así pues, entraron y hablaron con él, y le contaron qué tiempo hacía fuera y qué salía en los periódicos, hasta que al final Johnnie dijo:

—Hay un gigante cojo en el pueblo. Te busca.

—¿En serio? —preguntó el dragón, enseñando los dientes—. ¡Ojalá pudiera liberarme de esto!

—Si te dejáramos libre, tal vez podrías escapar antes de que te atrapara.

—Sí, tal vez sí —respondió el dragón—, pero bueno, tal vez no.

—¿Por qué? ¿No querrías luchar contra él? —dijo Tina.

—No —dijo el dragón—. Soy un dragón pacífico, os lo aseguro. Dejadme salir y lo veréis.

De modo que los niños soltaron la argolla del cuello y las cadenas del dragón, que derribó un rincón de la mazmorra y salió… Pero se detuvo junto a la puerta de la forja para que el herrero le remachara el ala.

Se topó con el gigante cojo a las puertas del pueblo, y el gigante golpeó al dragón con la porra como si martillease hierro fundido, y el dragón se comportó como lo haría una fundición: con fuego y humo. La estampa era aterradora, y la gente la observaba de lejos; a todos les flaqueaban las piernas con cada golpe, pero volvían a levantarse para seguir mirando.

Por fin ganó el dragón y el gigante se escabulló por la marisma, y el dragón, que estaba agotado, volvió a casa para descansar, y anunció su intención de comerse a los habitantes del pueblo a la mañana siguiente. Se cobijó en su vieja mazmorra porque la ciudad le era desconocida y no sabía de ningún otro alojamiento respetable. Entonces, Tina y Johnnie fueron a ver al alcalde y a las autoridades.

—El tema del gigante está resuelto —dijeron los niños—. Por favor, dennos las mil libras de recompensa.

Pero el alcalde respondió:

—No, no, hijo mío. No sois vosotros los que habéis ahuyentado al gigante, sino el dragón. Supongo que lo habréis encadenado de nuevo, ¿verdad? Cuando él venga a reclamar la recompensa, se la daremos.

—Todavía no lo hemos encadenado —dijo Johnnie—. ¿Quieren que lo envíe a que reclame la recompensa?

Pero el alcalde dijo que no hacía falta; y entonces ofreció otras mil libras a la persona que lograra inmovilizar otra vez al dragón.

—No confío en usted —dijo Johnnie—. Mire cómo trató a mi padre cuando encadenó al dragón hace tiempo.

Pero la gente que escuchaba desde la puerta los interrumpió y dijo que, si Johnnie lograba encadenar al dragón una vez más, quitarían al alcalde y dejarían que Johnnie ocupase el puesto. Porque hacía tiempo que estaban descontentos con el alcalde y pensaron que les iría bien un cambio.

Entonces, Johnnie dijo:

—Trato hecho.

Y se puso en camino de la mano de Tina. Llamaron al resto de sus amigos y les propusieron:

—¿Nos ayudáis a salvar el pueblo?

Y todos los muchachos dijeron:

—Sí, claro. ¡Qué divertido!

—Perfecto —dijo Tina—, entonces id a la forja con vuestros cuencos de pan con leche mañana a la hora del desayuno.

—E incluso si llego a alcalde —dijo Johnnie—, daré un banquete y estaréis invitados. Y solo habrá cosas dulces de principio a fin.

Todos los niños prometieron hacerlo y, a la mañana siguiente, Tina y Johnnie arrastraron el gran barreño para lavarse por la escalera de caracol.

—¿Qué es ese ruido? —preguntó el dragón.

—Era solo la respiración de un gigante inmenso —dijo Tina—. Ahora ya se ha ido.

Entonces, cuando todos los niños del pueblo llevaron el pan con leche, Tina lo vertió en el barreño y, cuando estuvo lleno, la niña llamó a la puerta de metal con el ventanuco enrejado.

—¿Podemos pasar? —preguntó.

—Ah, claro —dijo el dragón—. Aquí me aburro mucho.

Así pues, entraron y, con la ayuda de otros nueve niños, levantaron el inmenso barreño y lo dejaron junto al dragón. Entonces, los demás amigos se marcharon y Tina y Johnnie se sentaron y se echaron a llorar.

—¿Qué es eso? —preguntó el dragón—. ¿Y qué ocurre?

—Eso es pan con leche —respondió Johnnie—. Es nuestro desayuno..., todo el que tenemos.

—Bueno —dijo el dragón—, no sé a qué viene lo de traerme el desayuno. Voy a comerme a todos los habitantes del pueblo en cuanto haya descansado un rato.

—Querido señor dragón —dijo Tina—, preferiríamos que no se nos comiera. ¿Acaso le gustaría que alguien se lo comiera a usted?

—Por supuesto que no —confesó el dragón—, pero nadie se me comerá.

—No lo sé —dijo Johnnie—, hay un gigante...

—Ya lo sé. Luché contra él y le di una buena tunda...

—Sí, pero ahora viene otro... El gigante contra el que luchó no era más que su hijo pequeño. El que se acerca ahora es el doble de grande.

—Es siete veces más grande —dijo Tina.

—No, nueve veces —rectificó Johnnie—. Es más alto que el campanario.

—Ay, madre —dijo el dragón—. No me lo esperaba.

—Y el alcalde le ha contado dónde está usted —continuó Tina—, y vendrá a comérselo en cuanto haya afilado su enorme cuchillo. El alcalde le contó que era usted un dragón salvaje..., pero no le importó. Dijo que solo comía dragones salvajes... con salsa de pan.

—Qué fastidio —dijo el dragón—. Y supongo que esta cosa pastosa del barreño es la salsa de pan, ¿verdad?

Los niños le dijeron que sí.

—Aunque, claro —añadieron—, la salsa de pan solo se usa para acompañar dragones salvajes. Los mansos se sirven con salsa de manzana y relleno de cebolla. Qué pena que no sea usted un dragón manso y domesticado: de ser así, el gigante ni siquiera lo miraría —dijeron—. Adiós, pobre dragón, no volveremos a verlo, y ahora sabrá qué se siente cuando se es devorado.

Y se echaron a llorar otra vez.

—Eh, bueno, pero, un momento —dijo el dragón—, ¿no podríais fingir que soy un dragón manso? Decidle al gigante que no soy más que un pobre, pequeño y tímido dragón manso que tenéis de mascota.

—No se lo creerá jamás —dijo Johnnie—. Si fuera usted nuestro dragón domesticado, deberíamos tenerlo atado, ya sabe. No querríamos arriesgarnos a perder una mascota tan preciosa y querida.

Entonces el dragón les suplicó que lo encadenaran de inmediato, y eso hicieron: con la argolla y las cadenas fabricadas tantos años antes... en los tiempos en los que los hombres cantaban mientras trabajaban y hacían cadenas lo bastante resistentes para soportar cualquier tirón.

Y después se marcharon y le contaron a la gente lo que habían hecho, y nombraron alcalde a Johnnie y este celebró un glorioso banquete tal como había prometido que haría... en el que comieron solo cosas dulces. De aperitivo había delicias turcas y bollitos de leche, y después sirvieron naranjas, tofe, helado de coco, caramelos de menta, hojaldre relleno de mermelada, pastelitos borrachos de frambuesa, helados y merengues, y de postre tomaron bolitas de caramelo duro y pan de jengibre y caramelos ácidos.

A Johnnie y a Tina les pareció un plan perfecto; pero si vosotros sois niños amables con el corazón tierno, tal vez sintáis pena del pobre dragón engañado y embaucado: encadenado en la aburrida mazmorra, sin nada que hacer salvo pensar en las crudas mentiras que Johnnie le había contado.

Cuando se enteró de que lo habían engañado, el pobre dragón cautivo empezó a sollozar... y las enormes lágrimas cayeron sobre las oxidadas escamas de metal. Y entonces empezó a sentirse débil y mareado, como sucede a veces a la gente que llora mucho, sobre todo si no han comido nada en diez años por lo menos.

Y entonces la pobre criatura se secó los ojos y miró alrededor, y vio ahí el barreño de pan con leche.

—Si a los gigantes les gusta esta masa blanca y mojada, tal vez a mí también me gustaría.

Y probó un poco. Y le gustó tanto que se la tomó toda.

Y la siguiente vez que llegaron turistas y Johnnie encendió la llama de colores, el dragón dijo con timidez:

—Disculpad que os moleste, pero ¿podríais traerme un poco más de pan con leche?

Así pues, Johnnie mandó que alguien se acercara en carreta todos los días a casa de los niños para recoger pan mojado en leche y se lo llevara al dragón. A los niños los alimentaban a cargo del ayuntamiento... con lo que se les antojaba; y lo único que comían eran tarta y buñuelos y cosas dulces, y decían que el pobre dragón podía comerse su pan con leche siempre que quisiera.

Pasado el tiempo, cuando Johnnie llevaba unos diez años de alcalde, se casó con Tina, y la mañana de la boda fueron a ver al dragón. Se había vuelto muy manso y las placas oxidadas se le habían ido cayendo, y debajo vieron que tenía un pelaje suave y sedoso que acariciar. Así que lo acariciaron.

—No sé cómo se me pudo ocurrir en algún momento comer algo más que pan mojado en leche —dijo el animal—. Ahora soy un dragón manso y domesticado, ¿a que sí? —Y cuando le dijeron que sí lo era, añadió—: Si tan manso soy, ¿por qué no me desatáis?

Y algunas personas habrían tenido miedo de confiar en él, pero Johnnie y Tina estaban tan contentos en el día de su boda que no creían que nadie en el mundo pudiera hacer daño. Por eso, le soltaron las cadenas y el dragón les dijo:

—Disculpadme un momento, hay un par de cosas que me gustaría recoger.

Después se aproximó a los misteriosos peldaños y los bajó, para perderse de vista en la oscuridad. Y conforme andaba, cada vez se le caían más placas de metal de la armadura.

Al cabo de unos minutos, oyeron que subía con un sonido metálico. Llevaba algo en la boca: era una bolsa de oro.

—A mí no me sirve para nada —les dijo—. Tal vez a vosotros os sea útil.

Así que se lo agradecieron de todo corazón.

—Hay más en el sitio de donde lo he sacado —dijo.

Y fue a buscar más y más y más, hasta que le dijeron que parase. Así pues, ahora eran ricos, igual que sus familias. En realidad, todos eran ricos, y no volvió a haber pobres en el pueblo. Y todos se hicieron ricos sin trabajar, lo cual es nefasto; pero el dragón no había ido al colegio, como vosotros, así que no supo hacerlo mejor.

Y cuando el dragón salió de la mazmorra, seguido de Johnnie y Tina, y se adentró en el resplandeciente, dorado y azul día de su boda, entrecerró los ojos como hacen los gatos al ver el sol, y se sacudió, y entonces se le cayó la última de las escamas de metal, así como las alas, y pasó a ser justo igual que un gato, aunque gigantesco. Y, a partir de aquel día, cada vez le salió un pelaje más suave, y fue el origen de todos los gatos. No quedó nada del dragón salvo sus garras, que todos los gatos tienen, como es fácil que hayáis comprobado.

Y confío en que ahora entendáis por qué es tan importante darle pan con leche a vuestro gato. Si no le dejarais comer nada más que ratones y pájaros, podría volverse más grande y más feroz, y tendría más escamas y una cola más larga, y le saldrían alas y se convertiría en el origen de los dragones. Y entonces volvería a haber un lío monumental.

EL GATO Y EL RAPOSO

JACOB Y WILHELM GRIMM

Sucedió una vez que el gato se encontró en un bosque con el señor raposo y, como pensó: «Es sensato y tiene experiencia, y el mundo lo tiene en gran estima», le dijo amablemente:

—Buenos días, querido señor raposo, ¿cómo está usted? ¿Qué tal le va? ¿Qué es de usted en estos tiempos que corren?

El raposo, lleno de arrogancia, observó al gato de la cabeza a los pies, y consideró largamente si debía contestarle.

—Ay, infeliz rapabarbas, loco multicolor, muerto de hambre cazarratones —dijo por fin—. ¿Qué se te pasa por la cabeza? ¿Tienes la osadía de preguntar que cómo me va? ¿Es que no has aprendido nada? ¿Cuántas destrezas dominas?

—Solo una —respondió el humilde gato.

—¿Y cuál es? —preguntó el raposo.

—Cuando los perros me persiguen, puedo subirme a un árbol para salvarme.

—¿Y eso es todo? —dijo el raposo—. Yo soy señor de cien destrezas y tengo, además, un saco lleno de artimañas. Me das pena, ven, anda, que te voy a enseñar cómo escapar de los perros.

En eso llegó un cazador con cuatro perros. El gato trepó a toda velocidad a un árbol y se sentó en lo alto, donde las ramas y el follaje lo ocultaban por completo.

—¡Deles fuerte, señor raposo! ¡Deles con su saco! —le gritó el gato, pero los perros ya lo habían atrapado y lo tenían bien agarrado—. ¡Ay, señor raposo! —gritó, entonces, el gato—, quédese usted mejor con sus cien destrezas. Que, si hubiese podido trepar como yo, no se habría visto en estas.

ODA AL GATO

PABLO NERUDA

Los animales fueron
imperfectos,
largos de cola, tristes
de cabeza.
Poco a poco se fueron
componiendo,
haciéndose paisaje,
adquiriendo lunares, gracia, vuelo.
El gato,
solo el gato
apareció completo
y orgulloso:
nació completamente terminado,
camina solo y sabe lo que quiere.

El hombre quiere ser pescado y pájaro,
la serpiente quisiera tener alas,
el perro es un león desorientado,

el ingeniero quiere ser poeta,
la mosca estudia para golondrina,
el poeta trata de imitar la mosca,
pero el gato
quiere ser solo gato
y todo gato es gato
desde bigote a cola,
desde presentimiento a rata viva,
desde la noche hasta sus ojos de oro.

No hay unidad
como él,
no tienen
la luna ni la flor
tal contextura:
es una sola cosa
como el sol o el topacio,
y la elástica línea en su contorno
firme y sutil es como
la línea de la proa de una nave.
Sus ojos amarillos
dejaron una sola
ranura
para echar las monedas de la noche.

Oh pequeño
emperador sin orbe,
conquistador sin patria,
mínimo tigre de salón, nur
sultán del cielo
de las tejas eróticas,
el viento del amor
en la intemperie

reclamas
cuando pasas
y posas
cuatro pies delicados
en el suelo,
oliendo,
desconfiando
de todo lo terrestre,
porque todo
es inmundo
para el inmaculado pie del gato.

Oh fiera independiente
de la casa, arrogante
vestigio de la noche,
perezoso, gimnástico
y ajeno,
profundísimo gato,
policía secreta
de las habitaciones,
insignia
de un
desaparecido terciopelo,
seguramente no hay
enigma
en tu manera,
tal vez no eres misterio,
todo el mundo te sabe y perteneces
al habitante menos misterioso,
tal vez todos lo creen,
todos se creen dueños,
propietarios, tíos
de gatos, compañeros,

colegas,
discípulos o amigos
de su gato.

Yo no.
Yo no suscribo.
Yo no conozco al gato.
Todo lo sé, la vida y su archipiélago,
el mar y la ciudad incalculable,
la botánica,
el gineceo con sus extravíos,
el por y el menos de la matemática,
los embudos volcánicos del mundo,
la cáscara irreal del cocodrilo,
la bondad ignorada del bombero,
el atavismo azul del sacerdote,
pero no puedo descifrar un gato.
Mi razón resbaló en su indiferencia,
sus ojos tienen números de oro.

EL GATO QUE IBA A SU AIRE

RUDYARD KIPLING

Presta atención, oye y escucha, pues esto ocurrió, aconteció, sucedió y fue, oh, Amor de mis Amores, cuando los animales domésticos eran salvajes. El Perro era salvaje, el Caballo era salvaje, la Vaca era salvaje, la Oveja era salvaje y el Cerdo era salvaje —tan salvaje como cabía ser—, y todos deambulaban por el Monte Salvaje y Húmedo en su sola y salvaje compañía. Pero el más salvaje de todos los animales era el Gato: él iba a su aire y tanto le daba estar en un sitio como en otro.

El Hombre, por supuesto, también era salvaje. Era indeciblemente salvaje. No empezó siquiera a domesticarse hasta que conoció a la Mujer, quien le dijo que no gustaba de vivir a su salvaje manera. Ella escogió una Cueva agradable y seca donde dormir, en lugar de un montón de hojas húmedas, y tapizó el suelo con arena limpia; luego prendió una hermosa hoguera al fondo de la Cueva y colgó en la entrada un pellejo de caballo, cola abajo.

—Límpiate los pies antes de pasar, querido; ahora tenemos un hogar y debemos cuidarlo —dijo.

Aquella noche, Amor de mis Amores, cenaron cordero salvaje asado sobre piedras calientes y aromatizado con ajo salvaje y pimienta salvaje; y pato salvaje relleno de arroz salvaje, alholva salvaje y cilantro salvaje; y tuétano de buey salvaje; y cerezas salvajes y granadillas salvajes. Después, el Hombre, de lo más feliz, se fue a dormir frente al fuego, pero la Mujer se sentó y se cepilló el cabello. Cogió un hueso de la paletilla del cordero —el omóplato, grande y plano—, contempló sus maravillosas marcas, echó más y más leña al fuego, y obró un Conjuro. Obró el Primer Conjuro Cantado del mundo.

Mientras tanto, todos los animales salvajes se congregaron en un punto bastante alejado del Monte Salvaje y Húmedo, desde donde alcanzaban a ver la luz del fuego, y se preguntaron qué significaría aquello.

Caballo Salvaje estampó en el suelo su salvaje casco.

—Oh, Amigos míos; oh, Enemigos míos —dijo—, ¿por qué han prendido el Hombre y la Mujer esa gran luz en esa gran Cueva, y qué perjuicio nos causará?

Perro Salvaje alzó su salvaje hocico y olfateó el aroma del cordero asado.

—Me acercaré, miraré, veré y os contaré —dijo—, pues me parece que es bueno. Gato, acompáñame.

—¡Nanay! —contestó el Gato—. Soy el Gato que va a su aire y tanto le da estar en un sitio como en otro. No te acompañaré.

—En tal caso, no volveremos a ser amigos —repuso Perro Salvaje, y se encaminó hacia la Cueva a paso ligero.

Pero cuando ya había avanzado un trecho, el Gato se dijo: «Tanto me da estar en un sitio como en otro. ¿Por qué no ir, mirar, ver y marcharme cuando me plazca?». De modo que echó a andar tras Perro Salvaje con sigilo, mucho sigilo, y se ocultó allí desde donde alcanzaba a oírlo todo.

Cuando Perro Salvaje llegó a la entrada de la cueva, alzó el pellejo de caballo con el morro y olfateó la deliciosa fragancia del cordero asado, y la Mujer, que contemplaba el omóplato, lo oyó y se echó a reír.

—Aquí llega el primero —dijo—. Criatura Salvaje del Monte Salvaje, ¿qué deseas?

—Oh, Enemiga mía y Esposa de mi Enemigo —contestó Perro Salvaje—, ¿qué es eso que huele tan bien en el Monte Salvaje?

La Mujer cogió un hueso de cordero asado y se lo lanzó a Perro Salvaje.

—Criatura Salvaje del Monte Salvaje —dijo—, prueba y saborea.

Perro Salvaje royó el hueso, y lo encontró más delicioso que nada de lo que hubiera degustado nunca.

—Oh, Enemiga mía y Esposa de mi Enemigo —dijo—, dame otro.

—Criatura Salvaje del Monte Salvaje —contestó la Mujer—, ayuda a mi Hombre a cazar por el día y custodia la Cueva por la noche, y te daré tantos huesos asados como precises.

—¡Ah! —exclamó el Gato, a la escucha—. Esa mujer es muy sabia, pero no tanto como yo.

Perro Salvaje entró muy despacio en la Cueva y posó la cabeza en el regazo de la Mujer.

—Oh, Amiga mía y Esposa de mi Amigo —dijo—, ayudaré a tu Hombre a cazar por el día y por la noche custodiaré vuestra Cueva.

—¡Ah! —exclamó el gato, a la escucha—. Ese perro es muy necio. —Y regresó por el Monte Salvaje y Húmedo meneando su cola salvaje y en su sola y salvaje compañía. Pero no contó nada a nadie.

Cuando el Hombre despertó, preguntó:

—¿Qué hace aquí Perro Salvaje?

—Ya no se llama Perro Salvaje, sino Primer Amigo —contestó la Mujer—, porque será nuestro amigo por siempre jamás. Llévalo contigo cuando vayas a cazar.

Por la noche, la Mujer cortó grandes brazados de hierba fresca de la vega y la puso a secar frente al fuego para que desprendiera efluvios de heno recién segado; luego se sentó en la entrada de la Cueva y trenzó un ronzal con cuero de caballo, contempló el hueso de la paletilla de cordero —el omóplato, grande y plano— y obró un Conjuro. Obró el Segundo Conjuro Cantado del mundo.

Mientras tanto, en el Monte Salvaje, todos los animales salvajes se preguntaban qué habría sido de Perro Salvaje, y al cabo, Caballo Salvaje estampó en el suelo su salvaje casco.

—Iré, veré y os contaré por qué Perro Salvaje no ha regresado. Gato, acompáñame.

—¡Nanay! —contestó el Gato—. Soy el Gato que va a su aire y tanto le da estar en un sitio como en otro. No te acompañaré.

Pero, aun así, siguió a Caballo Salvaje con sigilo, mucho sigilo, y se ocultó allí desde donde alcanzaba a oírlo todo.

Cuando la Mujer oyó a Caballo Salvaje tropezando con su larga crin y dando traspiés, se echó a reír.

—Aquí llega el segundo. Criatura Salvaje del Monte Salvaje, ¿qué deseas?

—Oh, Enemiga mía y Esposa de mi Enemigo —contestó Caballo Salvaje—, ¿dónde está Perro Salvaje?

La Mujer rio, cogió el omóplato y lo contempló.

—Criatura Salvaje del Monte Salvaje —dijo—, postra tu salvaje cabeza y ponte lo que te entrego, y comerás hierba maravillosa tres veces al día.

—¡Ah! —exclamó el gato, a la escucha—. Esa mujer es sabia, pero no tanto como yo.

Caballo Salvaje postró su salvaje testuz y, después de que la Mujer deslizara por ella el ronzal de cuero trenzado, rebufó en sus pies.

—Oh, Señora mía y Esposa de mi Señor —dijo—, seré vuestro sirviente a cambio de hierba maravillosa.

—¡Ah! —exclamó el Gato, que escuchaba—. Ese caballo es muy necio.

—Y regresó por el Monte Salvaje y Húmedo, meneando su salvaje cola y en su sola y salvaje compañía. Pero no contó nada a nadie.

Cuando el Hombre y el Perro volvieron de cazar, el Hombre preguntó:

—¿Qué hace aquí Caballo Salvaje?

—Ya no se llama Caballo Salvaje, sino Primer Sirviente —contestó la Mujer—, porque nos llevará de un sitio a otro por siempre jamás. Cabalga sobre él cuando vayas a cazar.

Al día siguiente, con la cabeza enhiesta para que no se le enredaran los salvajes cuernos en los árboles salvajes, Vaca Salvaje se acercó a la Cueva, y el Gato la siguió y se escondió como había hecho antes; y todo ocurrió exactamente como antes; y el Gato dijo lo mismo que antes; y cuando Vaca Salvaje hubo prometido dar su leche a la Mujer todos los días a cambio de hierba maravillosa, el Gato regresó por el Monte Salvaje y Húmedo meneando la cola y en su sola y salvaje compañía, igual que antes. Pero no contó nada a nadie. Y cuando el Hombre, el Caballo y el Perro volvieron de cazar e hicieron las mismas preguntas que antes, la Mujer contestó:

—Ya no se llama Vaca Salvaje, sino Proveedora de Buen Alimento. Nos dará su tibia y blanca Leche por siempre jamás, y yo cuidaré de ella mientras tú, Primer Amigo y Primer Sirviente vais a cazar.

Al día siguiente, el Gato esperó a ver si alguna otra Criatura Salvaje se acercaba a la Cueva, pero nadie se movió en el Monte Salvaje y Húmedo, de modo que el Gato fue allí solo y a su aire, vio a la Mujer ordeñando a la Vaca, atisbó la luz del fuego en la Cueva y percibió el aroma de la tibia y blanca Leche.

—Oh, Enemiga mía y Esposa de mi Enemigo —dijo—, ¿adónde ha ido Vaca Salvaje?

La Mujer se echó a reír.

—Criatura Salvaje del Monte Salvaje —contestó—, vuelve al Monte, pues he trenzado mi cabello y guardado el hueso mágico, y ya no tenemos necesidad de más amigos ni sirvientes en nuestra Cueva.

—Yo no soy un amigo ni tampoco un sirviente —repuso el Gato—. Soy el Gato que va a su aire y deseo entrar en vuestra Cueva.

—En tal caso, ¿por qué no viniste con Primer Amigo la primera noche? —quiso saber la Mujer.

—¿Ha contado chismes sobre mí Perro Salvaje? —replicó el Gato, muy enfadado.

La Mujer volvió a reír.

—Eres el Gato que va a su aire y tanto te da estar en un sitio como en otro. No eres un amigo ni un sirviente, tú mismo lo has dicho. Ve a tu aire a un sitio o a otro, tanto da.

Entonces el Gato fingió arrepentimiento.

—¿Nunca podré entrar en la Cueva? —preguntó—. ¿Nunca podré sentarme junto al cálido Fuego? ¿Nunca podré beber la tibia y blanca Leche? Eres muy sabia y hermosa. Ni siquiera a un Gato deberías tratar con crueldad.

—Sabía que era astuta, pero no que era hermosa —repuso la Mujer—. De modo que haré un pacto contigo: si alguna vez te dedico una alabanza, podrás sentarte junto al fuego en la Cueva.

—¿Y si me dedicas tres alabanzas? —preguntó el Gato.

—Eso nunca sucederá —contestó la Mujer—, pero si algún día te dedico tres alabanzas, podrás beber la tibia y blanca Leche tres veces al día por siempre jamás.

El Gato arqueó el lomo.

—Que la Cortina de la entrada de la Cueva, el Fuego del fondo de la Cueva y los jarros de Leche que descansan junto al Fuego recuerden lo que mi Enemiga y Esposa de mi Enemigo acaba de decir. —Y regresó por el Monte Salvaje y Húmedo meneando la cola y en su sola y salvaje compañía.

Aquella noche, cuando el Hombre, el Caballo y el Perro volvieron de cazar, la Mujer no les refirió el pacto que había hecho con el Gato porque temía que no fuese de su agrado.

El Gato se alejó y se escondió en el Monte Salvaje y Húmedo en su sola y salvaje compañía durante mucho tiempo, hasta que la Mujer se olvidó de él. Tan solo el Murciélago —el pequeño Murciélago invertido— que colgaba cabeza abajo en el interior de la Cueva sabía dónde se escondía el Gato, y todas las noches volaba hasta él con nuevas de cuanto acontecía.

—Hay un Bebé en la Cueva —le contó en una ocasión—. Es un recién nacido, rosado, carnoso y menudo, y la Mujer lo adora.

—¡Ah! —exclamó el Gato, a la escucha—, pero ¿qué es lo que adora el Bebé?

—Adora los objetos suaves y cosquilleantes —contestó el Murciélago—. Adora los objetos cálidos que pueda abrazar para dormir. Adora que jueguen con él. Todo eso adora.

—¡Ah! —exclamó el Gato, a la escucha—. Entonces ha llegado mi momento.

La noche siguiente, el Gato caminó por el Monte Salvaje y Húmedo y se ocultó muy cerca de la Cueva hasta que amaneció y el Hombre, el Perro y el Caballo se fueron a cazar. Al rato, la Mujer se afanaba cocinando cuando el Bebé rompió a llorar y la interrumpió, así que ella decidió sacarlo de la Cueva. Una vez fuera le dio un puñadito de guijarros para que jugara con ellos, pero el Bebé siguió llorando.

Entonces el Gato alargó una mullida garra y acarició la mejilla del Bebé, y el pequeño hizo gorgoritos. A continuación se restregó contra sus rollizas piernas y le hizo cosquillas con la cola en la carnosa barbilla, y el Bebé rio. La Mujer lo oyó complacida.

El Murciélago —el pequeño Murciélago invertido—, que colgaba cabeza abajo en la entrada de la Cueva, dijo:

—Oh, Anfitriona mía, Esposa de mi Anfitrión y Madre del Hijo de mi Anfitrión, una Criatura Salvaje del Monte Salvaje está jugando deliciosamente con tu Bebé.

—¡Bienhallada Criatura Salvaje, quienquiera que sea! —exclamó la Mujer irguiendo la espalda—, porque esta mañana estaba muy atareada y me ha prestado un gran servicio.

En ese mismísimo instante, Amor de mis Amores, la Cortina de pellejo de caballo que colgaba cola abajo en la entrada de la Cueva cayó —¡plof!—, porque recordó el pacto que la Mujer había hecho con el Gato; y cuando la Mujer fue a recogerla —¡ver para creer!—, el Gato estaba ya sentado confortablemente en el interior de la Cueva.

—Oh, Enemiga mía, Esposa de mi Enemigo y Madre de mi Enemigo —dijo el Gato—, aquí estoy, pues me has dedicado una alabanza y ahora puedo sentarme en el interior de la Cueva por siempre jamás. Pero sigo siendo el Gato que va a su aire y tanto le da estar en un sitio como en otro.

La Mujer enfureció, apretó los labios con fuerza, tomó la rueca y se puso a hilar.

Pero el Bebé lloraba porque el Gato se había ido, y la Mujer no conseguía calmarlo: el pequeño forcejeaba, pataleaba y tenía la cara amoratada.

—Oh, Enemiga mía, Esposa de mi Enemigo y Madre de mi Enemigo —intervino el Gato—, toma una hebra del hilo que estás confeccionando y átala a la espira del huso, luego déjala reposar en el suelo y te mostraré un Conjuro que hará reír a tu Bebé con el mismo fragor con que ahora llora.

—Haré lo que me sugieres porque se me agota el ingenio —dijo la Mujer—, pero no te daré las gracias.

Ató la hebra a la espira de barro del huso y la extendió por el suelo, y el Gato la persiguió, la atrapó con las garras, rodó sobre sí mismo, tiró de ella, la lanzó sobre su lomo, intentó cogerla con las patas traseras, fingió perderla y volvió a saltar sobre ella… hasta que el Bebé se rio con el mismo fragor con que había llorado, y persiguió al Gato y retozó por toda la Cueva hasta que se cansó y se acurrucó para dormir con el Gato entre los brazos.

—Y a continuación —añadió el Gato— cantaré para el Bebé una canción que lo mantendrá dormido una hora. —Y empezó a ronronear subiendo y bajando el tono hasta que el Bebé se durmió.

La Mujer, contemplándolos a ambos, sonrió.

—Lo has hecho de maravilla. No cabe duda de que eres muy sabio, oh, Gato.

En ese mismísimo instante, Amor de mis Amores, el humo del Fuego del fondo de la Cueva descendió en nubecillas desde el techo —¡puf!— porque recordó el pacto que la Mujer había hecho con el Gato; y cuando se dispersó —¡ver para creer!—, el Gato estaba sentado confortablemente junto al fuego.

—Oh, Enemiga mía, Esposa de mi Enemigo y Madre de mi Enemigo —dijo el Gato—, aquí estoy, pues me has dedicado una segunda alabanza y ahora puedo sentarme junto al cálido Fuego del fondo de la Cueva por siempre jamás. Pero sigo siendo el Gato que va a su aire y tanto le da estar en un sitio como en otro.

Encolerizada, la Mujer se soltó el cabello, echó más leña al fuego, sacó el amplio omóplato de la paletilla de cordero y empezó a obrar un Conjuro que la prevendría de pronunciar una tercera alabanza hacia el Gato. Esta vez no fue un Conjuro Cantado, Amor de mis Amores, sino un Conjuro Mudo, y al poco en la Cueva reinaba un silencio tal que un joven y diminuto ratoncillo salió de un rincón y la cruzó corriendo.

—Oh, Enemiga mía, Esposa de mi Enemigo y Madre de mi Enemigo —dijo el Gato—, ¿forma ese pequeño ratón parte de tu Conjuro?

—¡Oh, cielos! ¡No! ¡De ninguna manera! —contestó la Mujer, y dejó caer el omóplato, se encaramó de un salto a un escabel que había al lado del fuego y se trenzó el cabello a toda prisa por temor a que el ratón trepara por él.

—Ah —dijo el Gato, atento—, en tal caso, ¿el ratón no me hará daño si me lo como?

—No —confirmó la Mujer, que seguía trenzándose el cabello—, cómetelo cuanto antes y te estaré eternamente agradecida.

El Gato dio un brinco y atrapó al ratoncillo al instante.

—Mil gracias —dijo la Mujer—. Ni Primer Amigo es lo bastante rápido para atrapar ratoncillos como lo has hecho tú. Debes de ser muy sabio.

En ese mismísimo instante, oh, Amor de mis Amores, el jarro de Leche que había junto al fuego se quebró por la mitad —¡crac!— porque recordó el pacto que la Mujer había hecho con el Gato; y cuando la Mujer bajó del escabel —¡ver para creer!—, el Gato ya lamía la tibia y blanca Leche que quedaba en una de las dos mitades.

—Oh, Enemiga mía, Esposa de mi Enemigo y Madre de mi Enemigo —dijo el Gato—, aquí estoy, pues me has dedicado tres alabanzas y ahora puedo tomar tibia y blanca Leche tres veces al día por siempre jamás. Pero sigo siendo el Gato que va a su aire y tanto le da estar en un sitio como en otro.

Entonces la Mujer se echó a reír y sirvió al Gato un cuenco con tibia y blanca Leche.

—Oh, Gato, eres tan sabio como un hombre, pero recuerda que no fue el Hombre ni el Perro con quien hiciste el pacto, y no sé qué harán ellos cuando vuelvan.

—¿Y a mí qué más me da? —repuso el Gato—. Si tengo un sitio en la Cueva junto al Fuego, y tibia y blanca Leche tres veces al día, no me importa lo que el Hombre o el Perro puedan hacer.

Esa noche, cuando el Hombre y el Perro entraron en la Cueva, la Mujer les refirió toda la historia del pacto con el Gato mientras este permanecía sentado junto al fuego, sonriente.

—De acuerdo —dijo el Hombre—, pero no es conmigo con quien ha hecho el pacto, ni con todos los Hombres de bien que han de llegar tras de mí. —Entonces se quitó las dos botas de cuero y cogió la pequeña hacha de piedra (lo que suma tres), y después un leño y un destral (lo que suma cinco). Lo dispuso todo en fila y añadió—: Ahora haremos nuestro propio pacto: si estando en la Cueva no vuelves a atrapar un ratón, por siempre jamás te lanzaré estos cinco objetos cuando que te vea, y así harán todos los Hombres de bien que han de llegar tras de mí.

—¡Ah! —exclamó la Mujer, a la escucha—. Ese Gato es muy sabio, pero no tanto como mi Hombre.

El Gato contó los cinco objetos (y todos ellos parecían contundentes).

—Estando en la Cueva, atraparé ratones por siempre jamás, pero sigo siendo el Gato que va a su aire y tanto le da estar en un sitio como en otro.

—No si yo estoy cerca —replicó el Hombre—. Si no hubieras dicho esto último, habría retirado estos objetos por siempre jamás, pero ahora te arrojaré las dos botas y el hacha de piedra (lo que suma tres) cuando que te vea. Y así harán todos los Hombres de bien que han de llegar tras de mí.

—Un momento —terció el Perro—. No es conmigo con quien el Gato ha hecho un pacto, ni con todos los Perros de bien que han de llegar tras de mí. —Mostró los colmillos y añadió—: Si estando yo en la Cueva no eres amable con el Bebé, por siempre jamás te perseguiré hasta darte caza, y cuando te dé caza te morderé. Y así harán todos los Perros de bien que han de llegar tras de mí.

—¡Ah! —exclamó la Mujer, a la escucha—. Ese Gato es muy sabio, pero no tanto como el Perro.

El Gato contó los dientes del Perro (y parecían muy afilados).

—Estando en la Cueva, seré amable con el Bebé por siempre jamás mientras no me tire de la cola con demasiada fuerza. Pero sigo siendo el Gato que va a su aire y tanto le da estar en un sitio como en otro.

—No si yo estoy cerca —replicó el Perro—. Si no hubieras dicho esto último, habría cerrado la boca por siempre jamás, pero ahora te perseguiré hasta que trepes a un árbol cuando que te vea. Y así harán todos los Perros de bien que han de llegar tras de mí.

Entonces el Hombre arrojó las dos botas y la pequeña hacha de piedra (lo que suma tres) contra el Gato, este salió despavorido de la Cueva y el Perro lo persiguió hasta que trepó a un árbol; y desde aquel día hasta el presente, Amor de mis Amores, tres de cada cinco Hombres de bien arrojan objetos contra un Gato cuando lo ven, y todos los Perros de bien lo persiguen hasta que trepa a un árbol. No obstante, el Gato también cumple con su parte del pacto: estando en casa, mata ratones y es amable con los Bebés mientras estos no tiren de su cola con demasiada fuerza. Pero una vez cumplido su cometido, y en los ínterin, y cuando la luna asciende y la noche cae, sigue siendo el Gato que va a su aire y tanto le da estar en un sitio como en otro. En momentos como esos se va al Monte Salvaje y Húmedo o trepa a los Árboles Salvajes y Húmedos o se encarama a los Tejados Salvajes y Húmedos, meneando la cola en su sola y salvaje compañía.

El minino yace junto al fuego y canta,
el minino trepa al árbol y a la planta,
o juega con un corcho viejo y un cordón,
 y no por mí, sino por pura diversión.
Pero Binkie, mi perro, es a quien prefiero,
porque sabe ser muy cortés y no fiero.
Soy el Hombre de la Cueva, así lo digo,
y mi Binkie es igual que Primer Amigo.
Encarna a Viernes en su juego, el minino;
y se moja las patas por el camino
y pasea por el filo de la ventana
(Crusoe dio con sus huellas una mañana);
ahueca la cola, maúlla con fruición,
araña… y deja de recibir atención.
Pero Binkie jugará siempre conmigo,
pues es mi verdadero Primer Amigo.
El minino me acercará su cabeza,
fingirá mucho amor por mí y pereza;
pero en cuanto me retire por la noche,
él no dudará en escabullirse al porche,
y allí se quedará hasta que llegue el alba,
y yo sé que fingirá amor a mansalva;
pero Binkie de mis sueños es testigo
¡y es, cómo no, mi Primerísimo Amigo!

EL GATO Y LA LUNA

W. B. YEATS

El gato aquí y allá merodeaba
y cual peonza giraba la luna,
y el ser más similar a ella,
sigiloso, alzó su vista gatuna.
El negro Minnaloushe admiró la luna,
pues, pese a mucho vagar y maullar,
la pura luz fría del cielo
inquietaba su sangre animal.
Minnaloushe corre animado y levanta
sus delicados pies de la hierba.
¿Bailas, Minnaloushe, acaso bailas?
Cuando se hallan dos almas gemelas,
¿qué mejor que ponerse a bailar?
Tal vez la luna contigo aprenda,
cansada de tanta finura cortés,
un nuevo baile con mil vueltas.
Minnaloushe repta por la hierba
entre puntos bañados por el astro,

la sagrada luna pendida del cielo
en una nueva fase ha entrado.
¿Sabe Minnaloushe que numerosos
son los cambios de sus pupilas,
que de llenas a crecientes
y de crecientes a llenas varían?
Minnaloushe repta por la hierba,
solo, sabio e importante,
y a la cambiante luna eleva
sus dos ojos cambiantes.

LOS GATOS DE ULTHAR

H. P. LOVECRAFT

Cuentan que en Ulthar, allende el río Skai, derramar sangre de gato se considera un delito, circunstancia en la que no puedo por menos de creer mientras contemplo al felino que languidece ante mí, ronroneando al abrigo del fuego, pues todos los de su especie son seres crípticos, con acceso a misterios tan insólitos como invisibles para el ojo del hombre. Son el alma de Egipto, portadores de historias originarias de ciudades ya olvidadas como Meroë y Ophir. Son hermanos de los reyes de la jungla y herederos de los secretos del incivilizado y siniestro continente africano. La esfinge es su prima y ellos hablan su lengua, pero son aún más antiguos y recuerdan aquello que incluso ella ha olvidado.

En Ulthar, mucho antes de que los magistrados prohibieran matar a los gatos, moraban un anciano siervo de la gleba y su esposa, gentes que se deleitaban tendiendo trampas y aniquilando a los gatos de sus vecinos. Ignoro por qué lo hacían; tan solo puedo decir que no son pocos los que aborrecen las serenatas nocturnas de estos animales y se indignan cuando, a la puesta de sol, los ven pasearse furtivos por los patios y los jardines. Fuera cual fuese el motivo, el caso es que dicho anciano y su mujer disfrutaban con el exterminio de todos los gatos que cometían el error de acercarse al chamizo, y a tenor del ruido que en ocasiones desgarraba la oscuridad, más de un aldeano sospechaba que sus métodos de ejecución debían de ser extraordinariamente creativos. Dichos aldeanos, sin embargo, se abstenían de sacar estos temas delante del anciano y su esposa, en parte debido a la expresión que ambos solían llevar cincelada en sus apergaminadas facciones, y en parte porque vivían en una choza minúscula oculta bajo el lúgubre dosel de unos robles al fondo de un patio invadido por la maleza. En verdad, por mucho que los dueños de los gatos odiaran a aquella extraña pareja, el temor que esta les inspiraba era todavía mayor. Por eso, en vez de reprender a sus vecinos y echarles en cara que fuesen unos asesinos desalmados, se limitaban a procurar que las correrías de sus queridas mascotas, mansas y ratoneras por igual, no los llevaran cerca de la funesta arboleda bajo la que se alzaba aquella casucha remota. Cuando, por mor de un desliz inevitable, se extraviaba algún gato y se oían ruidos en la oscuridad, el desventurado dueño del animal se lamentaba desconsolado... o se consolaba agradeciendo al destino que quien así había desaparecido no fuera uno de sus retoños, pues las sencillas gentes de Ulthar ignoraban cuál era el origen de todos los gatos.

Un buen día, las angostas calles empedradas de Ulthar se vieron cubiertas por una enigmática caravana de errantes procedentes del sur, de tez morena y distintos de los demás nómadas que cruzaban la aldea dos veces al año. Se detuvieron en la plaza, donde se dedicaron a leer la buenaventura a cambio de plata y a comprarles cuentas de vivos colores a los mercaderes. Nadie sabía cuál era la tierra natal de esos errantes, los cuales algunos vieron que eran propensos a entonar salmos extraños y adornaban los costados de sus carromatos con pinturas insólitas: cuerpos humanos con cabeza de gato, halcón, carnero y león. El líder de la caravana, por su parte, se cubría con un tocado con astas entre las cuales mediaba un disco de aspecto intranquilizador.

Con esta singular caravana viajaba un niño, huérfano de padre y de madre, cuya única y preciada posesión era un diminuto gatito negro. La peste, aunque no había mostrado clemencia con él, le había dejado al menos esa criatura peluda para mitigar su pesar; cuando uno es tan joven, las vivaces cabriolas de un gatito negro pueden dispensarle un tremendo solaz. Y así, aquel niño, al que las gentes de rasgos endrinos apelaban por el nombre de Menes, sonreía más que lloraba sentado con su grácil felino en los escalones de una carreta adornada con extravagantes pinturas.

Al amanecer de la tercera jornada de aquellos errantes en Ulthar, Menes echó en falta al gatito. Estaba sollozando afligido en la plaza del mercado cuando unos lugareños le hablaron del anciano y su esposa, así como de los ruidos que, en ocasiones, perturbaban la noche. El niño tendió los brazos al sol y oró en un idioma que ningún aldeano logró descifrar, si bien es cierto que tampoco ninguno se esforzó por hacerlo, absortos como estaban en el firmamento, donde la forma de las nubes se tornaba cada vez más ominosa. Sumamente peculiar todo ello, mas, cuando el niño hubo terminado de formular su ruego, las nebulosas y sombrías figuras que dieron la impresión de formarse en lo alto solo habrían podido pertenecer a unos seres exóticos, criaturas híbridas y astadas con un disco discernible entre los cuernos que las coronaban. La naturaleza está plagada de semejantes quimeras, ilusiones ópticas que estimulan la imaginación de las gentes más impresionables.

Nadie vio de nuevo a los misteriosos errantes, que aquella misma noche se despidieron de Ulthar. A la mañana siguiente, sin embargo, los vecinos de Ulthar constataron con preocupación que de sus felinos no quedaba ni rastro en la aldea. Todos los gatos, grandes y pequeños, negros, grises, atigrados, amarillos y blancos, se habían desvanecido de sus hogares. Kranon, el anciano burgomaestre, quien juraba que aquellas gentes de rasgos atezados se los habían llevado en represalia por la muerte de la cría de Menes, maldijo al niño y a toda su caravana. Pero Nith, el enjuto notario, adujo que los sospechosos más probables eran el viejo siervo de la gleba y su esposa, pues el odio que les profesaban a aquellos animales era notorio y cada vez más osado. Nadie osó encararse con la siniestra pareja, no obstante; ni siquiera cuando el pequeño Atal, el hijo del mesonero, aseguró haber visto al conjunto de los gatos de Ulthar en aquel patio execrable bajo los árboles, al ocaso, caminando en círculos alrededor del chamizo con paso lento y solemne, en fila de a dos, como si estuvieran realizando alguna ceremonia bestial ignorada hasta entonces. Los lugareños no sabían hasta qué punto creer en el testimonio de un chico tan joven, y aunque temían que la endemoniada pareja hubiera embaucado y exterminado a sus gatos, optaron por no reprender al anciano hasta que este se dignara salir de su lóbrega y repelente parcela.

Así se acostaron las gentes de Ulthar, sumidas en una rabia impotente, y al despertar, con los primeros rayos de sol…, ¡milagro! ¡Allí estaban de nuevo los gatos, tendidos junto a sus chimeneas como de costumbre! Grandes y pequeños, blancos, grises, atigrados, amarillos y blancos, no faltaba ninguno. Gordos y lustrosos habían reaparecido los gatos, ronroneando de puro contento. Los vecinos intercambiaron sus impresiones sobre lo ocurrido, maravillados. El viejo Kranon insistió en que debían de haber sido aquellas gentes morenas quienes se los habían llevado, pues los gatos no regresaban con vida del chamizo del anciano y su esposa. Todos coincidían en una cosa, no obstante: en lo sumamente extraño de que todos los gatos rehusaran comer sus raciones de carne o beber de sus escudillas de leche. Dos días enteros se pasaron sin probar bocado los gatos de Ulthar, lustrosos y ufanos, dedicándose en exclusiva a sestear junto al fuego o al sol.

Hubo de transcurrir una semana entera antes de que los aldeanos se fijaran en que ya no se veía ninguna luz encendida al anochecer en las ventanas de aquella casucha bajo los árboles. Luego, el enjuto Nith observó que nadie había visto al anciano ni a su esposa desde la noche que se ausentaron los gatos. Al cabo de otra semana, el burgomaestre, llevado por el sentido del deber, decidió hacer frente a sus miedos y visitar aquella inusitadamente silenciosa morada, aunque para ello pidió que lo acompañaran Shang, el herrero, y Thul, el picapedrero, en calidad de testigos. Lo único que encontraron al forzar la puerta, frágil y endeble, fue lo siguiente: dos esqueletos humanos, despojados de toda su carne, abandonados en el suelo de tierra y un sinnúmero de escarabajos que correteaban por los rincones sombríos.

Muchas fueron las elucubraciones a las que, después de aquello, se dieron los vecinos de Ulthar. Zath, el galeno, debatía sin cesar con Nith, el enjuto notario, en tanto que Kranon, Shang y Thul se veían asediados por las preguntas. Incluso el pequeño Atal, el hijo del mesonero, fue interrogado a conciencia, trance que le granjeó una golosina a modo de recompensa. Todos hablaban del anciano siervo de la gleba y su esposa, de la caravana de errantes endrinos, del pequeño Menes y su negro gatito, de la plegaria del joven y del aspecto que el cielo había adoptado durante esta, de lo que habían hecho los gatos la noche en que la caravana se fue y de lo que se había descubierto más tarde en aquel chamizo, bajo aquellos árboles siniestros, en aquel patio execrable.

Y fue así como, a la postre, los lugareños aprobaron esa ley tan notable sobre la que aún hoy en día hablan desde los mercaderes de Hatheg a los viajeros de Nir, a saber: que en Ulthar, derramar sangre de gato se considera un delito.

EL GATO Y EL RATÓN

JOSÉ JOAQUÍN FERNÁNDEZ DE LIZARDI

A un Ratón escondido en su agujero,
acechaba un Gatazo marrullero.
El cauto roedor estaba alerta;
y acercándose a veces a su puerta,
como libre de riesgos se juzgaba,
tranquilo contemplaba
al gran Michirrimau que, diligente,
esperaba cazarlo fácilmente;
mas viendo que no logra, al infelice
en las uñas tener, así le dice:
—¡Ven, ven! Dame la mano,
vamos a pasear, querido hermano;
en ti ninguno piensa;
te llevaré a visita a la despensa,
y allí, de los manjares al hechizo,
se abrirá tu apetito, y de chorizo
te hartarás, y de queso y de cecinas
y de otras mil sabrosas golosinas.

Así verás, amigo, que te quiero
y que me pesa verte en tu agujero,
tan joven, convertido en ermitaño.
Vamos, pues, saca el vientre de mal año
ahora que la fortuna te convida
con una mesa rica y bien servida.
—Señor don Gato, estimo sus favores
pero tengo indispuestos los humores,
y el doctor me ordenó que coma poco.
—Ese médico es loco;
si pensara con juicio,
a fe que te ordenara el ejercicio
que cuando bien se aplica,
él solo cura más que la botica.
¡Animo! Sal, no vivas encerrado
y verás cómo vuelves aliviado.
—Francamente, no puedo,
le responde el Ratón.
—Me tiene miedo,
bien se conoce, y tienes mil razones,
pues piensas que devoro a los ratones.
De joven, atraparlos fue mi anhelo;
ahora que soy viejo ni los huelo.

Cree pues lo que digo:
sal sin temores porque soy tu amigo.
Aunque me halle de uñas bien armado,
no soy un Gato mal intencionado.
Puedes, joven amigo, estar seguro
de que te quiero bien, y te lo juro.
—Si no te conociera,
dijo el Ratón, saliera;
pero ya te conozco, mentecato.
¿Cómo no has de ser malo, si eres Gato?
Te comiste a mi padre,
lo mismo hiciste con mi pobre madre;
y en tus dientes y manos
perecieron también mis dos hermanos:
el mayor y el más chico,
mas yo no te daré por el hocico,
que si por ti he quedado
huérfano y solo, estoy escarmentado.

Si el mal ajeno te hace cauteloso,
cuéntate por dichoso.
Esto dijo el ratón que era prudente.
¡Oh!... ¡si pensara así toda la gente!

EL TERROR AMARILLO

W. L. ALDEN

—Ya que hablamos de gatos —dijo el capitán Foster—, no tengo empacho en reconocer que no me gustan. Me molesta que una persona me mire por encima del hombro, ya sea un hombre o un gato. Sé que no soy el presidente de Estados Unidos, ni todavía un millonario, ni todavía el dueño de Nueva York, pero aun así soy un hombre, y tengo derecho a que me traten como tal. Sin embargo, jamás he conocido un gato que no me mirara con aires de superioridad, igual que hacen los gatos con todo el mundo. Un gato considera que los hombres no son más que mugre bajo sus garras, tanto si el felino es hembra como si es macho, da igual. No entiendo qué es lo que hace que un gato crea que es tan infinitamente superior a todos los hombres que han existido, pero no se puede negar que eso es justo lo que opina, y actúa en consecuencia. Una vez estuvo aquí un catedrático que nos ilustró sobre toda clase de animales, y aproveché para preguntarle si podía explicarme esta conducta tan despectiva de los gatos. Me dijo que era porque antaño los gatos eran dioses, hace miles de años, en la tierra de Egipto; pero no me lo creí. Egipto es un país que sale en las Escrituras y, por lo tanto, no deberíamos creer nada relacionado con él salvo que lo leamos en la Biblia. Que alguien me muestre en qué pasaje de la Biblia se menciona que los gatos egipcios hayan ejercido de dioses, y lo creeré. Hasta que me lo muestren, me tomaré la libertad de desconfiar de cualquier afirmación mundana que un catedrático o cualquier otra persona pueda hacer sobre Egipto.

»El gato más especial que he visto era el Terror Amarillo, el minino del capitán Smedley. Su verdadero nombre era simplemente Tom: pero como era amarillo y era una pesadilla en muchos sentidos, los conocidos de su dueño se acostumbraron a llamarlo «el Terror Amarillo». Era un gato tremendo, inmenso, y llevaba ya cinco años con el capitán Smedley cuando lo conocí.

»Smedley es uno de los mejores hombres con los que me he codeado. Admito que era bastante duro con sus marineros, hasta el punto de que su barco tenía fama de ser un matadero, una reputación que en realidad no merecía. Y es indudable que era un hombre muy religioso, que es otra cosa que lo hacía muy impopular con sus hombres. Yo también soy religioso, incluso cuando estoy en alta mar, pero nunca he comulgado con hacer que la tripulación se coma la religión y obligarla a tragársela a golpes de clavija. Eso es lo que solía hacer el viejo Smedley. Estaba al mando del navío Medford, recién zarpado de Boston, cuando lo conocí. Me refiero a la ciudad de Boston en Massachusetts, y no a la pequeña localidad que los tipos de Inglaterra llaman Boston: y, por cierto, reconozco que no entiendo por qué se dedican a copiar los nombres de nuestras ciudades, por muy célebres que sean. ¡En fin! El Medford acostumbraba a hacer el trayecto de Boston a Londres transportando grano, y al llegar allí descargaba la mercancía y los tripulantes montaban de nuevo rumbo a China. Durante esa travesía por mar abierto solíamos parar en Madeira y en el Cabo, y casi siempre en Bangkok, y continuábamos hasta Cantón, donde llenábamos la bodega de té y luego regresábamos directos a casa.

»Pues bien, el tal Terror Amarillo había aparecido en los cuadernos de bitácora de los cinco años precedentes cuando yo lo conocí. Smedley lo embarcaba con frecuencia y escribía su nombre en las listas de pasajeros y luego le sujetaba la pluma con la pata mientras hacía una cruz, igual que si hubiera sido un español o un portugués. No sé si sabe que, en aquella época, las compañías de seguros no dejaban que un barco zarpara si no tenía un gato, para evitar que las ratas se comieran la mercancía. Ignoro qué habría hecho un gato terrestre, pero ni un solo gato marinero se habría molestado en mirar una rata. Entre el sobrecargo y el cocinero y los hombres que pululan por ahí y que siempre están dispuestos a darle algo de comer al gato del barco, este suele estar lleno desde la sobrequilla a la cubierta, y no se dignaría a hablar con una rata, salvo que alguna le mordiera la cola. Pero, claro, las compañías de seguros nunca saben nada de lo que ocurre en alta mar, y es una pena que los marineros tengan que ceder por obligación ante sus ocurrencias. El Terror Amarillo tenía la idea general de que el Medford era su yate privado y de que todas las manos estaban allí para servirle. Y, en parte, Smedley le confirmaba esa postura, al tratarlo con más respeto del que trataba a sus dueños cuando estaba en tierra. No culpo al gato y, tras tener oportunidad de saber qué clase de persona era el gato en realidad, no puedo decir que culpara en gran medida a Smedley.

»Tom, como creo que ya le he dicho que se llamaba el gato en realidad, era, con diferencia, el mejor luchador de todos los gatos de Europa, Asia, África y América. Cada vez que avistábamos tierra, se ataviaba con su mejor pelaje, se pasaba horas cepillándoselo y lamiéndolo, y se mordía las uñas para asegurarse de que estaban lo más afiladas posible. En cuanto el barco entraba en el embarcadero o era anclado al muelle, el Terror Amarillo saltaba a la costa en busca de trifulca. Siempre la encontraba, aunque su reputación como picapleitos era tal que, cada vez que se presentaba, todos los gatos que lo reconocían huían a esconderse. El caso es que el guardián de los Muelles de Londres —me refiero al que vigilaba la entrada de Shadwell— me contó que siempre sabía cuándo giraba el Medford en la dársena por el río de gatos que salían por la puerta, como si los persiguiera una jauría de perros. Verá, en cuanto avisaban de la llegada del Medford y corría la voz de que había llegado el Terror Amarillo entre los gatos pertenecientes a los barcos del muelle, estos juzgaban que era hora de ir a tierra firme y no volver al puerto hasta que el Medford zarpara de nuevo. Whitechapel solía verse inundado de gatos y los periódicos recibían numerosas cartas de tipos científicos que trataban de explicar el fenómeno de lo que llamaban la oleada gatuna que se había extendido por el este de Londres.

»Recuerdo que una vez atracamos junto a un bergantín ruso, en la cuenca que hay junto a Old Gravel Lane. Había un gato negro inmenso sentado en la popa, y en cuanto vio a nuestro Tom, lo llamó a gritos y dejó claro que estaba más que dispuesto a revolcarse por el muelle con él en cualquier momento. Todos comprendimos que el gato ruso era un recién llegado que no había oído hablar del Terror Amarillo y supimos que estaba, como suele decirse, acelerando su destino. Tom estaba sentado encima de la borda cerca del palo de popa cuando el ruso hizo sus comentarios, y no pareció oírlos. Pero en ese momento vimos que caminaba despreocupado hasta llegar a la verga de nuestra vela mesana. Se subió a dicha verga y avanzó hasta quedar lo bastante cerca para poder saltar de ahí a la percha central del barco ruso y, antes de que el gato ruso se diera cuenta, Tom ya se le había abalanzado sobre el lomo. La pelea no duró más de una ronda, y al final los restos del gato ruso se escabulleron detrás del tonel de agua y el Terror Amarillo regresó a través de la verga de la vela mesana y continuó acicalándose el pelaje, como si no hubiera pasado nada.

»Cuando Tom recalaba en un puerto extranjero, normalmente se perdía por las calles hasta que zarpábamos. Unas horas antes de que soltáramos las amarras, el gato se subía a bordo. Siempre sabía cuándo íbamos a zarpar y ni una sola vez se quedó en tierra. Recuerdo una ocasión, cuando estábamos a punto de levar anclas en el puerto de Ciudad del Cabo y todos nos habíamos mentalizado de que esa vez tendríamos que marcharnos sin Tom, pues era evidente que se había entretenido demasiado en tierra. Pero en ese momento se acerca una barca, con Tom tumbado cuan largo era en la popa, a todas luces como si fuera un marinero borracho que ha hecho retrasar la salida del barco y está orgulloso de su gesta. El barquero dijo que Tom había llegado al muelle y había saltado a su embarcación, sabedor de que el hombre lo llevaría remando hasta el barco con la esperanza de que Smedley accediera a darle una recompensa. Tengo la impresión de que, si Tom no hubiera encontrado un barquero, se las habría apañado para que lo transportara la lancha del gobierno. Tenía la cara de hacer eso y mucho más.

»Desde luego, el único vicio que tenía Tom era pelear; y cuesta llamarlo vicio si pensamos que siempre daba una tunda al otro gato y que casi nunca salía de una contienda con una oreja partida o un ojo morado. Smedley siempre decía que Tom era un gato religioso. Yo solía pensar que eso era una sandez; pero después de compartir un par de travesías con Tom, empecé a creer lo que Smedley decía de él. Todos los domingos, cuando el tiempo lo permitía, el capitán oficiaba una celebración en el puesto de mando. Era metodista y, cuando se trataba de comentar las Escrituras o cantar un himno, estaba a la altura de casi cualquier predicador. Todas las manos, salvo las del hombre del timón y el vigía, tenían la obligación de asistir a la celebración religiosa del domingo por la mañana, cosa que, como es natural, hacía quejarse a más de uno, pues los que estaban en el turno de la bodega consideraban que tenían derecho a dormir en paz en lugar de ser arrastrados a popa para el servicio. Pero aun así tenían que aguantar el sermón y, lo que consideraban todavía peor, tenían que cantar, porque el viejo capitán vigilaba en todo momento mientras cantaban los himnos y, si pillaba a algún hombre que se hacía el enfermo o se saltaba parte de lo que le tocaba cantar, tiraba de las orejas a ese marinero y lo azotaba con una clavija o con el nudo de un cabo después de la celebración.

»El caso es que Tom nunca se saltaba el servicio religioso y hacía todo lo que estaba en su mano para ayudar. Se sentaba en algún sitio cercano al viejo capitán y prestaba más atención a lo que acontecía que algunas personas que van a iglesias de primera categoría en tierra. Cuando los hombres cantaban, Tom se sumaba e iba soltando un maullido aquí o allá, lo que demostraba que tenía buena voluntad, aunque nunca hubiera ido a una escuela de canto ni supiera muy bien qué significaba cantar según Gunter, el de la leyenda de los nibelungos. Al principio, pensé que era casualidad que el gato asistiera a la celebración y supuse que sus maullidos durante los himnos significaban que no le gustaban. Pero al cabo de un tiempo, tuve que admitir que Tom disfrutaba de la celebración dominical tanto como el propio capitán, y le di la razón a Smedley al decir que el gato era un metodista devoto.

»Cuando yo llevaba en el barco de Smedley unos seis años, de repente el capitán se casó. No lo culpé; en primer lugar, porque no era asunto mío, y, en segundo lugar, porque considero que el capitán de un navío debe tener esposa, y que las compañías de seguros serían más astutas si insistieran en que todos los capitanes estuvieran casados en lugar de insistir en que todos los barcos tuvieran gatos. Como comprenderá, si el capitán de un barco tiene esposa, es natural que esté ansioso por regresar con ella para que le arregle sus mejores prendas y le cocine los platos que le gustan. Por lo tanto, querrá tener travesías tranquilas y no le gustará arriesgarse a ahogarse ni a meterse en problemas con los dueños de la compañía, por miedo a perder su puesto. Si lo piensa bien, constatará que los capitanes casados viven más años y se cuidan más que los solteros, como es razonable que ocurra.

»Pero resultó que la mujer con la que se casó Smedley era *agonióstica,* que es una especie de persona que no cree en nada, salvo en la tabla de multiplicar y en otras vanidades humanas semejantes. No perdió ni un instante en convencer a Smedley para que adoptara su modo de pensar y, en lugar de ser el hombre religioso que solía ser, aborreció el tema por completo y empezó a discutir conmigo a todas horas para demostrar que la religión era una pérdida de tiempo y que él no tenía alma y que nadie lo había creado, sino que descendía de una familia de monos navegantes. Me mareaba solo de oír a un marinero tan respetable como él diciendo esas sandeces, pero claro, dado que era mi superior, tenía que andarme con cuidado al contradecirlo. A pesar de eso, no cedí ni un ápice ante sus argumentos y le dije de la forma más respetuosa que pude que estaba cometiendo el mayor error de su vida. «Por ejemplo, mire el gato», le decía, «es lo bastante sensato para ser religioso, y si le dijera usted que desciende del mono, se sentiría insultado». Pero fue en vano. Smedley se había contaminado con esas teorías *agoniósticas* y, cuanto más le llevaba la contraria, más se enconaba él en su postura.

»Por supuesto, dejamos de hacer las celebraciones del domingo por la mañana; y habría sido de esperar que los hombres estuvieran contentos, si pensamos que solían quejarse de tener que subir a popa a cantar himnos, cuando querían estar en la bodega. Pero es imposible saber qué les pasa por la cabeza a los marineros. En realidad, se quedaron decepcionados cuando llegó el domingo y no se celebró el oficio religioso. Dijeron que seguro que les daba mala suerte para la travesía y que el capitán, ahora que tenía una esposa rica, ya no consideraba que los marineros fueran lo bastante buenos para subir a la zona de mando de la popa y participar del canto. A Smedley no le importaba la opinión de sus hombres, pero sí estaba considerablemente preocupado por el Terror Amarillo. Tom echaba de menos la celebración dominical y lo dijo de la forma más clara que pudo. Todos los domingos, durante tres o cuatro semanas, subía a la popa y se sentaba como de costumbre junto al capitán a esperar que empezase el servicio. Cuando descubrió que no valía la pena seguir esperando, expresó su desaprobación hacia la conducta de Smedley de un modo contundente. Dejó de tener confianza con el viejo capitán y, una vez, cuando este trató de acariciarlo y ser afectuoso, el gato le soltó un bufido y le mordió en la pierna: no con enfado, entiéndame, sino para demostrar que no aprobaba la falta de respeto por la religión de Smedley.

»Cuando llegamos a Londres, Tom no bajó siquiera al puerto y no se metió en una sola trifulca. Parecía haber perdido todo interés en las cosas mundanas. Se sentaba en la popa con aire melancólico, sin importarle el aspecto de su pelaje y sin dignarse a responder siquiera cuando un gato desconocido lo provocaba con sus maullidos. Tras partir de Londres, tomó por costumbre quedarse en la bodega casi todo el tiempo y, al final, cuando estábamos cruzando la línea, se metió en la cama, por decirlo de alguna manera, y empezó a quedarse tan delgado y débil como si viviera en el castillo de proa de un barco inglés. Y tan melancólico estaba que era imposible convencerlo para que mostrara interés por nada. Smedley se preocupó tanto por él que leyó en su libro de medicina con intención de averiguar qué le sucedía; y por fin se convenció de que el gato tenía una enfermedad de primera categoría con un nombre complicado que se parecía a merceditis espinal. Saberlo fue motivo de discreta satisfacción para Smedley, pero no mejoró en absoluto el estado del gato, pues nada de lo que hiciera el capitán convencía a Tom para que se tomara el medicamento. Ni siquiera quería oler las sales y, cuando Smedley trató de ponerle una cataplasma en el cuello, se sintió insultado y se rebeló tanto que le arrancó un trozo de la oreja al viejo capitán.

»Aproximadamente entonces recalamos en Funchal y Smedley mandó a un marinero a tierra para que fuera a buscar a otro gato callejero, con la esperanza de que una pelea animara un poco a Tom. Pero cuando dejaron el gato forastero junto a Tom y el descarado empezó a insultarlo de un modo de lo más impúdico, nuestro gato se limitó a darse la vuelta y fingió que se iba a dormir. Después de ese incidente, todos pensamos que Tom estaba en las últimas. Smedley mandó a tierra al gato nuevo y me dijo que creía que Tom ya contaba con el pasaje para el otro mundo y que ninguno de nosotros tendría más suerte que él en aquel viaje.

»Bajé a ver el gato y, aunque estaba delgado y débil, no vi signos de ninguna enfermedad grave. Así pues, le dije a Smedley que no creía que el gato estuviera enfermo, qué va.

»—Entonces, ¿qué le pasa? —pregunta el viejo capitán—. Tú mismo viste que no quería pelear y, si ha llegado a tal punto, creo que se dispone a despedirse de este mundo con sus alegrías y sus penas.

»—Tiene el hocico bien —le digo yo—. Cuando se lo he palpado hace un momento estaba tan fresco como un abstemio.

»—Eso da a entender que no tiene fiebre o, al menos, no se nota —dice Smedley—, y según el libro, cuando se sufre merceditis espinal es frecuente tener fiebre.

»—El problema con Tom —le digo entonces— es mental: eso es lo que es. Se le ha metido algo en la cabeza que lo está consumiendo.

»—¿Y qué puede tener en la cabeza? —pregunta el capitán—. En este barco le ofrecemos todo lo que puede desear. Si fuera millonario no estaría mejor servido. Ganó todas las peleas mientras estábamos en Boston y, desde entonces, no ha vuelto a meterse en líos, lo que demuestra que no puede estar decaído a causa de una tunda. ¡No, señor! Ya verá como Tom está bien de la cabeza.

»—Entonces, ¿qué le da ese aspecto tan mortecino a su mirada? —le digo—. Cuando habló con él esta mañana, el gato lo miró como si estuviera a punto de echarse a llorar por las desgracias de usted... Es decir, si es que sufre alguna desgracia. Ahora que lo pienso, Tom empezó a padecer ese declive justo después de que se casara, capitán. Tal vez sea eso lo que le ocurra.

»Pero fue imposible convencer a Smedley de que el problema de Tom era mental, y estaba tan seguro de que el gato iba a morir que se quedó tan decaído como el propio felino.

»—Empiezo a tener ganas —me dice Smedley una mañana— de volver a ser metodista; así creería en la otra vida. Me parece muy duro que un gato luchador y de primera clase como Tom no tenga una oportunidad al morir. Era el gato más religioso que ha existido y me gustaría pensar que se dirige a mundo mejor.

»Entonces se me ocurrió una idea.

»—Capitán Smedley —le digo—, ¿recuerda cuánto le gustaban a Tom las celebraciones que solíamos tener a bordo los domingos por la mañana?

»—Ya lo creo que sí —contesta Smedley—. Nunca he visto a nadie que disfrutara más de sus privilegios dominicales que Tom.

»—Capitán Smedley —le digo entonces, y apoyo la mano en la manga del viejo capitán—. Lo único que le pasa a Tom es que ha visto cómo su dueño ha renegado de la religión en la que lo crio y se ha vuelto *agonióstico,* o como lo llame usted. Yo lo llamo volverse un infiel, y punto. Tom está llorando por el alma de su amo y está desolado porque ya no celebra usted los oficios del domingo por la mañana. Le dije que su problema era mental, y ahora ya sabemos a qué se debe.

»—Puede que tenga razón —dice Smedley, quien se tomó de forma pacífica lo que acababa de exponerle, en lugar de tener un arrebato de ira, que era lo que yo esperaba que ocurriera—. A decir verdad, no tengo la conciencia tan tranquila como antes, y anoche, cuando empecé a rezar el padrenuestro, solo por costumbre, ya sabe, se me ocurrió que si hubiera seguido fiel a la fe metodista ahora sería mucho más feliz de lo que soy, maldita sea.

»—Mañana es domingo —le digo— y, si yo estuviera en su lugar, capitán, haría que sonara la campana para llamar a la ceremonia, igual que solía hacer, y subiría a Tom a la cubierta y dejaría que se consolara escuchando los himnos más desgarradores que se le ocurran. A usted no puede hacerle daño y tal vez a él le haga mucho bien. En cualquier caso, vale la pena intentarlo, si de verdad quiere que el Terror Amarillo se recupere.

»—No me avergüenza reconocer —dice Smedley— que haría casi cualquier cosa para salvarle la vida. Lleva conmigo siete años y nunca hemos discutido. Si una celebración dominical puede servirle de consuelo, la tendrá. Quizá, si no lo cura, por lo menos le abre la escotilla hacia la tumba.

»El caso es que justo el día siguiente era domingo y a las seis el capitán ordenó que tocaran la campana para anunciar la celebración y mandó subir a popa a los hombres. Todavía no había acabado de sonar la campana cuando Tom aparece por la escalera, subiendo los escalones de uno en uno, con aspecto de dirigirse a su propio funeral. Se colocó en su lugar de costumbre, junto al cabrestante, y se tumbó de costado a los pies del viejo capitán, y digamos que lo miró con lo que cualquiera habría podido calificar de mirada agradecida. Advertí que Smedley estaba muy serio. Comprendió lo que quería decirle el gato y, cuando empezó a entonar un himno, casi le falló la voz. Era un buen himno, emotivo, con un coro potente como un huracán, y los hombres lo cantaron poniendo el alma en ello, con la esperanza de que animara a Tom. El gato estaba demasiado débil para unirse con sus maullidos de antaño, pero por lo menos fue golpeando la cubierta con la cola y era evidente que se divertía, allí tumbado.

»En fin, la ceremonia se desarrolló como en los viejos tiempos, y digamos que Smedley se fue animando conforme hablaba, y al final su rostro había recuperado su antiguo brillo metodista. Cuando terminó el oficio y los hombres volvieron a la bodega del barco, Smedley se agachó y recogió a Tom del suelo y le dio un beso, y el gato se acurrucó en el cuello del viejo capitán y le lamió la barbilla. Smedley llevó a Tom al salón y llamó al sobrecargo para que le trajera carne fresca. El gato, encantado, se comió una cena mejor aún que las que comía en sus mejores tiempos, y cuando hubo terminado, se metió en la cabina del propio Smedley y se ovilló en el catre del capitán y se durmió ronroneando tan fuerte que casi se oía en la cubierta. A partir de aquel día, Tom mejoró de forma constante y, para cuando llegamos a Ciudad del Cabo, estaba lo bastante recuperado para bajar a tierra, aunque aún seguía considerablemente débil. Yo también desembarqué para echarle un ojo a Tom y comprobar qué hacía. Vi que elegía un gato pequeño y esmirriado, que no tenía ni el tamaño de un ratón adulto, y le daba una tunda en menos de un minuto. Entonces supe que Tom estaba recuperado del todo y admiré su buen juicio al meterse con un gato pequeño, acorde con su estado tan débil. Cuando llegamos a Cantón, Tom estaba, en cuerpo y alma, mejor que nunca; y cuando zarpamos, subió a bordo con un pedacito de cola arrancado y la oreja de estribor arañada, pero tenía el aspecto de haber apalizado a toda la creación, cosa que no dudo que hubiera hecho, bueno, ya se entiende, en la medida en que toda la creación pudiera encontrarse en Cantón.

»No volví a oír hablar de las sandeces *agoniósticas* de Smedley. Recuperó la fe metodista y siempre decía que Tom había sido el bendito modo de mostrarle que su conducta era errada. Según me dijeron, cuando regresó a Boston, informó a la señora Smedley de que esperaba que lo acompañara a la celebración metodista todos los domingos y que, si no lo hacía, lo consideraría un incumplimiento de los votos matrimoniales y equivalente a un motín. No sé cómo se lo tomó ella o cuáles fueron las consecuencias, porque justo entonces dejé el Medford y tomé el mando de un navío que comerciaba entre Boston y las Indias Occidentales. Y no volví a saber del Terror Amarillo a partir de aquella travesía, aunque a menudo pensaba en él, y siempre consideré que, para ser un gato, era el más hábil, tanto en mar como en tierra, que hubiera conocido el hombre.

FELINOS DE TODOS LOS COLORES

A menudo, la superstición y las connotaciones asociadas a ciertos colores han condicionado la visión que las personas tienen de los gatos. Saber que Edgar Allan Poe nos habla de un gato negro ya nos predispone hacia algo trágico y turbio (¡aunque es difícil que anticipemos su crueldad!), mientras que el gato pardo de Luigi Pirandello es el epítome de cualquier minino casero, misterioso e inquieto. Otras veces, el «color» del gato no solo alude a su pelaje, sino a su temperamento, pensativo e inteligente, como el gato de Dick Dunkerman retratado por Jerome K. Jerome. Y su variedad cromática es reflejo de lo «completo y orgulloso» que es este felino, en palabras de Pablo Neruda.

EL GATO NEGRO

EDGAR ALLAN POE

Ni espero ni quiero que se dé crédito a la historia más extraordinaria y, sin embargo, más familiar que voy a referir. Tratándose de un caso en el que mis sentimientos se niegan a aceptar su propio testimonio, yo habría de estar realmente loco si así lo creyera. No obstante, no estoy loco, y, con toda seguridad, no sueño. Pero mañana puedo morir y quisiera aliviar hoy mi apenado espíritu. Deseo mostrar al mundo, clara y concretamente, una serie de simples acontecimientos domésticos que, por sus consecuencias, me han aterrorizado, torturado y anonadado. A pesar de todo, no trataré de esclarecerlos. A mí casi no me han producido otro sentimiento que el de horror. Pero a muchas personas les parecerán menos terribles. Tal vez más tarde haya una inteligencia que reduzca mi fantasía al estado de lugar común. Alguna inteligencia más serena, más lógica y mucho menos excitable que la mía encontrará tan solo en las circunstancias que relato con terror una serie normal de causas y de efectos naturalísimos.

La docilidad y humanidad de mi carácter sorprendieron desde mi infancia. Tan notable era la ternura de mi corazón que había hecho de mí el juguete de mis amigos. Sentía una auténtica pasión por los animales, y mis padres me permitieron poseer una gran variedad de favoritos. Casi todo el tiempo lo pasaba con ellos, y nunca me consideraba tan feliz como cuando les daba de comer o los acariciaba. Con los años aumentó esta particularidad de mi carácter, y cuando fui hombre hice de ella una de mis principales fuentes de goce. Aquellos que han profesado afecto a un perro fiel y sagaz no necesitarán explicaciones de la naturaleza o intensidad de los goces que eso puede producir. En el amor desinteresado de un animal, en el sacrificio de sí mismo, hay algo que llega directamente al corazón del que con frecuencia ha tenido ocasión de comprobar la amistad mezquina y la frágil fidelidad del hombre natural.

Me casé joven. Tuve la suerte de descubrir en mi mujer una disposición semejante a la mía. Y, habiéndose dado cuenta de mi gusto por estos favoritos domésticos, no perdió ocasión alguna de proporcionármelos de la especie más agradable. Tuvimos pájaros, un pez de color de oro, un magnífico perro, conejos, un mono pequeño y... un gato.

Era este último animal muy fuerte y hermoso, completamente negro y de una sagacidad maravillosa. Mi mujer, que era en el fondo algo supersticiosa, hablando de su inteligencia, aludía frecuentemente a la antigua creencia popular que consideraba a todos los gatos negros como brujas disimuladas. No quiere esto decir que hablara siempre *en serio* sobre este particular, y lo consigno sencillamente porque lo recuerdo.

Plutón, se llamaba así el gato, era mi amigo predilecto. Solo yo le daba de comer, y me seguía siempre por la casa. E incluso me costaba trabajo impedirle que me siguiera por las calles.

Nuestra amistad subsistió así algunos años, durante los cuales mi carácter y mi temperamento —me sonroja confesarlo—, por causa del demonio de la intemperancia, sufrieron una alteración radicalmente funesta. De día en día me hice más taciturno, más irritable, más indiferente a los sentimientos ajenos. Empleé con mi mujer un lenguaje brutal corriendo el tiempo, la aflijí incluso con violencias personales. Naturalmente, mis pobres favoritos debieron notar el cambio de mi carácter. No solamente no les hacía caso alguno, sino que los maltrataba. Sin embargo, y por lo que se refiere a Plutón, aún despertaba este en mí la consideración suficiente para no pegarle. En cambio, no sentía ningún escrúpulo en maltratar a los conejos y al mono, y hasta al perro, cuando, por casualidad o afecto, se cruzaban en mi camino. Iba secuestrándome mi mal cada vez más, como consecuencia de mis excesos alcohólicos. Y, andando el tiempo, el mismo Plutón, que envejecía, y, naturalmente, se hacía un poco huraño, comenzó a conocer los efectos de mi perverso carácter.

Una noche, al regresar a casa completamente ebrio, de vuelta de uno de mis frecuentes escondrijos del barrio, me pareció que el gato evitaba mi presencia. Lo apresé, pero él, horrorizado por mi violenta actitud, me hizo en la mano, con los dientes, una leve herida. Entonces, se apoderó de mí, repentinamente, un furor demoníaco. En aquel instante dejé de conocerme. Se diría como si, de pronto, mi alma original hubiese abandonado mi cuerpo, y una ruindad superdemoníaca, saturada de ginebra, se filtró en cada una de las fibras de mi ser. Del bolsillo de mi chaleco saqué un cortaplumas, lo abrí, tomé al pobre animal por la garganta y, deliberadamente, le vacié un ojo... Me llena y abruma la vergüenza, estremeciéndome al escribir esta abominable atrocidad.

Cuando, al amanecer, hube recuperado la razón, y cuando se disiparon los vapores de mi crápula nocturna, experimenté un sentimiento mitad horror mitad remordimiento por el crimen que había cometido. Pero, todo lo más, era un sentimiento confuso, y el alma no sufrió sus acometidas, lo confieso. Volví a sumirme en los excesos, y no tardé en ahogar en el vino todo recuerdo de mi acción.

Curó entre tanto el gato lentamente. La órbita del ojo perdido presentaba, es cierto, un aspecto espantoso. Pero después, con el tiempo, no pareció que se daba cuenta de ello. Según su costumbre, iba y venía por la casa; pero, como debí suponer, en cuanto veía que me aproximaba a él, huía aterrorizado. Me quedaba aún lo bastante de mi antiguo corazón para que me afligiera aquella manifiesta antipatía en un ser que tanto me había amado anteriormente. Pero este sentimiento no tardó en ser desalojado por la irritación. Como para mi caída final e irrevocable, brotó entonces el espíritu de perversidad, espíritu del que la filosofía no se cuida ni poco ni mucho. No obstante, tan seguro como que existe mi alma, creo que la perversidad es uno de los primitivos impulsos del corazón humano, una de esas indivisibles primeras facultades o sentimientos que dirigen el carácter del hombre. ¿Quién no se ha sorprendido muchas veces cometiendo una acción necia o vil por la única razón de que sabía que no debía cometerla? ¿No tenemos una constante inclinación, pese a lo excelente de nuestro juicio, a violar lo que es la ley, simplemente porque comprendemos que es la ley?

Digo que este espíritu de perversidad hubo de producir mi ruina completa. El vivo e insondable deseo del alma de atormentarse a sí misma, de violentar su propia naturaleza, de hacer el mal por amor al mal, me impulsaba a continuar y últimamente a llevar a prolongar el suplicio que había infligido al inofensivo animal. Una mañana, a sangre fría, ceñí un nudo corredizo en torno a su cuello y lo ahorqué de la rama de un árbol. Lo ahorqué con mis ojos llenos de lágrimas, con el corazón desbordante del más amargo remordimiento. Lo ahorqué porque sabía que él me había amado y porque reconocía que no me había dado motivo alguno para encolerizarme con él. Lo ahorqué porque sabía que al hacerlo cometía un pecado, un pecado mortal que comprometía a mi alma inmortal, hasta el punto de colocarla, si esto fuera posible, lejos incluso de la misericordia infinita del muy severo y misericordioso Dios.

En la noche siguiente al día en que fue cometida acción tan cruel, me despertó del sueño el grito de: «¡Fuego!». Ardían las cortinas de mi lecho. La casa era una gran hoguera. Mi mujer, un criado y yo logramos escapar, no sin vencer grandes dificultades, del incendio. La destrucción fue total. Quedé arruinado y me entregué desde entonces a la desesperación.

No intento establecer relación alguna entre causa y efecto con respecto a la atrocidad y el desastre. Estoy por encima de tal debilidad. Pero me limito a dar cuenta de una cadena de hechos y no quiero omitir el menor eslabón. Visité las ruinas el día siguiente al del incendio. Excepto una, todas las paredes se habían derrumbado. Esta sola excepción la constituía un delgado tabique interior, situado casi en la mitad de la casa, contra el que se apoyaba la cabecera de mi lecho. Allí el enlucido había resistido en gran parte a la acción del fuego, hecho que atribuí a haber sido renovada recientemente. En torno a aquella pared se congregaba la multitud. Y numerosas personas examinaban una parte del muro con viva atención. Excitaron mi curiosidad las palabras «extraño», «singular», y otras expresiones parecidas. Me acerqué y vi, a modo de un bajorrelieve esculpido sobre la blanca superficie, la figura de un gigantesco gato. La imagen estaba copiada con una exactitud realmente maravillosa. Rodeaba el cuello del animal una cuerda.

Apenas hube visto esta aparición —porque yo no podía considerar aquello más que como una aparición—, mi asombro y mi terror fueron extraordinarios. Por fin, vino en mi ayuda la reflexión. Recordaba que el gato había sido ahorcado en un jardín contiguo a la casa. A los gritos de alarma, el jardín fue invadido inmediatamente por la muchedumbre, y el animal debió de ser descolgado por alguien del árbol y arrojado a mi cuarto por la ventana abierta. Indudablemente se hizo esto con el propósito de despertarme. El derrumbamiento de las restantes paredes había comprimido a la víctima de mi crueldad en el yeso recientemente extendido. La cal del muro, en combinación con las llamas y el amoníaco del cadáver, produjo la imagen tal como yo la veía.

Aunque prontamente satisfice así mi razón, ya que no por completo mi conciencia, no dejó, sin embargo, de grabar en mi imaginación una huella profunda el sorprendente caso que acabo de dar cuenta. Durante algunos meses no pude liberarme del fantasma del gato, y en todo este tiempo nació en mi alma una especie de sentimiento que se parecía, aunque no lo era, al remordimiento. Llegué incluso a lamentar la pérdida del animal y a buscar en torno mío, en los miserables tugurios que a la sazón frecuentaba, otro favorito de la misma especie y de facciones parecidas que pudiera sustituirle.

Una noche, hallándome medio aturdido en un bodegón infame, atrajo repentinamente mi atención un objeto negro que yacía en lo alto de uno de los inmensos barriles de ginebra y ron que componían el mobiliario más importante de la sala. Hacía ya algunos momentos que miraba a lo alto del tonel, y me sorprendió no haber advertido el objeto colocado encima. Me acerqué a él y lo toqué. Era un gato negro, enorme, tan corpulento como Plutón, al que se parecía en todo menos en un pormenor: Plutón no tenía un solo pelo blanco en todo el cuerpo, pero este tenía una señal ancha y blanca, de forma indefinida, que le cubría casi toda la región del pecho.

Apenas puse en él mi mano, se levantó repentinamente, ronroneando con fuerza, se restregó contra mi mano y pareció contento de mi atención. Era, pues, el animal que yo buscaba. Me apresuré a proponer al dueño su adquisición, pero este no tuvo interés alguno por el animal. Ni le conocía ni le había visto hasta entonces.

Continué acariciándole, y cuando me disponía a regresar a mi casa, el animal se mostró dispuesto a seguirme. Se lo permití, e inclinándome de cuando en cuando para acariciarle, caminamos hacia mi casa. Cuando llegó a ella se encontró como si fuera la suya, y se convirtió rápidamente en el mejor amigo de mi mujer.

Por mi parte, no tardó en surgir en mí una antipatía hacia él. Era, pues, precisamente, lo contrario de lo que yo había esperado. No sé cómo ni por qué sucedió esto, pero su evidente ternura me enojaba y casi me fatigaba. Poco a poco, estos sentimientos de disgusto y fastidio fueron aumentando hasta convertirse en la amargura del odio. Yo evitaba su presencia. Una especie de vergüenza mezclada con el recuerdo de mi primera crueldad me impidió que lo maltratara. Durante algunas semanas me abstuve de pegarle o de tratarlo con violencia. Pero, gradual e insensiblemente, llegué a sentir por él un horror indecible. Y a eludir en silencio, como si huyera de la peste, su odiosa presencia.

Lo que despertó enseguida mi odio por el animal fue el descubrimiento que hice a la mañana del siguiente día de haberlo llevado a casa. Como Plutón, también él había sido privado de uno de sus ojos. Sin embargo, esta circunstancia contribuyó a hacerle más grato a mi mujer, quien poseía grandemente, como ya he dicho, la ternura de sentimientos que fue en otro tiempo mi rasgo característico y el frecuente manantial de mis placeres más sencillos y puros.

No obstante, el cariño que el gato me demostraba parecía crecer en razón directa de mi odio hacia él. Con una tenacidad imposible de hacer comprender al lector, seguía constantemente mis pasos. En cuanto me sentaba, se acurrucaba bajo mi silla, o saltaba sobre mis rodillas, cubriéndome con sus caricias espantosas. Si me levantaba para andar, se metía entre mis piernas y casi me derribaba, o bien trepaba por mis ropas, clavando sus largas y agudas garras hasta mi pecho. En tales instantes hubiera querido matarlo de un golpe, pero me lo impedía en parte el recuerdo de mi primer crimen. Y sobre todo, me apresuro a confesarlo, el verdadero terror del animal.

Este miedo no era positivamente el de un mal físico. Y, sin embargo, me sería muy difícil definirlo de otro modo. Casi me ruboriza confesarlo. Aun en esta celda de malhechor, casi me avergüenza confesar que el horror y el pánico que me inspiraba el animal se habían acrecentado a causa de una de las fantasías más perfectas que es posible imaginar. No pocas veces, mi mujer había llamado mi atención con respecto al carácter de la mancha blanca de la que he hablado y que constituía la única diferencia perceptible entre el animal extraño y aquel que había matado yo. Recordará, sin duda, el lector que esta señal, aunque grande, tuvo primitivamente una forma indefinida. Pero gradualmente, por fases imperceptibles, había concluido adquiriendo una nitidez rigurosa de contornos.

En ese momento, era la imagen de un objeto que solo con nombrarlo me hace temblar. Era, sobre todo, lo que me hacía mirarle como a un monstruo de horror y repugnancia. Y lo que, si me hubiera atrevido, me hubiese impulsado a librarme de él. Era ahora, en fin, la imagen de una cosa abominable y siniestra: la imagen ¡de la *horca*! ¡Oh, lúgubre y terrible máquina! ¡Máquina de espanto y crimen, de muerte y agonía!

Yo era entonces, verdaderamente, un miserable, más allá de la miseria posible de la humanidad. Y pensar que una bestia brutal, cuyo hermano había yo aniquilado con desprecio; una bestia brutal era capaz de engendrar en mí, hombre formado a imagen del Altísimo, tan insoportable angustia. ¡Ay! Ni de día ni de noche conocía yo la paz del descanso. Ni un solo instante, durante cada jornada, me dejaba el animal. Y de noche, a cada momento, cuando salía de mis sueños llenos de indefinible angustia, era tan solo para sentir el aliento tibio de aquel sobre mi rostro, y su enorme peso, encarnación de una pesadilla que yo no podía separar de mí, parecía eternamente gravitar sobre mi corazón.

Bajo tales tormentos sucumbió lo poco que había de bueno en mí. Infames pensamientos se convirtieron en mis íntimos. Los más sombríos, los más infames de todos los pensamientos eran acariciados por mi mente. La tristeza de mi humor de costumbre se acrecentó hasta hacerme aborrecer todas las cosas y a la humanidad entera. Mi mujer, sin embargo, no se quejaba nunca. ¡Ah! Era siempre mi paño de lágrimas. La más paciente víctima de las repentinas, frecuentes e indomables expansiones de una furia a la que ciegamente me abandoné desde entonces.

Para un quehacer doméstico, me acompañó un día al sótano de un viejo edificio en el que nos obligara a vivir nuestra pobreza. Por los finos peldaños de la escalera me seguía el gato, y habiéndome hecho tropezar, me exasperó hasta la locura. Apoderándome de un hacha y olvidando en mi furor el espanto pueril que había detenido hasta entonces mi mano, dirigí un golpe al animal. Hubiera sido mortal si le hubiera alcanzado como quería. Pero la mano de mi mujer detuvo el golpe. Una rabia más que diabólica me produjo esta intervención. Liberé mi brazo del obstáculo que lo detenía y le hundí a ella el hacha en el cráneo. Mi mujer cayó muerta instantáneamente, sin exhalar siquiera un gemido.

Realizado el horrible asesinato, inmediata y resueltamente procuré esconder el cuerpo. Me di cuenta de que no podía hacerlo desaparecer de la casa, ni de día ni de noche, sin correr el riesgo de que se enteraran los vecinos. Asaltaron mi mente varios proyectos. Pensé por un instante en trocear el cadáver y arrojar al suelo los pedazos. Resolví después cavar una fosa en el piso de la cueva. Luego pensé arrojarlo al pozo del jardín. Cambié la idea y decidí embalarlo en un cajón, como una mercancía, y encargar a un mandadero que se lo llevase de casa, facturándolo a cualquier parte. Pero, por último, me detuve ante un proyecto que consideré el más factible: me decidí a emparedarlo en el sótano, como se dice que hacían en la Edad Media los monjes con sus víctimas.

La cueva parecía estar construida a propósito para semejante proyecto. Los muros no estaban levantados con el cuidado de costumbre, y no hacía mucho tiempo habían sido cubiertos en toda su extensión por una capa de yeso, al que la humedad no dejó endurecer.

Había, por otra parte, un saliente en uno de los muros, producido por una chimenea artificial o especie de hogar que quedó luego tapado y dispuesto de la misma forma que el resto del sótano. No dudé que me sería fácil quitar los ladrillos de aquel sitio, colocar el cadáver y emparedarlo del mismo modo, de forma que ninguna mirada pudiese descubrir nada sospechoso.

No me engañé en mis cálculos y, ayudado por una palanca, separé sin gran dificultad los ladrillos. Habiendo luego aplicado cuidadosamente el cuerpo contra la pared interior, lo sostuve en esta postura hasta poder restablecer sin gran esfuerzo toda la estructura a su estado primitivo. Con todas las precauciones imaginables, me procuré una argamasa de cal y arena. Preparé una capa que no podía distinguirse de la primitiva y cubrí escrupulosamente con ella el nuevo tabique.

Cuando terminé vi que todo había resultado perfecto. La pared no presentaba la más leve señal de arreglo. Con el mayor cuidado, barrí el suelo y recogí los escombros. Miré, triunfalmente, en torno mío, y me dije: «Por lo menos, aquí, mi trabajo no ha sido infructuoso».

Mi primera idea, entonces, fue buscar al animal que había sido el causante de tan tremenda desgracia porque, al fin, había resuelto matarlo. Si en aquel momento hubiera podido encontrarle, nada hubiese evitado su destino. Pero parecía que el animal, ante la violencia de mi cólera, se había alarmado y procuraba no presentarse ante mí, desafiando desde sus refugios mi mal humor. Imposible describir o imaginar la intensa, la apacible sensación de alivio que trajo a mi corazón la ausencia de la detestada criatura. En toda la noche no se presentó, y esta fue la primera que gocé desde su entrada en la casa. Dormí, a pesar de todo, tranquila y profundamente. Sí, dormí así con el peso de aquel asesinato en mi alma.

Transcurrieron el segundo y el tercer día. Mi verdugo no vino, sin embargo. Como un hombre libre, respiré una vez más. En su terror, el monstruo había abandonado para siempre aquellos lugares. Ya no volvería a verle nunca. Mi dicha era infinita. Me inquietaba muy poco la criminalidad de mi tenebrosa acción. Se incoó una especie de sumario que apuró poco las averiguaciones. También se dispuso un reconocimiento, pero, naturalmente, nada podía descubrirse. Yo daba por asegurada mi felicidad futura.

Al cuarto día, después de haberse cometido el asesinato, se presentó inopinadamente en mi casa un grupo de agentes de policía y procedió de nuevo a una rigurosa investigación del local. Sin embargo, confiado en lo impenetrable del escondite, no experimenté ninguna turbación.

Los agentes quisieron que les acompañase en sus pesquisas. Fue explorado hasta el último rincón, por tercera o cuarta vez bajaron por último a la cueva. No me alteré lo más mínimo. Como el de un hombre que reposa en la inocencia, mi corazón latía pacíficamente. Recorrí el sótano de punta a punta, crucé los brazos sobre el pecho y me paseé indiferente de un lado a otro. Plenamente satisfecha, la policía se disponía a abandonar la casa. Era demasiado intenso el júbilo de mi corazón para que pudiera reprimirlo. Sentía la viva necesidad de decir una palabra, una palabra tan solo, a modo de triunfo, y hacer doblemente evidente su convicción con respecto a mi inocencia.

—Señores —dije por último y cuando los agentes subían la escalera—, es para mí una gran satisfacción haber desvanecido sus sospechas. Deseo a todos ustedes una buena salud y un poco más de cortesía. Dicho sea de paso, señores, tienen ustedes aquí una casa muy bien construida —apenas sabía lo que hablaba, en mi furioso deseo de decir algo con aire deliberado—. Puedo asegurar que esta es una casa excelentemente construida. Estos muros... ¿Se van ustedes señores? Estos muros están construidos con una gran solidez.

Entonces, por una fanfarronada frenética, golpeé con fuerza, con un bastón que tenía en la mano en ese momento, precisamente sobre la pared del tabique tras el cual yacía la esposa de mi corazón.

¡Ah! Que por lo menos Dios me proteja y me libre de las garras del archidemonio. Apenas se hubo hundido en el silencio el eco de mis golpes, me respondió una voz desde el fondo de la tumba. Era primero una queja, velada y entrecortada como el sollozo de un niño. Después, enseguida, se convirtió en un grito prolongado, sonoro y continuo, infrahumano. Un alarido, un aullido mitad horror, mitad triunfo, como solamente puede brotar del infierno. Fue una horrible armonía que surgiera al unísono de las gargantas de los condenados en sus torturas y de los demonios que gozaban en la condenación.

Sería una locura expresaros mis pensamientos. Me sentí desfallecer y, tambaleándome, caí contra la pared opuesta. Durante un instante se detuvieron en los escalones los agentes. La sorpresa y el pavor los había dejado atónitos. Un momento después, doce brazos robustos atacaron la pared. Esta cayó a tierra de un golpe. El cadáver, muy desfigurado ya y cubierto de sangre coagulada, apareció rígido ante los ojos de los circunstantes.

Sobre su cabeza, con las rojas fauces dilatadas y llameando el único ojo, se posaba el odioso animal cuya astucia me llevó al asesinato y cuya reveladora voz me entregaba al verdugo. ¡Yo había emparedado al monstruo en la tumba!

EL GATO DE DICK DUNKERMAN

JEROME K. JEROME

Richard Dunkerman y yo habíamos sido compañeros de colegio, en el supuesto de que un caballero a punto de pasar a la universidad y que llegaba a clase todos los días con una «chistera» y guantes y «un donnadie de cuarto» con gorra escocesa puedan incluirse de algún modo en la misma categoría social. Y, aunque al principio existió cierta frialdad entre nosotros, originada a raíz de un poema que compuse yo y que cantaba en ocasiones para recordar un supuesto incidente doloroso relacionado con cierto día de ruptura, y que, si no recuerdo mal, decía...

> Dicky, Dicky, Dale,
> deprimido y en la luna,
> de jerez bebió una copa,
> y a casa fue como una cuba,

un poema que se mantuvo vivo debido a las brutales críticas por parte de Dunkerman, expresadas con la parte huesuda de la rodilla, aun así, como iba diciendo, con el tiempo llegamos a conocernos y a tenernos afecto. Yo me decanté por el periodismo, mientras que él llevaba años dedicado sin éxito a la abogacía y la dramaturgia; pero una primavera, para asombro de todos, creó la obra de teatro más famosa de la temporada, una comedia ligera que parecía imposible, pero llena de sentimientos familiares y fe en la naturaleza humana. Un par de meses después de su producción fue cuando me presentó al «hidalgo Pirámides».

En aquella época yo estaba enamorado. Creo que la mujer se llamaba Naomi y me apetecía hablar de ella con alguien. Dick tenía fama de mostrar un interés intelectual en las relaciones sentimentales de los demás hombres. Dejaba que el amante se explayara más de una hora y mientras tanto iba tomando notas en un cuaderno voluminoso de tapas rojas que había titulado «Libro de anécdotas». Por supuesto, todo el mundo sabía que luego las empleaba como material en bruto para sus obras dramáticas, pero no nos importaba si a cambio nos escuchaba. Me puse el sombrero y me dirigí a sus dependencias.

Hablamos de asuntos sin importancia durante un cuarto de hora más o menos y luego abordé por fin mi tema. Ya había agotado los comentarios sobre la belleza y la bondad de mi amada y estaba enfrascado en la descripción de mis sentimientos —la insensatez de haber pensado que ya me había enamorado antes, la absoluta imposibilidad de interesarme por alguna otra mujer y mi deseo de morir pronunciando su nombre—, cuando por fin él reaccionó. Pensé que se había levantado para ir a coger, como de costumbre, su «Libro de anécdotas», así que esperé, pero en lugar de eso se dirigió a la puerta y la abrió, y entonces entró uno de los gatos negros más grandes y hermosos que he visto en mi vida. Saltó al regazo de Dick con un suave ronroneo y se sentó erguido, observándome, mientras yo continuaba con mi relato.

Al cabo de unos minutos, Dick me interrumpió:

—Pensaba que había dicho que se llamaba Naomi.

—Sí, así es —respondí—. ¿Por qué?

—Ah, por nada —comentó—. Es que ahora se ha referido a ella como Enid.

Era de lo más insólito, pues hacía años que no veía a Enid y casi la había olvidado. En cierto modo, le quitó lustre a la conversación. Una docena de frases después, Dick volvió a meter baza.

—¿Quién es Julia?

Empecé a irritarme. De pronto recordé que Julia había sido cajera en un restaurante de la ciudad y, cuando yo era poco más que un muchacho, casi me había engatusado para que me comprometiera con ella. Sin querer, me fui calentando al recopilar mentalmente las bobas rapsodias que le había susurrado al oído empolvado mientras le daba la mano flácida al otro lado del mostrador.

—¿De verdad he dicho «Julia»? —pregunté con malos modales—. ¿O es una broma?

—Le aseguro que la ha llamado Julia —respondió con calma—. Pero no importa, continúe hablando. Ya sé a quién se refiere.

Sin embargo, la llama de mi interior se había apagado. Intenté reavivarla, pero cada vez que alzaba la mirada y me topaba con los ojos verdes del gato negro, la llama volvía a titilar hasta agotarse. Recordé la intensa emoción que había embargado todo mi ser cuando la mano de Naomi había tocado por casualidad la mía en la galería y me pregunté si lo habría hecho a propósito. Pensé en lo buena y dulce que era con esa madre vieja y fea como un espantajo que tenía y me pregunté si de verdad sería su madre o la habría contratado. Visualicé su coronilla de pelo castaño claro, casi dorado, tal como la había visto cuando el sol besó sus pícaras ondas y pensé que me encantaría asegurarme de si eran naturales.

Una vez, en mi entusiasmo, la agarré por el vuelo de la falda con suficiente firmeza para comentar que, en mi modesta opinión, una mujer buena era más valiosa que los rubíes; y añadí de inmediato —las palabras se me escaparon de forma inconsciente antes de percatarme siquiera del pensamiento— «qué pena que sea tan difícil decírselo a la cara».

Entonces me rendí e intenté recordar qué le había dicho a mi amada la noche anterior, con la esperanza de no haberme comprometido sin querer.

La voz de Dick me despertó de mi incómoda ensoñación.

—No —me dijo—. Dudo que fuese usted capaz. Ninguno de ellos puede.

—¿Ninguno de ellos puede qué? —pregunté.

Sin saber el motivo, estaba enfadado con Dick y con el gato de Dick, y conmigo mismo y con casi todo lo demás.

—¿Por qué hablar de amor o de cualquier otro tipo de sentimiento delante del viejo Pirámides? —respondió, y acarició la suave cabeza del felino, que se levantó y arqueó el lomo.

—¿Qué tiene que ver el maldito gato? —espeté.

—Justamente a eso no puedo responderle —contestó—, pero es de lo más asombroso. El viejo Leman se pasó por aquí la otra tarde y empezó a hablar a su estilo sobre Ibsen y el destino de la raza humana y la idea socialista y todas esas historias... Ya sabe cómo es. Pirámides estaba sentado en el borde de la mesa de ahí y lo miraba, justo como lo miraba a usted hace unos minutos, y en menos de un cuarto de hora, Leman había llegado a la conclusión de que a la sociedad le iría mejor sin ideales y de que el destino de la raza humana era, con toda probabilidad, acabar en un montón de polvo. Se apartó el pelo largo de los ojos y, por primera vez en la vida, pareció bastante cuerdo. «Hablamos de nosotros mismos», me dijo, «como si fuésemos el final de la creación. A veces me canso de tanto oírlo. ¡Bah!», continuó. «Que sepamos, la raza humana podría extinguirse por completo y otro insecto ocuparía nuestro lugar, tal como seguramente nosotros nos abrimos paso y ocupamos el puesto de otra raza de seres previos. Me pregunto si las hormigas no serán las futuras herederas de la tierra. Saben organizarse y trabajar en grupo, y ya poseen un sentido extra del que carecemos nosotros. Si en el transcurso de la evolución crecen en cerebro y en cuerpo, podrían convertirse en potentes rivales, ¿quién sabe?». Curioso oír al viejo Leman hablando en esos términos, ¿a que sí?

—¿Qué le llevó a llamarlo «Pirámides»? —le pregunté a Dick.

—No lo sé —respondió—. Supongo que fue porque parecía muy viejo. Se me ocurrió ese nombre.

Me incliné y miré aquellos inmensos ojos verdes, y la criatura, sin parpadear, sin pestañear, me devolvió la mirada, hasta que tuve la sensación de que me adentraba sin querer en los pozos mismos del tiempo. Daba la impresión de que el panorama de todas las épocas debía de haber pasado ante aquellos orbes inexpresivos: todos los amores y esperanzas y deseos del ser humano; todas las verdades inamovibles que han resultado ser falsas; todas las fes eternas que se descubrió que salvaban, hasta que se descubrió que condenaban.

La extraña criatura negra creció y creció hasta que pareció llenar toda la sala, y Dick y yo acabamos convertidos en meras sombras que flotaban en el aire.

Me obligué a soltar una risa, algo que, sin embargo, rompió en parte el hechizo, y le pregunté a Dick cómo había llegado a ser su dueño.

—Se me acercó una noche hace seis meses —contestó—. Estaba pasando una mala racha. Dos de mis obras, en las que había puesto muchas esperanzas, habían fracasado, una detrás de otra (seguro que se acuerda usted), y me parecía absurdo pensar que algún director fuera a dignarse a leer algo mío en el futuro. El viejo Walcott acababa de decirme que no le parecía apropiado por mi parte que, en aquellas circunstancias, siguiera reteniendo a Lizzie con el compromiso; según él, debía marcharme y darle a la dama la oportunidad de olvidarme, y yo le di la razón. Me quedé solo en el mundo y endeudado hasta las cejas. En conjunto, lo veía todo negro y estaba desesperado, y no me importa reconocer que había decidido volarme los sesos aquella misma tarde. Había cargado el revólver y lo tenía delante, en el escritorio. Mi mano jugueteaba con el arma cuando oí un leve arañazo en la puerta. Al principio no presté atención, pero se volvió más insistente y, al cabo de un rato, para detener ese ruidito que me estaba poniendo tan nervioso, me levanté y abrí la puerta y entró él.

»Se apostó en la esquina de la mesa, junto a la pistola cargada, y se quedó ahí sentado, muy erguido, desafiándome con la mirada; y yo aparté la silla hacia atrás y me lo quedé mirando. Y entonces me trajeron una carta en la que ponía que un hombre cuyo nombre no había oído jamás había muerto embestido por una vaca en Melbourne y que en su testamento había un legado de tres mil libras que recaía en la hacienda de un pariente lejano mío que había muerto en paz y absolutamente insolvente dieciocho meses antes, dejándome como su único heredero y representante legal, así que volví a meter el arma en el cajón.

—¿Cree que Pirámides podría quedarse conmigo una semana? —pregunté, mientras alargaba la mano para acariciar al gato, que estaba tumbado y ronroneaba tranquilo sobre la rodilla de Dick.

—Tal vez algún día —respondió Dick en voz baja, pero antes de que hablara, no sé por qué, yo ya me había arrepentido de preguntárselo. Entonces continuó—: Tomé la costumbre de hablarle como si fuese una criatura humana y debatir cosas con él. Mi última obra, por ejemplo, la considero una colaboración; de hecho, es más suya que mía.

Habría pensado que Dick se había vuelto loco de no ser porque el gato estaba ahí sentado ante mí con los ojos clavados en los míos. En esas circunstancias, no pude evitar sentir aún más curiosidad por su historia.

—Tal como la escribí al principio, era una obra bastante cínica —continuó el dramaturgo—, un retrato realista de cierto sector de la sociedad tal como yo lo veía y lo conocía. Desde el punto de vista artístico, me parecía buena; desde la perspectiva del éxito de taquilla, ya era más dudosa. La saqué del cajón la tercera noche después de la llegada de Pirámides y la leí de cabo a rabo. Él estaba sentado en el brazo del sillón y miraba las páginas mientras yo las pasaba.

»Era lo mejor que había escrito. En cada línea se apreciaban las reflexiones certeras sobre la vida. Casi sin querer, volví a leerla encantado. De repente, una voz interna me dijo:

»—Muy inteligente, amigo mío, muy inteligente, desde luego. Si le da la vuelta por completo, cambia todos esos parlamentos amargos y sinceros por sentimientos nobles; si hace que el subsecretario de Asuntos Exteriores (que nunca ha sido un personaje popular) muera en el primer acto en lugar de morir el hombre de Yorkshire, y deja que la mala mujer se reforme gracias al amor del protagonista y se marche a alguna parte sola a hacer buenas obras para los pobres con un hábito negro, valdrá la pena llevar la obra a escena.

»Me volví indignado hacia quien me hablaba. Esas opiniones parecían las de un director teatral. Pero en la sala no había nadie más que el gato y yo. Seguro que había estado hablando solo, aunque esa voz me resultaba desconocida.

»—¡Que se reforme por el amor hacia el protagonista! —me jacté, aunque cohibido, porque era incapaz de asimilar que no hacía más que discutir conmigo mismo—. Pero si es la loca pasión del hombre por ella la que le arruina la vida.

»—Y arruinará la obra para el gran público —contratacó la otra voz—. El héroe dramático británico no siente pasión, sino una pura y respetuosa admiración por una sincera y afable chica inglesa de la campiña. Desconoce usted los cánones de su arte.

»—Y, además —insistí, haciendo oídos sordos a la interrupción—, las mujeres que han nacido, se han criado y han estado inmersas durante treinta años en un ambiente de pecado no se reforman.

»—Bueno, pues esta tendrá que hacerlo, y no se hable más —fue la descarada respuesta—. Que oiga un órgano que la ilumine.

»—Pero, como artista... —protesté.

»—Siempre será un fracasado —fue la respuesta—. Mi querido amigo, usted y sus obras, artísticas o no artísticas, caerán en el olvido dentro de pocos años. Si le da al mundo lo que este quiere, el mundo le dará lo que usted quiere. Por favor, hágalo si desea vivir.

»Así pues, con Pirámides a mi lado día tras día, reescribí la obra y, cada vez que se me ocurría algo que era absolutamente imposible y falso, lo plasmaba por escrito con una sonrisa. E hice que todos los personajes parlotearan con sentimientos baratos mientras Pirámides ronroneaba, y me esforcé en que todas y cada una de mis marionetas hicieran lo que correspondía a ojos de la dama con los impertinentes sentada en la segunda fila del palco; y el viejo Hewson ha dicho que la obra estará en cartelera quinientas noches.

»Pero lo peor —añadió Dick a modo de conclusión— es que no me avergüenzo, sino que estoy satisfecho.

—¿Y qué cree que es el animal? —le pregunté entre risas—. ¿Un espíritu maligno?

Pude decirlo porque el gato había pasado a la siguiente habitación y de ahí había salido por la ventana abierta, y sus ojos verdes y extrañamente quietos ya no atraían mi mirada hacia ellos, de modo que sentí que regresaba a mí el sentido común.

—Usted no ha vivido seis meses con él —respondió despacio Dick— ni ha notado sus ojos puestos siempre en usted, como me ha sucedido a mí. Y no soy el único. ¿Conoce a Canon Whycherly, el gran predicador?

—Mis conocimientos sobre historia religiosa moderna son limitados —respondí—. Pero me suena de nombre, claro. ¿Qué sucede con él?

—Era párroco del desfavorecido East End —continuó Dick—, y durante diez años trabajó, pobre y desconocido, y llevó una de esas vidas nobles y heroicas que de vez en cuando todavía tienen algunos hombres aquí y allá, incluso en nuestros tiempos. Ahora es el profeta de la moderna cristiandad del lujoso South Kensington, que tan de moda está, llega al púlpito en un carruaje tirado por un par de caballos árabes de pura raza y su chaleco empieza a adoptar la curva de la felicidad. Vino a visitarme el otro día por la mañana en nombre de la princesa... Van a representar una de mis obras de teatro en beneficio del Fondo de Vicarios Desamparados.

—¿Y acaso Pirámides intentó disuadirlo? —pregunté, tal vez con cierta sorna en la voz.

—No —respondió Dick—. Por la impresión que me dio, aprobó el cambio. Lo importante de la historia es que en el momento en que Whycherly entró en mi estudio, el gato caminó hacia él y se frotó con afecto contra sus piernas. El párroco se levantó y lo acarició.

»—Ah, así que ahora se ha ido con usted, ¿no?—, me dijo el clérigo con una curiosa sonrisa.

»No hizo falta que ninguno de los dos diera más explicaciones. Comprendí al instante qué insinuaban esas palabras.

Perdí de vista a Dick durante un tiempo, aunque oí hablar muchísimo de él, pues ascendió de forma meteórica hacia la posición de dramaturgo más famoso del momento, y me había olvidado por completo de Pirámides hasta que una tarde, al ir a visitar a un amigo artista que últimamente había salido de las sombras de la lucha por sobrevivir para entrar en el sol radiante de la fama, vi un par de ojos verdes que me resultaron familiares y que me miraban desde un rincón oscuro del estudio.

—¡Vaya, no hay duda! —exclamé mientras cruzaba la sala para examinar al animal de cerca—. Sí, sí, tiene el gato de Dick Dunkerman.

Mi amigo levantó la cara del caballete y me miró.

—Sí, no podemos vivir de ideales —contestó.

Y yo, al recordar lo ocurrido, me apresuré a cambiar de tema.

Desde entonces, me he topado con Pirámides en los salones de muchos amigos míos. Cada uno le da un nombre distinto, pero estoy seguro de que es el mismo gato, conozco esos ojos verdes. Siempre les trae suerte, pero después nunca vuelven a ser los mismos hombres que eran.

A veces, me parece oír que araña en la puerta.

LA GATA BLANCA

EDITH NESBIT

La Gata Blanca vivía al fondo de una estantería en el rincón más oscuro del ático interior, sumido en una negrura casi total. Llevaba tres años viviendo allí porque tenía descascarillada una de las orejas de porcelana blanca, así que ya no servía de ornamento para la habitación de invitados.

Tavy la encontró en el momento álgido de una gloriosa tarde de travesuras. Su familia lo había dejado solo en casa salvo por los sirvientes, que eran las únicas otras personas en la mansión. Había prometido que se portaría bien. Tenía intención de portarse bien. Pero no lo había hecho. Al revés, había hecho todas las trastadas que os podáis imaginar. Se había metido en el estanque de los patos y habían tenido que cambiarle hasta la última prenda de ropa. Se había subido a un almiar y se había caído al suelo desde allí, pero no se había roto la crisma, cosa que, tal como le dijo la cocinera, se merecía de sobras. Había encontrado un ratón en la trampa y lo había metido en la tetera de la cocina, de modo que, cuando la cocinera había ido a preparar té, el animal le había saltado encima y la mujer había gritado antes de echarse a llorar. Tavy lo sentía mucho, por supuesto, y lo dijo con la seriedad de un hombre. Su única intención, explicó, era darle un sustito. En la confusión que siguió al incidente del ratón, el chiquillo se había comido toda la mermelada de grosellas negras que habían sacado para acompañar el té, y también por eso pidió disculpas con aplomo en cuanto le llamaron la atención. Había roto un cristal del invernadero con una piedra y... Pero ¿por qué seguir con esta triste retahíla de travesuras? Lo último que había hecho era explorar el ático, donde nunca le permitían subir, y tirar la Gata Blanca de la estantería.

El sonido de la caída alertó a los sirvientes. La gata no se rompió..., solo se le descascarilló la otra oreja. Metieron a Tavy en la cama. Pero se escapó en cuanto los sirvientes bajaron a la planta inferior; entonces volvió a subir a hurtadillas al ático, agarró la Gata y la lavó en la bañera. Así pues, cuando su madre regresó de Londres, Tavy, que bailaba impaciente en el descansillo de las escaleras, con el camisón empapado, se abalanzó sobre ella y exclamó:

—Me he portado muy mal y lo siento muchísimo, y por favor, ¿puedo quedarme esta Gata Blanca?

Lo lamentó mucho más de lo que esperaba cuando vio que su madre estaba tan exhausta que ni siquiera quería saber, como era habitual, hasta qué punto había sido malo. Se limitó a darle un beso y le dijo:

—Siento que te hayas portado mal, cariño mío. Ahora vuelve a la cama. Buenas noches.

Tavy sintió vergüenza de volver a nombrar la figura de porcelana, así que regresó a la cama. Pero se llevó la gata consigo y le habló y le dio besos, y se fue a dormir con el hombro suave y brillante de la figurita contra la mejilla.

En los días que siguieron, se portó exageradamente bien. Ser bueno le resultó tan sencillo como solía resultarle el ser malo. Puede que fuera porque su madre aún parecía muy cansada y enferma; y unos caballeros con abrigos negros y sombreros de copa iban a menudo a ver a su madre y, después de que se marcharan, ella casi siempre se echaba a llorar. (Cuando pasan esas cosas en un hogar, hacen que algunas personas se vuelvan buenas; otras veces se comportan justo al contrario). O tal vez fuera porque tenía la gata de porcelana para hablar. En cualquier caso, por el motivo que fuera, al final de aquella semana, su madre dijo:

—Tavy, has sido un niño muy bueno y cariñoso, me has consolado enormemente. Habrás tenido que esforzarte mucho para portarte tan bien.

—No, en realidad no me ha costado; por lo menos, después del primer día —respondió algo apurado el niño. Cuando por fin consiguió decirlo, recibió un abrazo por su esfuerzo.

—Querías la Gata de Porcelana —le dijo su madre—. Bueno, pues puedes quedártela.

—¿Para mí para siempre?

—Para ti para siempre. Pero debes tener mucho cuidado de no romperla. Y no la tires ni la regales. Va con la casa. Tu tía Jane me hizo prometerle que la mantendría dentro de la familia. Es muy muy vieja. No la saques a la calle ni al jardín para evitar accidentes.

—Me encanta la Gata Blanca, madre —dijo Tavy—. Me gusta más que todos mis juguetes.

Entonces la madre le contó varias cosas a su hijo, y aquella noche, cuando se fue a dormir, Tavy se las repitió de pe a pa a la Gata de Porcelana, que medía unos quince centímetros y parecía muy inteligente.

—Así que, ya ves —terminó el niño—, el maldito abogado se ha llevado casi todo el dinero de mi madre y tenemos que dejar nuestra preciosa y grande Casa Blanca, e irnos a vivir a una casa pequeña y horrenda con otra casa pegada al lado. Y a madre no le apetece nada.

—No me extraña —dijo la Gata de Porcelana pronunciando con total claridad.

—¡Qué! —exclamó Tavy, que tenía el camisón a medio poner.

—He dicho que no me extraña, Octavius —repitió la Gata de Porcelana, y se levantó de su posición sentada, estiró las piernas de porcelana y sacudió la blanca cola también de porcelana.

—¿Hablas? —preguntó Tavy.

—¿Es que no lo ves, quiero decir..., no lo oyes? —dijo la Gata—. Ahora te pertenezco, así que puedo hablar contigo. Antes no podía. Habría sido de mala educación.

Tavy, con la camisa de dormir alrededor del cuello, se sentó en el borde de la cama con la boca abierta.

—Vamos, no pongas esa cara de bobo —dijo la Gata, y se paseó por la alta repisa de la chimenea, que era de madera—. Cualquiera diría que no te gusta que hable contigo.

—Me encanta que me hables —dijo Tavy, tras recomponerse un poco.

—Pues entonces... —dijo la Gata.

—¿Puedo tocarte? —preguntó con timidez Tavy.

—¡Claro! Soy tuya. ¡Cuidado!

La Gata de Porcelana se ovilló y luego saltó. Tavy la atrapó.

Era sorprendente descubrir que, cuando uno la acariciaba, la Gata de Porcelana, aunque estaba viva, continuaba siendo de porcelana, dura, fría y suave al tacto, y al mismo tiempo, rápida y absolutamente flexible como cualquier gato de carne y hueso.

—Preciosa gatita blanca —dijo Tavy—, te quiero mucho.

—Yo también te quiero —ronroneó la Gata—. De lo contrario, jamás me habría rebajado a entablar conversación.

—Ojalá fueses un gato de verdad —dijo Tavy.

—Es que lo soy —dijo la Gata—. Bueno, ¿cómo podemos divertirnos? Supongo que no te gustará cazar... ratones, ¿verdad?

—Nunca lo he probado —dijo Tavy—, pero diría que no.

—Pues muy bien, Octavius —dijo la Gata—. Vamos, te llevaré al Castillo de la Gata Blanca. Métete en la cama. La cama es un buen carruaje para viajar, sobre todo cuando no se tiene ningún otro. Cierra los ojos.

Tavy hizo lo que le mandaba. Cerró los ojos, pero le costaba mantenerlos así. Los abrió una rendijita minúscula y dio un respingo. No estaba en la cama. Estaba en un sofá de suave piel de animal, y el sofá se hallaba en un salón espléndido, cuyas paredes estaban hechas de oro y marfil. Junto a él estaba la Gata Blanca, pero ya no era de porcelana, sino de carne y pelo como los gatos vivos y auténticos.

—Ya hemos llegado —comentó la felina—. El trayecto ha sido corto, ¿verdad? Ahora tomaremos esa espléndida cena, salida del cuento de hadas, y nos servirán unas manos invisibles.

Dio una palmada con las zarpas —unas zarpas tan suaves como el terciopelo blanco— y un mantel apareció flotando en la estancia; entonces surgieron cuchillos y tenedores y cucharas y vasos, toda la mesa acabó puesta, los platos llenos entraron flotando y ambos empezaron a comer. Resultó que había todas y cada una de las cosas preferidas de Tavy. Después de cenar hubo música y canciones, y Tavy, tras besar la frente blanca, suave y sedosa del animal, se fue a dormir a una cama con dosel y con una colcha de alas de mariposa. Se despertó en su casa. En la repisa de la chimenea estaba la Gata Blanca, con cara de falsa inocencia. Y todo su pelaje suave se había marchado con su voz. Era muda y de porcelana.

Tavy le habló. Pero el adorno no le respondió. Tampoco habló en todo el día. Solo por la noche, cuando el chiquillo ya se preparaba para ir a dormir, la Gata maulló de repente, se desperezó y dijo:

—Date prisa, esta noche representan una obra en mi castillo.

Tavy se apresuró y, como recompensa, pasó otra velada gloriosa en el Castillo de la Gata Blanca.

Y así transcurrieron las semanas. Los días llenos de las alegrías y las penas típicas de un niño, llenos de sus bondades y sus maldades. Las noches propias de un Principito en el Castillo Mágico de la Gata Blanca.

Entonces, llegó el día en el que la madre de Tavy habló con el niño, quien, muy asustado y serio, le contó a la Gata Blanca lo que le había dicho.

—Sabía que ocurriría esto —dijo la Gata—. Siempre ocurre. Así que tenéis que marcharos de vuestra casa la semana que viene. Bueno, solo hay un modo de superar este escollo. Saca la espada, Tavy, y córtame la cabeza y la cola.

—¿Y entonces te convertirás en una Princesa y tendré que casarme contigo? —preguntó Tavy horrorizado.

—No, no, por favor —dijo la Gata para tranquilizarlo—. No me convertiré en nada. Pero tu madre y tú sí os convertiréis en personas felices. Solo que ya no volveré a ser nunca… para ti.

—Entonces, no lo haré —dijo Tavy.

—Pero tienes que hacerlo. Vamos, saca la espada como un Príncipe valiente de un cuento y córtame la cabeza.

Tavy tenía la espada colgada encima de la cama, con el casco y la coraza que el tío James le había regalado en Navidad.

—No soy un Príncipe de cuento —dijo el niño—. Soy Tavy… y te quiero.

—Quieres más a tu madre —respondió la Gata—. Vamos, córtame la cabeza. La historia siempre termina así. A quien más quieres es a tu madre. Es por su bien.

—Sí. —Tavy intentaba esquivar la decisión—. Sí, a quien más quiero es a mi madre. Pero te quiero. Y no te cortaré la cabeza… No, ni siquiera por el bien de mi madre.

—Entonces —dijo la Gata—, ¡haré lo que pueda!

Se irguió, meneó la cola de porcelana blanca y antes de que Tavy pudiera detenerla había saltado no como antes, a sus brazos, sino a la ancha piedra de la chimenea.

No había solución… La Gata de Porcelana se había roto dentro del alto parachispas de cobre. El estruendo del golpe hizo que la madre llegara corriendo.

—¿Qué pasa? —exclamó—. Ay, Tavy… ¡La Gata de Porcelana!

—Ha sido idea de la Gata —sollozó Tavy—. Quería que yo le cortara la cabeza, pero le he dicho que no.

—No digas bobadas, cariño —dijo la madre con tristeza—. Así solo consigues empeorar las cosas. Recoge los trocitos.

—Solo hay dos trozos —dijo Tavy—. ¿No podría arreglarla, madre?

—Vaya —dijo la madre, y acercó las dos piezas a la vela—. Ya se había roto antes. Estaba pegada.

—Lo sabía —dijo Tavy, sin dejar de sollozar—. ¡Ay, mi querida Gata Blanca, ay, ay, ay!

El último «ay» fue un aullido de angustia.

—Vamos, llorando no solucionarás nada —dijo la madre—. Mira, allí hay otro pedazo, cerca del atizador.

Tavy se encorvó.

—No es un trozo de la Gata —comentó el niño. Luego lo recogió del suelo.

Era una tarjetita de pergamino descolorido atada a una llave. La madre la acercó a la vela y leyó:

—«Llave del candado que hay detrás del nudo de la repisa de madera de la chimenea del salón blanco». ¡Tavy! ¡Qué extraño! Pero... ¿de dónde ha salido?

—De mi Gata Blanca, supongo —dijo Tavy, que dejó de llorar al instante—. ¿Va a comprobar qué hay en la repisa de la chimenea, madre? Por favor... ¡Ay, deje que vaya con usted para verlo también!

—No te lo mereces... —empezó a decir la madre, pero añadió—: Bueno, acaba de ponerte la camisa de dormir.

Recorrieron la galería y dejaron atrás cuadros y pájaros disecados y mesas con adornos de porcelana, y luego bajaron al salón blanco. Pero no veían ningún nudo en la madera de la repisa de la chimenea, porque estaba pintada de blanco. No obstante, la madre pasó los dedos con cautela por la superficie y encontró un nudo redondo y abultado. Sí, no cabía duda de que era un nudo de la madera. Entonces rascó alrededor con sus tijeras hasta que el nudo quedó suelto y lo pinchó con la punta de las tijeras para sacarlo.

—Dudo mucho que haya una cerradura debajo, la verdad —dijo.

Pero sí había una. Y, lo que es más, la llave entraba. Al girar la llave, la repisa se abrió como si fuera una tapa y dentro descubrieron un armarito con dos estanterías. ¿Qué había en ellas? Había tiras de encaje antiguas y bordados antiguos, joyas antiguas y plata antigua; había dinero y también papeles viejos y polvorientos que a Tavy no le parecieron en absoluto interesantes. Pero a su madre sí le resultaron interesantes. La mujer se rio y lloró, o estuvo a punto de llorar, y dijo:

—¡Ay, Tavy! ¡Por eso había que cuidar muy bien de la Gata de Porcelana!

Entonces le contó que, ciento cincuenta años antes, el cabeza de familia había ido a luchar a favor del Viejo Pretendiente y le había dicho a su hija que cuidase con mucho esmero de la Gata de Porcelana. «Te contaré la razón a través de una fuente fiable», dijo el padre, pues se despidieron en la plaza mayor, donde cualquier espía podía haberlos oído. Y lo mataron en una emboscada a apenas diez millas de casa..., así que su hija nunca lo supo. Pero guardó la Gata.

—Y ahora nos ha salvado —dijo la madre—. Podemos quedarnos en nuestra querida casa de siempre, y creo que nos pertenecerán otras dos viviendas. Y, ay, Tavy, ¿te apetecería un trozo de bizcocho y un refresco de jengibre, cariño? A Tavy le apetecía. Y se lo tomó.

Pegaron los pedazos de la Gata de Porcelana, pero la guardaron en la vitrina de cristal del salón, porque había salvado la casa.

En fin, es posible que pienses que solo son sandeces, una historia inventada. En absoluto. Si lo fuera, ¿cómo explicarías que Tavy encontrase, justo la noche siguiente, dormida en la almohada, a su propia Gata Blanca —la amiga de mullido pelaje en la que la Gata de Porcelana solía convertirse por las noches—, su querida anfitriona, que tanto lo había divertido en el Palacio Mágico de la Gata Blanca?

Era la misma, no cabía duda, y por eso a Tavy no le importó que le quitaran la Gata de Porcelana y la guardasen detrás de la vitrina de cristal. Alguien podría pensar que no era más que una vieja Gata Blanca callejera que había llegado a su cuarto por casualidad. Tavy sabe la verdad. Cuando ronronea, tiene el mismo tono tierno que la mágica Gata Blanca. Ya no habla con Tavy, es cierto; pero Tavy sí puede hablarle y, de hecho, lo hace. Pero el detalle que disipa todas las dudas de que se trata de la Gata Blanca es que le falta la punta de las dos orejas, igual que le sucedía a la Gata Blanca. Si dices que podría haber perdido la punta de las orejas en una pelea es porque eres la clase de persona que siempre busca complicaciones, y no te quepa duda de que la espectacular experiencia mágica que le ocurrió a Tavy nunca te ocurrirá a ti.

LA VIEJA Y EL GATO

FÉLIX MARÍA DE SAMANIEGO

Tenía cierta vieja de costumbre,
al meterse en la cama,
arrimarse en cuclillas a la lumbre,
en camisa, las manos a la llama.
En este breve rato,
le hacía un manso gato
dos mil caricias tiernas:
pasaba y repasaba entre sus piernas.
Y como en tales casos la enarbola,
tocaba en cierta parte con la cola.
Y la vieja cuitada
muy contenta decía: —Peor es nada.

EL GATO

MARY E. WILKINS FREEMAN

Caía la nieve y el pelaje del Gato estaba moteado de duros copos, pero él se mantenía imperturbable. Estaba agazapado, listo para el salto mortal, tal como llevaba horas. Era de noche, aunque no importaba; todas las horas eran la misma para el Gato cuando estaba vigilando a una presa. Además, tampoco estaba atado a la voluntad humana, pues aquel invierno vivía solo. En ningún rincón del mundo había una voz que lo llamase; junto a ninguna chimenea encendida había un plato esperándolo. Era bastante libre, salvo por sus propios deseos, que lo tiranizaban cuando estaban insatisfechos, como ahora. El Gato tenía mucha hambre..., estaba casi famélico, en realidad. Hacía varios días que el tiempo era pésimo y todos los seres salvajes más débiles que eran sus presas ancestrales, los siervos innatos de su familia, se habían recluido, en su mayoría, dentro de sus madrigueras y nidos, y la larga cacería del Gato no le había reportado nada. No obstante, esperaba con la paciencia y la persistencia inconcebibles propias de su raza; además, estaba seguro. El Gato era una criatura de convicciones absolutas, y su fe en sus deducciones no fallaba nunca. La coneja se había colado entre esas bajas ramas de pino. Ahora la puertecilla de su cubil tenía delante una desordenada cortina de nieve, pero él sabía que estaba ahí dentro. El Gato la había visto entrar, tan similar a una veloz sombra gris que incluso sus ojos privilegiados y expertos habían mirado atrás en busca de la sustancia que debía seguir a esa sombra, y después había desaparecido.

Así pues, el Gato se sentó a esperar, y continuaba esperando ya entrada la madrugada; escuchaba con enfado el viento del norte que comenzaba a despertarse en las cotas más altas de las montañas con unos gritos distantes, luego se hinchaba en un horrible crescendo de rabia y bajaba en picado con furiosas alas blancas de nieve, como una bandada de águilas feroces que se cernieran sobre los valles y barrancos. El Gato estaba en la ladera de una montaña, sobre una terraza llena de árboles. Por encima de él y a pocos pasos, la roca ascendía tan empinada como la pared de una catedral. El Gato nunca había subido por esa pared de piedra: los árboles eran las escaleras que lo llevaban a las alturas de la vida. Con frecuencia había mirado la roca lleno de admiración y había maullado con amargura y resentimiento, igual que hace el hombre ante una providencia intimidante. A su izquierda tenía el vertiginoso precipicio. A su espalda, tras una corta extensión de arbustos leñosos, estaba la pared congelada y también perpendicular de un arroyo de montaña. Delante de él estaba el camino que conducía a su hogar. Cuando la coneja saliera, estaría atrapada; sus pequeñas pezuñas hendidas no podrían escalar semejantes pendientes escarpadas. Así que el Gato esperó. El lugar en el que se hallaba era como un torbellino del bosque. La maraña de árboles y matorrales que se aferraban a la cara de la montaña con un férreo amasijo de raíces, los troncos y las ramas postrados, las plantas trepadoras que se abrazaban a todo con fuertes nudos y zarcillos en crecimiento, todo ello tenía un curioso efecto, como las cosas que se han pasado años dando vueltas en una corriente de agua brava, solo que no era el agua, sino el viento, lo que había dispuesto toda la espesura en círculos flexibles hasta un punto inimaginable. Y ahora, sobre todo ese remolino de madera y roca y troncos muertos y ramas y enredaderas, caía la nieve. Descendía como si fuese humo por la cima de piedra; pendía en el aire en una columna giratoria como un espectro mortal de la naturaleza, llegaba al suelo y luego se arrojaba por el borde del precipicio, y el gato se acobardó ante el feroz rebote de la nieve. Era como si unas agujas de hielo le perforaran la piel a través del hermoso y tupido pelaje, pero no se amedrentó ni lloró una sola vez. Llorar no le serviría de nada; al contrario, con el llanto podía perderlo todo; la coneja lo oiría gemir y sabría que la esperaba.

Fue oscureciendo más y más, aunque con un peculiar baño blanco, en lugar de la negrura natural de la noche. Era una noche de tormenta y muerte añadida a la noche de la naturaleza. Todas las montañas estaban ocultas, envueltas, sobrecogidas y tumultuosamente dominadas por la noche, pero en medio de esa inquietud esperaba, casi inconquistable, esta pequeña inquebrantable paciencia viva, esta potencia bajo el fino manto de pelaje gris.

Una ráfaga más feroz que el resto barrió toda la roca, hizo una pirueta sobre un pie convertida en remolino a nivel del suelo, luego se arrojó como las anteriores por el precipicio.

Entonces el Gato vio dos ojos luminosos y llenos de terror, histéricos por el impulso de la huida, vio un discreto hocico que temblaba y se dilataba, vio dos orejas en punta, y se mantuvo quieto, con todos y cada uno de sus delgados nervios y músculos en tensión, como alambres. Entonces la coneja salió —se vio una larga línea de fuga y terror encarnados— y el Gato la atrapó.

Luego el Gato volvió a casa arrastrando su presa por la nieve.

El Gato vivía en la casa que había construido su amo, tan rudimentaria como las casas que construye un chiquillo con bloques, pero bastante sólida. La nieve pesaba sobre la plancha baja de su tejado, pero no llegaría a calar dentro. Las dos ventanas y la puerta estaban bien cerradas, pero el Gato sabía cómo entrar. Se encaramó a un pino que había detrás de la casa, aunque era una empresa difícil con la pesada coneja en la boca, y entró por el ventanuco que había bajo el alero, luego pasó por la trampilla para descender al cuarto y saltó a la cama de su amo con un gran maullido triunfal, sin soltar la coneja en ningún momento. Pero su amo no estaba allí; se había marchado a principios de otoño y ya estaban en febrero. No regresaría hasta primavera, porque era un humano viejo, y el cruel frío de las montañas se aferraba a sus órganos vitales como una pantera, así que había ido al pueblo a pasar el invierno. Hacía ya mucho tiempo que el Gato sabía que su amo se había ido, pero su razonamiento siempre era secuencial y enrevesado; para él, lo que había sido debía ser siempre, una idea que facilitaba su maravillosa capacidad de espera, así que siempre llegaba a casa con la esperanza de hallar a su dueño.

Cuando vio que continuaba sin aparecer, arrastró la coneja fuera del tosco sofá que era la cama hasta el suelo, colocó una zarpa sobre el cuerpo inerte para que no se moviera y empezó a roer con la cabeza ladeada para poder utilizar sus muelas más fuertes.

Dentro de la casa la oscuridad era más intensa que en el bosque y el frío era igual de letal, aunque no tan agresivo. Si el Gato no hubiera recibido su capa de pelo de forma incuestionable de parte de la Providencia, habría dado gracias por tenerla. Su pelaje era de un color gris moteado, blanco en la cara y el pecho, y de lo más tupido.

El viento arrojaba la nieve contra las ventanas con tanta fuerza que repicaba como el granizo, y la casa temblaba un poco. Entonces, de repente, el Gato oyó un ruido y dejó de roer su coneja para aguzar el oído, con los relucientes ojos verdes fijos en la ventana. A continuación, oyó un grito ronco, un saludo de desesperación y súplica; pero sabía que no era su amo, así que esperó, sin quitar la zarpa del cuerpo de la coneja. En ese momento, se repitió el saludo y entonces el Gato respondió. Dijo todo lo que era esencial de un modo bastante claro, a su entender. En su maullido de respuesta había pregunta, información, advertencia, terror y, por fin, el ofrecimiento de su camaradería; pero el hombre que había fuera no lo oyó a causa del aullido de la ventisca.

Entonces el hombre aporreó la puerta con contundencia: un golpe, luego otro, y otro. El Gato arrastró su coneja y la metió debajo de la cama. Los golpes eran cada vez más rápidos y fuertes. Los daba un brazo débil, pero la desesperación le otorgaba brío. Al final, el cerrojo cedió y el forastero entró. Entonces el Gato, espiando desde debajo de la cama, parpadeó ante la luz repentina y sus ojos verdes se estrecharon. El forastero encendió una cerilla y miró alrededor. El Gato vio una cara salvaje y azul por el hambre y el frío, y un hombre que parecía más pobre y más viejo aún que su pobre y viejo amo, quien era un descastado entre los hombres por su pobreza y el innoble misterio de sus ancestros; y oyó un murmullo ininteligible de desesperación que salió de la boca seria y lastimera del humano. En sus palabras había tanto blasfemia como plegaria, pero el Gato no sabía nada de esas cosas.

El forastero atrancó la puerta que había forzado, cogió leña del montón que había en un rincón y encendió un fuego en la vieja chimenea tan rápido como le permitieron sus manos medio congeladas. Temblaba de un modo tan lamentable mientras trabajaba que el Gato, que seguía escondido bajo la cama, notó el temblor. A continuación, el hombre, que era menudo y débil y estaba marcado por las cicatrices del sufrimiento que se había provocado él mismo en la cabeza, se sentó en una de las sillas viejas y se acurrucó junto al fuego como si fuera el mayor amor y deseo de su alma, extendiendo las manos amarillentas como garras, y gruñó. El Gato salió de debajo de la cama y saltó a su regazo con la coneja. El hombre gritó y dio un respingo de terror, luego se levantó de un salto y el Gato se resbaló al suelo, y la coneja cayó inerte y el hombre se apoyó, jadeando de miedo y cadavérico, contra la pared. El Gato agarró la coneja por el pescuezo y la arrastró hasta los pies del hombre. Entonces entonó su agudo e insistente llanto, arqueó la espalda hacia arriba, sacudió la cola como una espléndida pluma. Se frotó contra los pies del forastero, que asomaban de los zapatos rotos.

Este apartó al Gato, aunque con delicadeza, y empezó a rebuscar por la pequeña cabaña. Incluso subió con dificultad al altillo, encendió una cerilla y oteó en la oscuridad forzando la vista. Tenía miedo de que hubiera un hombre, dado que había un gato. Su experiencia con los hombres no había sido buena, y tampoco había sido buena la experiencia de los hombres con él. Era un viejo Ismael errante entre sus congéneres; había llegado a trompicones a la casa de un hermano y el hermano no estaba en casa, y se alegró.

Volvió con el Gato, se inclinó con tensión y le acarició el lomo, que el animal arqueó como la madera de un arco al tensarlo.

Entonces cogió la coneja y la observó con avidez a la luz de la chimenea. Movió las mandíbulas. Casi habría podido devorarla cruda. Trajinó —con

el Gato pegado a sus talones— entre las toscas estanterías y la mesa, y encontró, con un gruñido de satisfacción y orgullo, una lámpara que aún tenía aceite. La encendió; luego encontró una sartén y un cuchillo, y despellejó la coneja y la preparó para cocinarla, con el Gato siempre a sus pies.

Cuando el olor de la carne cocida llenó la cabaña, tanto el hombre como el Gato adquirieron un aspecto lobuno. El hombre le dio la vuelta a la coneja con una mano y se agachó para acariciar al Gato con la otra. El Gato pensó que era un buen hombre. Lo amaba con todo su corazón, aunque lo conocía desde hacía muy poco y aunque el hombre tenía un rostro tanto lamentable como increíblemente serio, en disonancia con la ventajosa situación.

Era un rostro con el sucio lamento de la edad encima, con hoyuelos febriles en las mejillas y el recuerdo de la maldad en los ojos apagados, pero el Gato aceptó al hombre de forma incondicional y lo amó. Cuando la coneja ya estaba medio cocinada, ni el hombre ni el Gato pudieron contenerse más. El hombre sacó la carne del fuego, la dividió en dos mitades iguales, le dio una al Gato y cogió la otra mitad. Entonces comieron.

Luego el hombre apagó la lámpara, llamó al Gato para que se acercara, se metió en la cama, se tapó con las harapientas mantas y se quedó dormido con el Gato sobre el pecho.

El forastero fue el invitado del Gato durante el resto del invierno, y el invierno es largo en las montañas. El legítimo dueño de la modesta cabaña no regresó hasta mayo. Durante todo ese tiempo, el Gato trabajó duro y se quedó bastante flaco, pues compartía todo salvo los ratones con su huésped; y a veces las presas eran precavidas, y el fruto de la paciencia de diversos días, muy escaso para dos. No obstante, el hombre estaba enfermo y débil, y era incapaz de comer mucho, lo cual era una suerte, ya que no podía buscarse el sustento cazando él. Se pasaba el día tumbado en la cama, o si no, acurrucado junto al fuego. Fue una ventaja que hubiera leña de sobras a su disposición, ni a un tiro de piedra de la puerta, pues de eso sí debía ocuparse él.

El Gato buscaba comida sin descanso. A veces desaparecía varios días y al principio el hombre se aterraba, al pensar que no regresaría jamás; luego oía el maullido familiar en la puerta y se levantaba arrastrando los pies para dejarlo entrar. Entonces ambos cenaban juntos, siempre compartiendo equitativamente; después el Gato descansaba y ronroneaba y, al final, se dormía en los brazos del hombre.

Al llegar la primavera, la caza se volvió muy próspera; cada vez había más pequeñas presas salvajes que se sentían tentadas a salir de sus hogares, en busca de amor y de sustento. Un día el Gato tuvo suerte: un conejo, una perdiz y un ratón. No podía transportarlo todo a la vez, pero al final logró reunir las tres piezas junto a la puerta de la cabaña. Entonces maulló, pero nadie le contestó. Todos los arroyos de la montaña se habían liberado y el aire estaba lleno del gorgoteo de muchas aguas, salpicadas de vez en cuando por el gorjeo de un pájaro. Los árboles emitían sonidos nuevos con el roce del viento primaveral; se apreciaba una pincelada de rosa y verde dorado en la superficie abultada de una montaña lejana entrevista a través de un claro del bosque. Las yemas de los arbustos estaban hinchadas y de un rojo reluciente, y de vez en cuando se veía una flor; pero al Gato le daban igual las flores. Se quedó plantado junto a su botín en el umbral de la puerta, y maulló y maulló con su insistente gemido de triunfo y queja y súplica, pero nadie salió a abrirle. Entonces el Gato dejó sus pequeños tesoros junto a la puerta y rodeó la casa hasta llegar al pino, y se subió al tronco gateando con soltura, luego entró por el ventanuco y pasó por la trampilla para entrar en el cuarto, pero el hombre se había ido.

El Gato volvió a maullar apenado: con ese llanto del animal que busca compañía humana, que es una de las notas más tristes del mundo; rebuscó por todos los rincones; saltó a la silla que había al lado de la ventana y miró hacia el bosque; pero no llegó nadie. El hombre se había ido y no regresó jamás.

El Gato se comió su ratón en la hierba que había junto a la casa; el conejo y la perdiz los entró con esfuerzo en la casa, pero el forastero no se presentó para compartirlos con él. Al final, al cabo de un día o dos, se los comió solo; luego durmió largo y tendido encima de la cama y, cuando se despertó, el hombre seguía sin estar allí.

Entonces el Gato volvió a su coto de caza privado y regresó a casa por la noche con un pájaro rollizo, convencido, con su incansable constancia en las expectativas, de que el hombre sí estaría allí; y sí, había luz en la ventana, y cuando maulló, su viejo amo abrió la puerta y lo dejó entrar.

Su dueño mostraba una fuerte camaradería con el Gato, pero no afecto. Nunca lo acariciaba como ese otro descastado más cariñoso, aunque sentía orgullo por el animal y cierta ansiedad por su bienestar, pese a haberlo dejado solo todo el invierno sin remordimientos. Temía que alguna desgracia le hubiera ocurrido al Gato, aunque era muy grande para su especie y un cazador infalible. Por lo tanto, cuando lo vio junto a la puerta con toda la gloria de su mullido pelaje invernal, el pecho y la cara blancos relucientes como la nieve al sol, la cara del hombre se iluminó a modo de bienvenida, y el Gato le abrazó los pies con su sinuoso cuerpo y vibró con un ronroneo gozoso.

El Gato se comió el pájaro entero, porque su amo tenía su propia cena ya en el fuego. Después de cenar, el amo del Gato sacó la pipa y buscó una pequeña provisión de tabaco que había dejado en la cabaña antes del invierno. Muchas veces había pensado en ese premio; el tabaco y el Gato parecían buenos motivos para volver a casa en primavera. Pero el tabaco no estaba; no quedaba ni polvo. El hombre soltó un juramento con voz gris y monótona, de modo que perdió el efecto acostumbrado del improperio. Había sido, y aún era, un bebedor empedernido; se había peleado con el mundo hasta que las marcas de sus aristas afiladas se le habían metido en el alma, que ahora estaba encallecida, hasta que se apagó su propia sensibilidad ante la pérdida. Era un hombre muy viejo.

Buscó el tabaco con una especie de apagada lucha por perseverar; luego contempló la habitación con boba cara de sorpresa. De repente, se fijó en que muchos detalles habían cambiado. Otro de los hornillos estaba roto; había un retazo de alfombra vieja puesto sobre la ventana para combatir el frío; la leña había desaparecido. Comprobó si le quedaba aceite en la lata y no había. Miró las mantas de su cama; las cogió y emitió de nuevo ese gruñido de protesta con la garganta. Luego volvió a buscar el tabaco.

Al final se rindió. Se sentó junto al fuego, porque mayo en las montañas es un mes frío; se llevó la pipa vacía a la boca, con la áspera frente arrugada, y el Gato y él se miraron a los ojos a través de la infranqueable barrera de silencio que siempre ha existido entre el hombre y la bestia desde la creación del mundo.

LA CASA DE LA AGONÍA

LUIGI PIRANDELLO

Desde luego el visitante había dado su nombre al entrar; pero la vieja negra renqueante que había acudido a abrir la puerta, caminando como una mona con delantal, o no lo había entendido o lo había olvidado ya, de modo que hacía ya tres cuartos de hora que él, para aquella casa silenciosa, había pasado a ser alguien sin nombre, «un señor que espera allí».

Y «allí» quería decir en el salón.

En la casa, aparte de aquella negra, que ahora debía de estar encerrada en la cocina, no había nadie; y el silencio era tal que el tictac lento de un antiguo reloj de péndulo, quizá en el comedor, se oía claramente en el resto de las estancias, como el latido del corazón de la casa; daba la impresión de que los muebles de cada habitación, hasta los de las más remotas, gastados pero bien cuidados, todos algo ridículos al estar ya pasados de moda, lo escuchaban atentamente, convencidos de que en aquella casa no sucedería nada nunca, por lo que ellos seguirían siempre así, inútiles, admirándose o compadeciéndose mutuamente o, mejor incluso, dormitando.

Los muebles también tienen su alma, en particular los viejos, un alma que les viene de los recuerdos de la casa donde tanto tiempo han pasado. Para comprobarlo basta poner un mueble nuevo entre los viejos.

Un mueble nuevo aún no tiene alma, pero el mero hecho de haber sido elegido y comprado supone un deseo vehemente de tenerla.

Solo hay que observar lo mal que lo miran los muebles viejos: lo ven como un intruso pretencioso que aún no sabe nada y no puede decir nada; a saber las ilusiones que se hace. Ellos, los muebles viejos, ya no se hacen ilusiones, y por eso están tan tristes: saben que con el tiempo los recuerdos empiezan a disiparse, y que con ellos también su alma se debilitará. Y se quedan así, descoloridos si son de tela, apagados si son de madera, silenciosos también ellos.

Y si, por desgracia, persiste algún recuerdo desagradable, corren el riesgo de que se los quiten de encima.

Ese viejo sillón, por ejemplo, sufre un verdadero tormento al ver el polvo que van acumulando las carcomas, creando montoncitos sobre la mesilla que tiene delante, y a la que tanto cariño tiene. Él sabe que pesa demasiado; es consciente de la debilidad de sus cortas patas, especialmente de las dos de atrás; teme que en cualquier momento lo puedan coger del respaldo y se lo lleven de allí; con aquella mesilla delante se siente seguro, protegido, y no querría que las carcomas le dejaran en mal lugar con todos esos montoncitos de polvo sobre el tablero, y que por su culpa acabara sus días en el desván.

Todas aquellas observaciones y consideraciones las hacía el anónimo visitante olvidado en el salón.

El visitante que, casi engullido por el silencio de la casa, de igual modo que había perdido ya el nombre, tenía la impresión de haber perdido también la persona, y de que se había convertido él también en uno de esos muebles en los que se veía tan reflejado, concentrado en el sonido del lento tictac del reloj de péndulo que tan claro llegaba al salón a través de la puerta entornada.

Su cuerpo menudo desaparecía en el gran sillón oscuro de terciopelo morado en el que se había sentado. Desaparecía también el traje que llevaba puesto. Los bracitos, las piernecitas, casi tenía que buscárselos en las mangas y en las perneras. No era más que una cabeza calva, con dos ojos vivos y un bigotito de ratón.

Estaba claro que el dueño de la casa se había olvidado de que le había invitado a venir; y el hombrecillo ya se había preguntado varias veces si tenía derecho a seguir esperándolo allí, con el tiempo que hacía que había pasado desde la hora fijada para su encuentro.

Pero él ya no esperaba al dueño de la casa. De hecho, si se hubiera presentado por fin, se habría sentido incómodo.

Porque él, confundido con el sillón en el que estaba sentado, con aquellos ojillos penetrantes clavados en un punto fijo y una angustia cada vez mayor que le quitaba la respiración, esperaba otra cosa, algo terrible: un grito procedente de la calle, un grito que le anunciase la muerte de alguien, la muerte de un viandante cualquiera de entre los muchos que transitaban por la calle —hombres, mujeres, jóvenes, viejos, niños, de los que le llegaba un murmullo confuso— que se encontrara pasando en aquel preciso momento bajo la ventana de aquel salón en el quinto piso.

Y todo ello porque un gran gato gris había entrado en el salón, sin prestarle atención siquiera, por la puerta entreabierta, y de un salto se había subido al alféizar de la ventana abierta.

De entre todos los animales, el gato es el que menos ruido hace. No podía faltar en una casa tan rebosante de silencio.

En el rectángulo azul que creaba la ventana destacaba una maceta con geranios rojos. El azul, antes vivo y ardiente, se había ido tiñendo de violeta, como si la noche, que aún se hacía esperar, le hubiera echado encima un leve soplo de sombra.

Las golondrinas, que revoloteaban en bandadas, como enloquecidas con las últimas luces del día, lanzaban de vez en cuando estridentes chillidos y se lanzaban contra la ventana como si quisieran irrumpir en el salón, pero al llegar al alféizar de pronto levantaban el vuelo, nadie sabía cómo ni por qué.

El hombre, intrigado, ya se había acercado a la ventana antes de la llegada del gato, había apartado ligeramente la maceta de geranios y se había asomado a mirar en busca de una explicación; y así había descubierto que una pareja de golondrinas había hecho su nido precisamente bajo el alféizar de aquella ventana.

Lo terrible era precisamente eso: que con todas las personas que pasaban constantemente por la calle, cada uno absorto en sus preocupaciones y sus asuntos, nadie habría podido pensar en un nido colgado bajo el alféizar de una ventana del quinto piso de una de las muchas casas de la calle, ni en una maceta de geranios apoyada en aquel alféizar, ni en un gato que intentaba dar caza a las dos golondrinas de aquel nido. Y mucho menos podía pensar en la gente que pasaba por la calle, bajo la ventana, el gato que ahora, agazapado tras aquella maceta que le servía de pantalla, movía apenas la cabeza para seguir con la vista puesta en el cielo el vuelo de aquellas bandadas de golondrinas que piaban ebrias de aire y de luz al pasar frente a la ventana, y que cada vez, al pasar la bandada, agitaba imperceptiblemente la punta de la cola, listo para atrapar con sus garras a la primera golondrina que intentara meterse en el nido.

Él, y solo él, sabía que aquel tiesto de geranios, con un simple golpe que le diera el gato, caería del alféizar sobre la cabeza de alguien; ya dos veces se había desplazado la maceta con los movimientos impacientes del gato; estaba casi al borde de la repisa; y él no se atrevía ni a respirar de la angustia, y tenía toda la cabeza perlada de gruesas gotas de sudor. Le resultaba tan insoportable la tensión de aquella espera que incluso le había pasado por la mente la ocurrencia diabólica de acercarse a la ventana sigilosamente, agachado, extender un dedo y darle el último empujón a aquel tiesto, para no tener que esperar más a que lo hiciera el gato. Total, al mínimo contacto ocurriría de todos modos.

Él no podía hacer nada al respecto.

Anulado como estaba por efecto del silencio de aquella casa, ya no era nadie. Él era aquel mismo silencio, medido por el lento tictac del reloj. Él era aquellos muebles, testigos mudos e impasibles ahí arriba del desastre que se produciría abajo, en la calle, y del que ellos nada sabrían. Lo sabía solo él, y por pura casualidad. Hacía ya un buen rato que él no tendría que estar allí. Podía hacerse a la idea de que en aquel salón no hubiera ya nadie, de que estuviera vacío el sillón en el que estaba como atado, atraído por aquella fatalidad que se cernía sobre la cabeza de un desconocido, suspendida del alféizar de aquella ventana.

De nada servía que él conociera aquella fatalidad, la natural coincidencia de aquel gato, de aquella maceta con geranios y de aquel nido de golondrinas.

Aquella maceta estaba allí precisamente para que luciera en la ventana. Si la quitaba para impedir la desgracia, la habría impedido hoy; mañana la vieja criada negra habría vuelto a poner el tiesto en su sitio, sobre el alféizar; precisamente porque el alféizar era el sitio donde debía estar el tiesto. Y aunque ahuyentara al gato hoy, mañana volvería para intentar dar caza a las dos golondrinas.

Era inevitable.

Ya estaba, el gato había empujado el tiesto aún más; ya sobresalía casi un dedo del borde del alféizar.

Y él no pudo más; huyó de allí. Precipitándose escaleras abajo, se le ocurrió de pronto que llegaría justo a tiempo de recibir en la cabeza el impacto de la maceta de geranios que justo en aquel momento caía desde la ventana.

DESPUÉS DEL BOMBARDEO

EMILIO BOBADILLA Y LUNAR

En la ruta revuelta como el cauce de un río
los árboles deshechos se pudren a montones;
la iglesia en esqueleto, ruinoso el caserío...
Por doquiera dejaron su huella los cañones.

Caballos sin cabeza; muros llenos de balas,
sin puertas ni ventanas, con la techumbre solo;
aeroplanos en cada una de cuyas alas
los plomos imprimieron su mortífero alvéolo.

Un gato por el lírico silencio de la aldea
—fosforescencia irónica— tranquilo se pasea
y entre la hierba roja por la sangre aún caliente

—democrática mezcla de bruto y combatiente—
unos soldados muertos con los ojos abiertos.
¡Qué tristes son los ojos abiertos de los muertos!

MININA

EDWARD FREDERIC BENSON

Los primeros hechos relacionados con Minina ocurrieron durante el mes de mayo de hace unos nueve años. En aquella época yo vivía en las verdes afueras de una localidad de campo, y mi comedor, que estaba en la parte posterior de la casa, daba a un pequeño jardín delimitado por muros de ladrillo de un metro y medio de altura. Una mañana, mientras desayunaba, vi una enorme gata blanca y negra, con la cara astuta pero seria, que me observaba con estudiada atención. Debo aclarar que en esos momentos había un interregno y en mi casa no gobernaba ninguna señora (con forma gatuna, quiero decir) y de pronto tuve la impresión de que aquella voluminosa y agradable desconocida me estaba evaluando para ver si era un buen partido. Así pues, como no hay nada que le guste menos a una señora en potencia que un exceso de confianzas por parte del propietario con el que se plantea comprometerse, al principio no hice ningún gesto a la gata, sino que continué desayunando con esmero y pulcritud. Tras una breve inspección, la gata se retiró con sigilo sin mirar atrás ni una sola vez, de modo que supuse que me había rechazado o que, al final, había decidido quedarse en el hogar en el que estaba.

Resultó que me equivocaba: solo se había ido para pensarlo con calma y, a la mañana siguiente, y durante varias mañanas después de esa, tuve que someterme al mismo escrutinio vergonzoso pero no hostil, tras lo cual se daba un paseo por el jardín para ver si había parterres de flores en los que hacer sus emboscadas y un par de árboles apropiados a los que subirse si surgía una emergencia. El cuarto día, que yo recuerde, cometí un error y, en mitad del desayuno, salí al jardín para tratar de entablar una relación un poco más familiar con ella. La gata me miró unos instantes con dolorosa sorpresa y se alejó; pero cuando volví a entrar, decidió pasar por alto el desliz, pues regresó al lugar en el que estaba y continuó observando. A la mañana siguiente se decidió, saltó del muro, trotó por la hierba, entró en la sala de estar, se ovilló a toda prisa alrededor de una de las patas traseras, que levantó en el aire igual que un mástil de bandera, y procedió a hacer su aseo matutino. Eso, como bien sabía yo, significaba que pensaba que yo iba a complacerla y, por lo tanto, me permitió de inmediato que empezase a cumplir mis obligaciones. Así pues, le preparé un platito con leche, que se terminó con suma educación. Luego se acercó a la puerta, se sentó y dijo «A... a... a... a» para indicar que deseaba que se la abriera, con intención de inspeccionar el resto de la casa. Entonces grité por la escalera: «Ha venido una gata que creo que quiere quedarse. No la asustéis». De este modo, la auténtica Minina (aunque entonces yo lo ignorase) entró en la casa.

Ahora permítanme que me defienda ante posibles críticas. Un juicio apresurado podría llevar a pensar que robé a la que pronto sería la mamá de Minina, pero cualquiera que conozca la auténtica naturaleza gatuna será consciente de que no hice nada semejante. Saltaba a la vista que la mamá de Minina estaba descontenta con su anterior hogar y por eso había decidido, sin lugar a dudas, abandonarlos y apropiarse de una nueva remesa de sirvientes; y si a un gato se le mete algo en la cabeza, no hay poder en este mundo, salvo la muerte o el enclaustramiento de por vida en una habitación en la que ni las puertas ni las ventanas se abren jamás, que pueda impedir que dé el paso que ha decidido dar. Si los habitantes de su anterior (y desconocido) hogar la mataban o la encerraban para siempre, por supuesto, no podría entablar relación con personas nuevas, pero salvo que hicieran eso, serían incapaces de retenerla. Es posible sobornar o engatusar a un perro para que haga lo que quieres, pero ningún tipo de persuasión hará que un gato se desvíe ni un pelo del objetivo que quiere conseguir. Si yo la hubiera echado, habría ido a otra casa, pero nunca habría regresado a la suya. Pues, aunque es posible ser dueño de perros y caballos y otros animales, es un tremendo error pensar que alguien es dueño de los gatos. Los gatos nos utilizan, y si les damos satisfacción, pueden llegar a adoptarnos. Además, la mamá de Minina no tenía pensado, tal como se vio luego, quedarse conmigo de forma permanente: solo quería un alojamiento tranquilo para un tiempo.

Así pues, nuestra nueva señora bajó discretamente las escaleras e inspeccionó la cocina, la recocina y la alacena. Pasó un rato en la recocina, según me contaron, y le entraron dudas. Pero le gustaron mucho los nuevos hornillos de gas de la cocina y les cantó meneando la cola, pues nadie le había avisado de que estaban preparando la comida. Además, encontró una ratonera debajo del revestimiento de madera, lo cual pareció ayudarla a decidirse (pues, como pronto descubrimos, le encantaba trabajar) y trotó de nuevo a la planta de arriba y se sentó junto al umbral de la puerta de la sala de estar hasta que alguien se la abrió. Por casualidad yo estaba dentro con Jill, una joven dama de raza foxterrier, y, por supuesto, no sabía que la mamá de Minina estaba esperando. Al final salí y la vi allí sentada. Jill también la vio y corrió entusiasmada hacia ella solo para hablar, no para pelear, porque a Jill le gustan los gatos. Pero la mamá de Minina no lo sabía, así que, por si acaso, le dio un zarpazo a Jill sin preámbulos, primero en un lado de la cabeza y luego en el otro. No estaba enfadada, solo se mostraba firme y fuerte, y deseaba que desde el principio quedase claro cuál era su rango. Una vez hecho eso, permitió que Jill le diera explicaciones, algo que Jill hizo sacudiendo la corta cola y moviéndose de forma provocativa, como si quisiera retozar. Y, al cabo de pocos minutos, la mamá de Minina tuvo la delicadeza de ponerse a jugar con ella. Pero, de pronto, recordó que no había visto el resto de la casa y subió una planta más, donde se quedó hasta la hora de comer.

Fue el modo en que pasó la primera mañana en casa lo que me dio la clave sobre el carácter de la mamá de Minina, y de inmediato acordamos que siempre se había llamado Martha. Se había anexionado nuestra casa, es cierto, pero no con espíritu rapiñador ni beligerante, sino simplemente porque desde su atalaya en el muro del jardín había visto que queríamos que alguien cuidara de nosotros y manejara la casa, y no podía evitar saber lo maravillosa que era ella en todo lo relativo a las obligaciones de una señora. Todas las mañanas, cuando se oían los pasos del ama de llaves en las escaleras durante el desayuno (tenía el oído muy fino), Martha, aunque estuviera comiendo pescado o bebiendo leche, corría hasta la puerta, decía «A... a... a... a» hasta que se la abríamos y salía corriendo tras la criada. Luego iba sentándose en todas las habitaciones, una tras otra, para comprobar que la sirvienta vaciaba todos los orinales y hacía bien las camas, hasta dejarlas perfectas. En medio de tal supervisión, a veces Martha tenía otras llamadas; por ejemplo, sonaba la campana de la puerta principal y tenía que bajar corriendo para asegurarse de que abrían como era debido. Luego tal vez atisbaba a alguien cavando en el jardín y se veía obligada a salir a esa hora tan ajetreada de la mañana para meter las patas en la tierra removida con el fin de comprobar que estuviera fresca y aireada. En concreto, recuerdo el día en el que estaban volviendo a empapelar el comedor. La gata se vio obligada a subir por la escalera de mano para comprobar que era segura y sentarse en el peldaño más alto para acicalarse. Luego tuvo que evaluar todos los rollos de papel por el olor, y tocar la pasta con la punta de la lengua rosada. Eso la hacía estornudar (que debe de ser la aprobación del test de la pasta) y entonces permitía que lo utilizaran. Ese día comimos en la sala de estar, y es fácil imaginar lo atareada que estuvo Martha, pues el procedimiento era de lo más inusual y no podía saber cómo acabaría la cosa. La hora de la comida siempre era un ajetreo: tenía que entrar en la sala delante de cada plato que traían con comida y luego precederlo cuando lo retiraban, y ese día dichas obligaciones se vieron complicadas por la necesidad de volver constantemente al verdadero comedor para asegurarse de que los empapeladores no estaban holgazaneando. Para incrementar todavía más la lista de tareas, Jill estaba en el jardín con ganas de jugar (y jugar con Jill era una de las obligaciones de Martha) y, además, estaban plantando unas malvarrosas nuevas, y varias de ellas, por motivos inescrutables, tenían que ser arrancadas de nuevo con contundentes sacudidas de las patas traseras.

Había decidido que en aquella casa no habría más que un felino, que era, por supuesto, ella. De vez en cuando, alguna cabeza ajena se asomaba por el muro y se oían los maullidos de los desconocidos. Cada vez que sucedía eso, fuera cual fuese el estrés del hogar, Martha salía de un brinco de la casa al jardín para echar y, a ser posible, matar al intruso. Una vez, desde la ventana de mi dormitorio, vi un altercado espantoso. Martha estaba sentada como una reina entre cepillos del pelo y tijeras para cortar las uñas, enseñándome a afeitarme, cuando algo felino se movió en el jardín y llamó su atención. Sin esperar a que le abrieran la puerta, se dio impulso y saltó por la ventana hasta el manzano y bajó dando vueltas por el tronco, igual que el rayo cae en un árbol y se abre paso hasta el suelo, y al instante la vi, con la zarpa levantada, arrancando mechones de pelo del gato atigrado de los vecinos. Era como una de esas admirables y grotescas monstruosidades chinas, medio gata, medio demonio, y enteramente guerrera. Unos alaridos escalofriantes rompieron la paz de la mañana, y Martha, borracha de venganza, permitió que el maltratado gato se escapara. Luego, con cara admirable y mirada de bacanal, se comió los penachos de pelo manchado de sangre, les daba vueltas con la lengua y luego los tragaba con evidente dificultad, como si llevase a cabo algún terrible y antiguo rito canibalístico. Y todo eso por parte de una dama que tan poco después quedaría recluida. Pero era imposible intentar que Martha se estuviera quieta.

Fue precisa una segunda inspección minuciosa de su casa antes de que decidiera dónde parir. Aquella mañana pasó mucho rato en el cobertizo de madera, y confiábamos en que ese lugar fuera el elegido; luego pasó un buen rato en el cuarto de baño, y confiábamos en que no fuera ese. Al final se instaló en la despensa y, cuando por fin tomó una decisión, la pusimos

cómoda. A la mañana siguiente, aparecieron tres cositas ciegas y moteadas. Se comió una, sin motivo alguno que supiéramos discernir, salvo que temía que quisiera comérsela Jill. Así pues, como era su cría y no la de Jill, se la comió.

Con todos los respetos hacia Martha, creo que se había equivocado de vocación. Nunca debería haberse decidido a ser madre. El segundo gatito también tuvo un fatal desenlace, porque la gata se le sentó encima. Entonces, totalmente asqueada por la maternidad, se marchó y no volvimos a verla. Abandonó a la única cría a la que no había matado; nos abandonó a nosotros, que con tanto ahínco habíamos tratado de satisfacerla; y en la cesta, todavía ciega, todavía insegura sobre si valía la pena vivir o no, estaba Minina.

Minina demostró ser el vivo retrato de su madre desde el primer momento, aunque corregido y aumentado. No perdió tiempo ni fuerzas en lamentar su condición de huérfana, sino que tomaba cantidades asombrosas de leche que le daban con una pluma. Sus ojos se abrieron, como corresponde, el séptimo día, y nos sonrió a todos y escupió a Jill. Así pues, Jill se lamió el morro con ansioso cuidado y dijo con total claridad: «Cuando seas un poco mayor, estaré dispuesta a hacer todo lo que quieras». Jill le dice lo mismo a todo el mundo salvo al basurero.

Poco después, Minina se levantó de la cesta en la que había nacido y con paso inseguro recorrió la despensa. Incluso esta primera expedición por sus propios medios tuvo un propósito, pues pese a las frecuentes caídas, la gatita fue directa a la borla de una cortina y, tras observarla un buen rato, la puso a prueba con una diminuta garra para asegurarse de cómo era; de ese modo mostró, recién salida de la cuna, esa seria determinación que definió su carácter durante toda su querida vida. Su lema era «Cumple con tu obligación» y, dado que permaneció soltera pese a los numerosos pretendientes, creo que su desnaturalizada madre debía de haberle inculcado, en los escasos días que compartieron antes de que la abandonase, que la primera obligación de un gato es cuidar de la casa y que ella misma no tenía una opinión muy elevada sobre la maternidad. Minina también heredó, supongo, su férrea convicción de que debería haber sido, aunque en realidad no lo fuera, el único felino del mundo, y no permitía que ningún miembro de su raza apareciera ante su vista en la casa o en el jardín. Algunas de sus tareas, aunque siempre las llevaba a cabo con rigor, creo que la aburrían un poco, pero no cabe duda de que la expulsión de gatos suponía un exquisito motivo de diversión para ella. En cuanto aparecía algún congénere, se preparaba a toda prisa para una emboscada, sacudiendo la cola y moviendo los omóplatos, bromeando y torturándose a sí misma al posponer ese gozoso avance furtivo por la hierba si la presa miraba hacia otro lado, o el furioso salto por el aire si era preciso recurrir a un ataque frontal. Y con frecuencia me preguntaba cómo no echaba a perder su emboscada con el embeleso y la sonoridad de sus ronroneos cuando se aproximaba el momento álgido.

Me temo que Jill le daba muchos problemas en lo relativo a esta obligación de expulsar a los forasteros, pues Jill prefería jugar con un desconocido antes que echarlo, y el plan de la perra era brincar y revolcarse mientras se acercaba al intruso para darle una poco apropiada bienvenida. Cierto es que el efecto era el mismo, pues un gato que se cuela en una propiedad, al ver un foxterrier alerta acercándose a la carrera, pocas veces se para a jugar, si es que alguna vez lo hace, de modo que el método de Jill también era en realidad bastante eficaz. Pero Minina tenía un objetivo moral superior: no solo quería expulsar, sino apabullar y herir, y como muchos moralistas de nuestra propia especie, disfrutaba tremendamente de sus fulminaciones y ataques. Le gustaba castigar a otros gatos, porque ella tenía razón y ellos no, y tal vez unos vigorosos zarpazos y mordiscos los ayudaran a comprenderlo.

Sin embargo, aunque Minina se parecía a su madre en la cuestión del gran sentido de la obligación y de las cualidades morales, tenía algo de lo que carecía Martha: esa indefinible atracción que denominamos encanto y un gran corazón. Siempre se mostraba alegre y afectuosa, y cumplía con sus obligaciones con lo más parecido a una sonrisa que es capaz de esbozar la especie animal más seria del mundo. Martha, por ejemplo, jugaba con Jill porque estaba entre sus obligaciones, mientras que Minina se divertía al hacerlo y jugaba con el abandono extático de una niña. De hecho, recuerdo que más de una vez iba a cenar un cuarto de hora tarde porque estaba en la preciosa zona asilvestrada de hierba alta del fondo del jardín, preparándose para darle a Jill un susto de muerte. La anécdota de la zona silvestre merece mencionarse no porque sea destacada en sí, sino porque era maravillosa a ojos de Minina.

Se trataba de un espacio de varias decenas de metros, donde los narcisos primaverales crecían como un haz de rayos de sol y las coronas imperiales dejaban colgar sus campanas moteadas. En la hierba también había plantadas peonías y un rosal espinoso, además de un manzano; como ya he dicho, nada era especial en sí, pero estaba cargado de posibilidades asombrosas para la despierta imaginación de Minina. Al final de esta franja selvática e indómita empezaba el césped, y una de las aficiones de Minina era esconderse en el borde de la zona silvestre, aplastándose tanto que acababa pareciendo una sombra de otra cosa. Si la gata tenía suerte, tarde o temprano Jill, en busca de olores interesantes, se acercaba al borde sin verla. En cuanto Jill había pasado por delante, Minina estiraba una discreta pata y tocaba con delicadeza los cuartos traseros de la perra. Por supuesto, Jill tenía que darse la vuelta para ver qué significaba aquella cosa inexplicable, y en ese momento Minina se daba impulso y caía como una tigresa sobre el lomo de Jill. Ese era el principio del juego, que contenía más vicisitudes que una partida de golf. Había innumerables emboscadas y escabullidas, asaltos desde el manzano, empujones desde detrás del rodillo del césped, periodos de absoluta inactividad, interrumpidos de forma súbita y salvaje por rápidos movimientos laterales a través de los guisantes de olor y, al final, la falta de aliento y de fuerza en las extremidades, hasta que Jill acababa tumbada y jadeando en el sendero, y Minina, que había retrasado la cena, procedía a limpiarse para acometer sus obligaciones vespertinas. Tenía que ser lista a la hora de cenar, tanto si cenábamos solos como si había alguna celebración, pues nunca fue una gata que se paseara en bata, sino que siempre se arreglaba para la cena, aunque nosotros cenásemos fuera. No era responsable de nuestros actos; de lo que era responsable era de acicalarse.

Minina, sin duda, era una gatita del montón; pero de nuevo, como muchas criaturas de nuestra propia raza inferior, cuando creció se convirtió en una gata muy hermosa. Era tan sofisticada que nunca intentaba combinar colores, se limitaba al blanco y negro puros. Su ancho y fuerte lomo estaba cruzado por una silla de montar negra, pero la silla, por decirlo de alguna manera, se había deslizado hacia abajo y había dejado una tira negra alrededor de su costado izquierdo. También lucía un azaroso retazo negro en la mejilla izquierda, una tira negra a lo largo de la cola y una pincelada negra en la punta. Por lo demás, era de un blanco puro, salvo cuando sacaba una lengua rosada por debajo de los largos bigotes níveos. Pero su encanto —la característica más destacada de Minina— era independiente de esta fascinante coloración. Martha, por ejemplo, se contentaba con que entraran los platos en el comedor y, posteriormente, los retiraran. Esa y no más era su noción de las obligaciones que tenía respecto de la cena. Pero las de Minina empezaban en realidad donde acababan las de Martha. Igual que su madre, precedía la sopa, pero cuando todos los presentes habían recibido su ración, Minina siempre rodeaba con sonoros ronroneos a cada uno de los comensales para felicitarlos y expresar su deseo de que les gustara. Para ese proceso, que repetía con cada plato, recurría a un andar concreto, levantando mucho las patas y caminando con la punta de los dedos. Esta marcha congratulatoria era del todo altruista: no quería que le dieran sopa; solo se alegraba de que se la hubieran servido a las personas. Entonces, cuando llegaba el pescado, o algún ave, repetía su ronda para felicitarlos y luego se sentaba con aire seguro y decía que también quería un poco. De vez en cuando, expresaba su favoritismo hacia algún invitado concreto mirándolo con atención, y otras veces casi se olvidaba de sus obligaciones como señora de la casa y prefería sentarse junto a su *protégée* y ronronear muy alto, de modo que la gente ya casi había tomado medio plato cuando Minina por fin hacía su ronda para comprobar que todo el mundo estuviera satisfecho con su ración. Al final, cuando servían el café, bajaba a la cocina y se retiraba para pasar la noche, casi siempre compartiendo la cesta de Jill, donde se tumbaban juntas en un suave montículo blanco y negro de respiración pausada.

Minina, como los griegos antiguos, nunca estaba enferma ni arrepentida; nunca enferma, debido a su salud de hierro; nunca arrepentida, porque jamás hacía nada que tuviera que lamentar. A fuerza de vivir con Jill y de no ver nunca un gato, salvo por esas breves y dolorosas entrevistas que precedían la expulsión del jardín, acabó adquiriendo algo del afecto entregado de un perro y, cuando yo llegaba a casa tras una ausencia, corría hasta la calle para recibirme, con la cola en alto, y sin prestar atención a cómo se bajaba el equipaje, sino concentrada únicamente en darme la bienvenida a casa. Ocho años felices y ajetreados transcurrieron de este modo y luego, una amarga mañana de febrero, Minina desapareció.

Pasaron varias semanas y seguía sin haber rastro de ella, y cuando el invierno dio paso a mayo, perdí toda esperanza de que regresara y me procuré otro gato, esta vez un joven persa azulado con ojos color topacio. Pasó otro mes y Agag (así lo llamé debido a sus andares delicados) se había hecho un hueco en nuestros afectos gracias a su extraordinaria belleza, más que por cualquier encanto de carácter, cuando empezó el segundo acto de la tragedia.

Me hallaba desayunando una mañana, con la puerta que daba al jardín abierta de par en par, y Agag estaba ovillado en una silla de la galería (ya que, a diferencia de Minina y de Martha, no hacía ninguna tarea del hogar, pues era orgulloso y de origen aristocrático), cuando vi acercarse despacio por el césped a una gata que me costó reconocer. Estaba flaca hasta el punto de la demacración, tenía el pelaje desordenado y sucio, pero era Minina, que regresaba a casa. De repente, me vio y con un chillido de alegría corrió hacia la puerta abierta. Entonces vio a Agag y, débil y escuálida como estaba, recuperó al instante su viejo sentido del deber y saltó sobre la silla del gato. Jamás durante su reinado había tenido derecho otro gato a entrar en la casa y estaba decidida a que semejante ultraje no volviera a ocurrir. Por la habitación y luego en el jardín se desató la batalla antes de que pudiera separarlos: Minina inspirada por su sentimiento del deber, Agag enfadado y atónito ante semejante asalto por parte de una mera gata callejera y en su propia casa. Al final, agarré a Minina y la cogí en brazos, mientras Agag juraba y perjuraba con una indignación justificable. Pues ¿cómo iba a saber él que aquella era Minina?

Nunca volvieron a pelearse, pero lo que siguió fue una quincena muy dolorosa, y todo el dolor lo sufrió la pobre Minina. Agag, pese a su belleza, no tenía corazón, y no le importaba cuántos gatos tuviera yo mientras no le molestaran ni usurparan su comida o su cojín. Pero Minina, aunque comprendía que por alguna inescrutable razón tenía que compartir su casa con

Agag y no pelearse con él, era una criatura de afectos fuertes y su pobre alma estaba destrozada por las agonías de los celos. Hay que reconocer que Jill, que siempre recibía un trato de petulante ninguneo por parte de Agag, sin duda se alegró al ver de nuevo a su amiga y no la había olvidado; pero Minina quería mucho más de lo que podía darle Jill. Retomó sus antiguas obligaciones de inmediato, pero a menudo, cuando escoltaba el pescado hasta el comedor y se encontraba a Agag durmiendo en su silla, era literalmente incapaz de continuar con su deber y se sentaba en un rincón a solas, desde donde me miraba con pena y cara de no comprender nada. Entonces tal vez el olor del pescado despertaba a Agag y el gato se estiraba y se levantaba un momento encima de la silla con el lomo arqueado de un modo soberbio antes de saltar y, con fuertes ronroneos, frotarse contra las patas de mi silla para indicar su deseo de comida, o incluso me saltaba al regazo. Eso era lo peor de todo para Minina y con frecuencia se pasaba la cena entera sentada en su remoto rincón, rechazaba la comida y era incapaz de apartar los ojos del objeto de sus celos. Mientras Agag estaba presente, no había cantidad de caricias o atenciones que pudieran consolarla, así que, cuando Agag había comido, solíamos sacarlo de la estancia. Entonces, durante un rato, Minina podía descansar lejos de su buitre de Prometeo; retomaba sus rondas entre los comensales para comprobar que todo el mundo estuviera satisfecho y escoltaba los platos nuevos con sus andares de puntillas y la cola erecta.

Confiábamos, tal vez con ingenuidad, en que con el paso del tiempo los dos se hicieran amigos; de lo contrario, creo, yo habría buscado otro hogar para Agag de inmediato. Pero insisto, a falta de eso, hicimos todo lo que pudimos, ofreciendo atenciones a la querida Minina e intentando hacerle notar (algo que sin duda era cierto) que todos sentíamos amor por ella, y en contraste solo mostrábamos agrado y admiración por Agag. Sin embargo, mientras los demás aún manteníamos la esperanza, Minina consideró que había rebasado el límite y desapareció una vez más. Jill la añoró durante un tiempo, Agag en absoluto. Pero el resto de nosotros todavía la añoramos.

ATISBA UN PÁJARO

EMILY DICKINSON

Atisba un Pájaro—se ríe—
Se aplana—luego repta—
Corre con pies invisibles—
Sus ojos crecen, son Esferas—

Mueve la Boca—crispada—hambrienta—
Sus Dientes se contienen apenas—
Salta, pero el Petirrojo saltó antes—
Ay, Minina, de la Arena,

La esperanza maduraba tan jugosa—
A punto de bañarte la Lengua—
Cuando la Dicha desplegó cien Dedos—
Y con todos huyó de la tierra—

NOBLES, SOBERANOS Y ALGÚN DEMONIO FELINO

Tal es el halo de misterio e inquietud que ha acompañado a los gatos a lo largo de la historia que, en algunos cuentos, aparecen convertidos en soberanos o en seres sobrenaturales, con reacciones que nos dejan sin habla. Edward Frederic Benson, por ejemplo, compara ciertos gatos con Enrique VIII o con la reina Isabel en un cuento alegórico que es también un retrato de la sociedad inglesa. Emilia Pardo Bazán también retrata una época y una sociedad, pero en este caso más supersticiosa y atemorizada por los fantasmas gatunos, mientras que Algernon Bertram Freeman-Mitford recupera una antigua y sangrienta leyenda japonesa para dar forma a su particular gato vampiro.

LA BIENHECHORA Y EL GATO DICHOSO

SAKI

Jocantha Bessbury tenía ganas de sentir una alegría serena y refinada. Era el suyo un mundo grato, que aquel día hacía gala de uno de sus aspectos especialmente gratos. Gregory se las había arreglado para regresar a casa a disfrutar de un almuerzo apresurado y luego fumarse un cigarrillo en el saloncito. El almuerzo había sido bueno y apenas quedaba tiempo para dar cuenta del café y el tabaco; ambos resultaron excelentes, a su manera, del mismo modo que Gregory era un marido excelente, a su manera. Jocantha tenía la firme sospecha de ser una esposa divina para su marido, así como la clara convicción de contar con una modista de primera categoría.

—Supongo que no podría encontrarse a nadie más satisfecho de pies a cabeza en todo Chelsea —comentó en referencia a su persona, pero echando un vistazo al gran gato atigrado que se había apoltronado a sus anchas en un rincón del diván añadió—: Bueno, tal vez Attab. Así se queda, ronroneando y soñando, y como mucho estira las patas de vez en cuando, extasiado en su mullido acomodo. Parece la encarnación de todo lo suave, sedoso y aterciopelado, sin un solo ángulo pronunciado en todo el cuerpo, un ser que se dedica a soñar y cuya filosofía es «Duerme y deja dormir». Y luego, cuando cae la tarde, sale al jardín con un fulgor rojizo en los ojos y pesca algún gorrión despistado.

—Dado que de cada pareja de gorriones nacen diez o más crías al año, me parece estupendo que los Attab del vecindario decidan entretenerse así a esa hora —consideró Gregory.

Tras formular tan sabio comentario, encendió otro cigarrillo, dirigió a Jocantha una despedida alegre y cariñosa, y salió al ancho mundo.

—Recuerda que esta noche cenaremos un poquitín antes porque vamos al teatro Haymarket —advirtió ella con un grito.

Ya a solas, Jocantha regresó al proceso de contemplación de su vida con una mirada plácida e introspectiva. Si no contaba con todo lo que deseaba en este mundo, como mínimo estaba sumamente satisfecha con lo que tenía. Estaba muy satisfecha, por ejemplo, con el saloncito, que de algún modo lograba ser acogedor, refinado y opulento al mismo tiempo. La porcelana era hermosa y poco común, los esmaltes chinos adquirían tonalidades maravillosas a la luz del hogar, las alfombras y las colgaduras atrapaban la vista con sus suntuosas armonías de color. Era un cuarto en el que podría haberse recibido adecuadamente a un embajador o a un arzobispo, pero en el que una también podía sentarse a confeccionar un álbum de recortes sin tener la impresión de escandalizar a las deidades del lugar con el desorden. Y lo mismo que con el saloncito sucedía con el resto de la casa, y lo mismo que pasaba con el resto de la casa sucedía con los demás rincones de la vida de Jocantha; desde luego tenía buenos motivos para ser una de las mujeres más satisfechas de Chelsea.

De las ganas de sentir una honda satisfacción por su suerte pasó a la fase de generosa conmiseración por los miles de personas que la rodeaban y soportaban una vida y unas circunstancias grises, corrientes, ingratas y vacías. Las oficinistas, las dependientas y demás, la clase que no tiene ni la libertad despreocupada de los pobres ni la libertad acomodada de los ricos, entraban especialmente en el punto de mira de su compasión. Qué triste era pensar que había jóvenes que, tras una larga jornada de trabajo, tenían que encerrarse a solas en un dormitorio frío e inhóspito porque no podían permitirse el gasto de un café y un bocadillo en un restaurante, y mucho menos el chelín que costaba un asiento de gallinero en el teatro.

La mente de Jocantha seguía enfrascada en ese tema cuando salió a la calle para iniciar una campaña de compras vespertina y poco entusiasta; sería sin duda reconfortante, se dijo, poder hacer algo, así, de improviso, que aportara un destello de placer e interés a la vida de una o dos personas trabajadoras de aire melancólico y bolsillos vacíos; contribuiría en gran medida a la sensación de disfrute de la función de aquella noche. Decidió adquirir dos entradas de segundo piso para una función de éxito, dirigirse a algún salón de té de poca monta y entregárselas a la primera pareja interesante de secretarias con las que entablara una conversación informal. Podía explicarlo diciendo que le resultaba imposible asistir al espectáculo y no quería que las entradas se desaprovecharan, si bien, por otro lado, no deseaba tomarse la molesta de devolverlas. Tras reflexionar un poco más resolvió que sería más adecuado comprar una única entrada y dársela a alguna jovencita de aspecto solitario que viera sentada ante una comida frugal sin ninguna compañía; la muchacha podría trabar conocimiento con quien ocupara la butaca vecina y de ello quizá surgiría una amistad duradera.

La fuerza del impulso de hada madrina la llevó a entrar con paso decidido en una oficina de venta de localidades y elegir con infinito cuidado una entrada de segundo piso para *El pavo real amarillo,* una función que estaba despertando una cantidad considerable de críticas y opiniones. Prosiguió entonces su aventura de bienhechora buscando un salón de té, aproximadamente a la misma hora en que Attab salía a deambular por el jardín con la cabeza centrada en la persecución de gorriones. En un rincón de un establecimiento de la cadena ABC dio con una mesa libre en la que se instaló con rapidez, impulsada por el hecho de que en la contigua había una jovencita de semblante bastante poco atractivo, ojos cansados y lánguidos y un aire general de melancolía resignada. Llevaba un vestido de mala calidad, que sin embargo aspiraba a seguir la moda, y lucía un pelo bonito y un cutis deficiente. Estaba terminando una modesta merienda consistente en un té y un bollito con mantequilla y mermelada, y no difería en exceso de los miles de muchachas que en aquel preciso instante terminaban de tomar algo, o bien empezaban o proseguían, en los salones de té londinenses. Las probabilidades estaban enormemente a favor de la suposición de que no hubiera visto *El pavo real amarillo;* era evidente que ofrecía un material excelente para el primer experimento de Jocantha como bienhechora adventicia.

Tras pedir un té y un bollo tostado, Jocantha dio inicio a un afable escrutinio de su vecina con vistas a llamar su atención. En ese preciso momento la cara de la muchacha mostró una alegría repentina, se le iluminó la mirada, le volvió el color a las mejillas y casi se habría dicho que era guapa. Un joven al que saludó con un afectuoso «¡Hola, Bertie!» se acercó a su mesa y ocupó la silla que quedaba ante ella. Jocantha clavó los ojos en el recién llegado. Tenía aspecto de ser unos pocos años más joven que ella misma, mucho más apuesto que Gregory; bastante más, en realidad, que cualquiera de los integrantes de su grupo social. Se dijo que sería un cortés dependiente de algún almacén de venta al por mayor, que viviría y se divertiría en la medida de lo posible gracias a un salario más bien escaso y contaría con unas dos semanas de vacaciones al año. El individuo era consciente de su atractivo, por descontado, pero con el retraimiento de los anglosajones, no con la satisfacción descarada de los latinos o los semitas. Estaba claro que mantenía una amistad íntima con la muchacha con la que estaba hablando y probablemente se encaminaran hacia un compromiso formal. Jocantha se imaginó el hogar del joven, con un círculo familiar bastante reducido y una madre pesada que siempre querría saber cómo y dónde pasaba su hijo las noches. A su debido tiempo cambiaría aquella fastidiosa esclavitud por una casa propia, dominada por la escasez crónica de libras, chelines y peniques, y por la privación de la mayor parte de las cosas que hacían que la vida resultara atractiva o cómoda. Jocantha lo compadeció terriblemente. Se preguntó si habría visto *El pavo real amarillo;* las probabilidades estaban enormemente a favor de una respuesta negativa. La muchacha había terminado de comer y enseguida regresaría al trabajo, de manera que cuando él se quedara solo a Jocantha le sería bastante fácil decir: «Mi esposo ha hecho otros planes en mi nombre para esta noche. ¿Tendría usted la bondad de aprovechar esta entrada, que de lo contrario se desperdiciaría?». Más adelante regresaría una tarde a tomar el té y, si lo viera, le preguntaría si le había gustado la función. Si demostraba ser buen chico y mejoraba con el trato, podría recibir más entradas, y tal vez una invitación a tomar el té en Chelsea algún domingo. Jocantha decidió que, en efecto, mejoraría con el trato, que Gregory congeniaría con él y que aquella tendencia a hacer de hada madrina resultaría mucho más entretenida de lo que había supuesto en un principio. No cabía duda de que el joven era presentable: sabía peinarse (quizá por facilidad para la imitación), estaba al tanto del color de corbata que lo favorecía (tal vez por intuición) y era exactamente el tipo de hombre que Jocantha admiraba (desde luego por casualidad). Teniendo en cuenta todo eso, se sintió bastante complacida cuando la joven miró la hora y se despidió de su acompañante de forma cariñosa, si bien apresurada. Bertie contestó con un asentimiento, engulló un buen trago de té y luego sacó del bolsillo del abrigo un libro encuadernado en rústica que llevaba por título *Cipayo y sahíb. Una historia del gran motín.*

Las leyes de la etiqueta de los salones de té prohíben ofrecer entradas de teatro a un desconocido sin haber establecido antes contacto visual. Lo más recomendable es solicitar el azucarero tras haber ocultado el hecho de que se dispone ya en la propia mesa de uno de buenas dimensiones y razonablemente surtido, lo cual no resulta difícil, ya que la carta impresa suele ser casi tan grande como la mesa y puede dejarse de pie. Jocantha se puso manos a la obra cargada de esperanza: mantuvo una discusión prolongada y harto estridente con la camarera en relación con los supuestos defectos de un bollo por lo demás completamente inocente, inquirió en voz bien alta y lastimera sobre el servicio de metro hasta una zona residencial situada a una distancia ridícula, charló con una falta de sinceridad digna de encomio con el gato del establecimiento y, como último recurso, volcó la jarrita de la leche y le dedicó varios improperios remilgados. En líneas generales llamó mucho la atención del público, pero en ningún momento la de aquel muchacho tan bien peinado, que estaba a varios miles de kilómetros de allí en las bochornosas llanuras del Indostán, entre casas abandonadas en mitad del campo, bazares atestados y plazas de armas alborotadas, atento a las palpitaciones del tam-tam y al lejano bramido del mosquete.

Jocantha regresó a su casa de Chelsea, que por vez primera le pareció gris y recargada. Tenía la amarga certeza de que Gregory se mostraría aburrido durante la cena y de que la función posterior resultaría una estupidez. A grandes rasgos podría decirse que su estado de ánimo reflejaba una marcada divergencia con el ronroneo y la satisfacción de Attab, que volvía a estar acurrucado en su rincón del diván, rodeado de la enorme paz que desprendían todas las curvas de su cuerpo.

Claro que él sí había cazado su gorrión.

SE ERIGIÓ UN REY

EDWARD FREDERIC BENSON

Agag, aunque sin duda de sangre real, nunca fue un auténtico rey. No era más que uno de los hicsos, un rey pastor, atado por las limitaciones de su raza y sin participar de su magnificencia. Por supuesto, no trabajaba como había hecho la guardiana de la casa (y nadie esperaba eso de él), pero tampoco tenía el esplendor ni la vivacidad que poseían, por ejemplo, Enrique VIII o Jorge IV, para compensar su indolencia en los asuntos de Estado. De algún modo, Enrique VIII se mantenía ocupado con los matrimonios, mientras que Agag estaba más que aterrado ante la idea de cortejar, por no hablar de conquistar, a alguna de las princesas que se le ponían delante; y estas, por su parte, se limitaban a hacerle mohínes y descaros. En cuanto a Jorge IV, aunque poco regio en muchos aspectos, solía zambullirse en la alocada búsqueda de placer y, según dicen, tenía un gran corazón. Agag, por el contrario, nunca se zambullía con pasión en nada: un cojín, algo de pescado y reposo extensivo eran el *summum* de sus deseos y, por lo que respecta al gran corazón, jamás lo tuvo, es más, no tenía corazón de ninguna clase. Un corazón despiadado le habría dado cierta personalidad, pero no había indicios para suponer que alguna clase de emoción, más allá del deseo de comida, sueño y calor, pudiera quedar a una distancia razonable de él. Murió mientras dormía, probablemente de apoplejía, tras una comida copiosa, y hermoso en la muerte igual que en la vida, fue enterrado y olvidado. Nunca he conocido un gato con tan poco carácter, y a veces me pregunto si de verdad era un felino y no una especie de lirón inflado vestido de gato.

A continuación, se impuso un régimen republicano en materia gatuna. Después de Agag, volvimos a los gatos de clase obrera, que se pasaban horas enteras sentados juntos delante de los agujeros de las ratoneras, saltaban y devoraban, y se limpiaban y dormían, pero entre ellos tampoco había «carisma» alguno que se pareciera ni de refilón a Martha, y mucho menos a Minina.

Supongo que la realeza de Agag, por muy bobo y aburrido que fuera, me había contagiado cierto esnobismo en lo referente a los gatos y, en secreto —dado que no iba a encontrar ningún otro plebeyo espléndido, como Minina—, yo anhelaba a alguien que combinase el origen real (por el bien de la belleza y el orgullo) con el carácter, ya fuese bueno o malo. Nerón o Heliogábalo o la reina Isabel, o incluso el emperador Guillermo II de Alemania me habrían servido, pero no quería a Jorge I en un extremo o a un mero presidente blando de una república pequeña en el otro extremo.

Justo después de la muerte de Agag me mudé a Londres y durante un tiempo hubo una sucesión de anodinos dirigentes de Estado. Esos presidentes de mi república habían nacido en respetables familias muy trabajadoras y nunca demostraron ser (aunque sabían perfectamente que eran los gobernantes) nada salvo lo que eran: gatos buenos, hacendosos, que, por supuesto, no solo tenían voz sino un voto determinante en todas las cuestiones relacionadas con ellos mismos o con todos los demás.

En aquella época éramos democráticos, y me temo que «la libertad se fue ampliando poco a poco» de presidente a presidente. Bajo su mandato, fuimos ciudadanos leales, que cumplían las leyes, pero cuando nuestro presidente estaba sentado en lo alto de los escalones del porche, tomando el fresco después de su trabajo matutino, nunca me sorprendía ver cómo le acariciaban la cabeza personas como los comerciantes que esperaban recibir órdenes, un policía o incluso una niñera. En esas circunstancias, el presidente arqueaba el lomo, tensaba la cola y ronroneaba. Al estar ocioso y despreocuparse de los asuntos de Estado, no fingía ser otra cosa salvo burgués. La burguesía sí tenía acceso a él; con los miembros de esa clase jugaba en pie de igualdad a lo largo de los barrotes de la barandilla del porche. Recuerdo que había una niñera a la que nuestro último presidente tenía mucho afecto. Le hacía unas escabechinas tremendas en los cordones de los zapatos.

Pero ahora todo ese régimen ha pasado a la historia. Volvemos a ser monárquicos hasta la médula, y Cyrus, de una estirpe regia incuestionable, está en el trono. La revolución se llevó a cabo de la forma más pacífica que pueda concebirse. Hace dos años, un amigo me trajo para mi cumpleaños una cestita de mimbre y, en cuanto la abrió, el país, que durante un mes o dos había estado sumido en la más oscura anarquía, sin presidente ni gobernante alguno, volvió a ser un Estado civilizado, con un rey reconocido. No hubo guerra; no ocurrió nada sanguinario. Solo en virtud de la gloria de nuestro rey nos convertimos de nuevo en una gran potencia. Cyrus había dispuesto que su pedigrí viniera con él; este era mucho más grande que el mismo Cyrus y, al estar escrito en pergamino (con una enorme corona dorada pintada en el membrete), era mucho más robusto que el animal cuyos ancestros enumeraba. Porque su majestad, cuando se asomó por el borde de su cuna real, no parecía en absoluto robusto. Sacó dos enclenques patitas por el borde de la cesta e intentó poner cara de león, pero el ánimo no le acompañó. Entonces arrugó la augusta cara y estornudó de un modo tan prodigioso que se cayó de la cesta y por casualidad (o, como mucho, por el catarro) puso un pie en los dominios sobre los que todavía reina. Por supuesto, no soy tan tonto como para no reconocer una llegada majestuosa, aunque realizada de un modo muy poco convencional; fue como si Jorge IV, en una de sus numerosas llegadas a algún muelle (inaugurado con gran acierto mediante la inserción de una gran pisada grabada en cobre), en lugar de pisar con la bota hubiera caído de bruces y hubiera quedado inmortalizado con una silueta de cuerpo entero de cobre con la chistera un poco separada.

Las crías de la especie humana, es cierto, son todas iguales, y me atrevería a desafiar a cualquier profesor de eugenesia o de alguna otra abstrusa escuela de investigación afín a decir, a bote pronto, si un recién nacido concreto, separado de su entorno, es el príncipe de Gales o el vecino de al lado. No obstante, incluso apartado de su pedigrí, no cabía duda de cuál era el origen de Cyrus. Ni un solo pelo de su delgado cuerpito era de un color distinto al auténtico azul regio, y ya tenía las orejas forradas por dentro con pelillos finísimos, y sus pobrecitos ojos, tristemente velados por las secreciones del catarro, dejaban entrever sus iris amarillo topacio, un tono que jamás poseyó el vecino de al lado. Así pues, cayó rodando en su nuevo reino y, tras recuperarse, se sentó erguido y parpadeó, y luego dijo «Aaaah». Lo recogí con suma reverencia entre las manos y me lo puse sobre la rodilla. Hizo una mueca horrible, como un monstruo chino en lugar de un rey persa, pero por lo menos era una cara oriental. Entonces puso una zarpa grande delante de la nariz diminuta y se quedó profundamente dormido. El estornudo lo había dejado exhausto.

A las crías de gato persa con pedigrí, como es posible que sepa usted, nunca hay que darles leche una vez que se han despedido de su regia madre. Cuando tienen sed, hay que darles agua; cuando tienen hambre, hay que darles trocitos picados de carne roja, pescado y ave. Mientras Cyrus dormía, le preparamos a toda prisa cosas picadas y, cuando se despertó, la comida y la bebida ya esperaban para satisfacer sus majestuosos deseos. El ágape pareció complacerle mucho, pero en un momento crucial, cuando tenía la boca muy llena, volvió a estornudar. Hubo una explosión de tremenda violencia, pero la regia criatura lamió los fragmentos... De inmediato supimos que el rey que iba a gobernarnos era muy pulcro.

Cyrus tenía dos meses cuando fue coronado rey y se pasó los cuatro meses siguientes creciendo y comiendo y estornudando. A grandes rasgos, su forma de vida se resumía en comer copiosamente y dormirse al instante, y era entonces, creo yo, cuando crecía. Al final, un estornudo lo sacaba de su sopor y esa primera alarma era un cono de la tormenta que presagiaba el inminente tornado. Una vez, después de que yo empezase a contar, estornudó diecisiete veces... Luego, cuando terminaba, se sentaba tranquilo y recuperado; después saltaba jubiloso, ronroneaba en voz alta y volvía a comer. El almuerzo iba seguido de otra siesta y así se completaba el ciclo de su día.

El primer tentempié lo tomaba cerca de las siete de la mañana —en cuanto se despertaba alguien— y una hora después, dormido como un tronco, lo llevaban a mi habitación cuando me despertaban, tapado con la levita de mi sirviente, y lo dejaban encima de mi cama. De inmediato, Cyrus adivinaba que debía de haber una agradable cueva cálida debajo de las mantas y, con paso firme y ronroneos, penetraba en ese abismo, se acurrucaba junto a mi costado y continuaba con su sueño interrumpido. Al cabo de un rato notaba que algo se removía dentro de él, y yo solía tener el tiempo justo de sacar al rey de la cama y depositarlo en el suelo antes de su primer estornudo. Su segundo desayuno, por supuesto, era llevado a mi habitación junto con el agua caliente para que me lavara, así que después de la tanda de estornudos, daba un salto en el aire, espiaba y acechaba algún objeto nuevo y desconocido, y cumplía con su obligación acabándose todas las provisiones. A continuación, miraba alrededor en busca del mejor lugar para descansar, elegía uno, a ser posible, que le recordara a una emboscada, cuya definición podría ser la de un lugar con una abertura pequeña pero mucho espacio dentro.

Eso nos dio la segunda pista (la pulcritud era la primera) acerca del carácter del rey. Tenía una mente táctica y habría podido ser un buen general. En cuanto me percaté, empecé a prepararle lugares de emboscada entre las hojas del periódico matutino, en las que le proporcionaba un pequeño agujero para espiar. Si yo rascaba el papel cerca de esa mirilla, una patita azul plateada daba zarpazos frenéticos sobre el punto que se movía. Después de haber frustrado así a cualquier posible enemigo, se iba a dormir.

No obstante, la guarida que más le gustaba era un cajón medio abierto, como el que encontró por sí mismo una mañana. Allí, entre las camisas y los chalecos de franela se ponía increíblemente cómodo a la espera de algún ataque. Pero antes de ir a dormir, tenía por costumbre sacar una cabecita digna de admiración para aterrorizar a las bandas de maleantes que pudiera haber cerca. Esa precaución solía dar sus frutos y luego dormía durante la mayor parte de la mañana.

Durante seis meses se atiborró y estornudó y durmió, y entonces, una mañana, igual que lord Byron al descubrir su fama, Cyrus se despertó y descubrió las responsabilidades de su reino. Sus ataques de estornudos pararon en seco y empezó la Cyropedia (o educación de Cyrus). Por supuesto, él llevaba a cabo por su cuenta esa educación, era autodidacta; su linaje le permitía saber qué debía aprender un rey y se dispuso a aprenderlo. Hasta ese momento, la despensa y mi dormitorio eran los únicos territorios de sus dominios que conocía bien, así que era necesario progresar en sus obligaciones monárquicas. El comedor no lo entretuvo mucho, pues presentaba pocos puntos de interés, pero en una pequeña estancia adyacente encontró un teléfono encima de la mesa, con un cable largo de color verde sujeto al auricular. Tenía que investigarlo, pues sus padres no le habían hablado de teléfonos, pero no tardó en cogerle el tranquillo e intentó quitar el auricular del soporte, sin duda con la intención de dar órdenes de algún tipo. El aparato no se doblegó con métodos amables, así que, después de acurrucarse detrás de un libro y retorcer el cuerpo de un modo admirable, se decidió a volcar el estúpido objeto. Un salto salvaje y Cyrus y el cable verde y el auricular se enmarañaron en una imposible confusión... Tardó semanas en volver a usar el teléfono.

La sala de estar era menos peligrosa. Había una piel de oso en el suelo y Cyrus se sentó delante de la cabeza, preparado para rendirle homenaje. Imagino que lo hizo como correspondía, porque le dio un golpecito en el hocico (como el rey cuando entra en la Ciudad de Londres y toca la espada presentada por el alcalde) y luego dirigió la atención hacia el piano. No se interesó en absoluto en las teclas, pero le gustaron los pedales, y también vio su propio reflejo en la superficie negra esmaltada del instrumento.

Verse le provocó una gran estupefacción, y se puso a dar unos pasos rápidos que recordaban al fandango con las patas delanteras, sacudiéndolas en el aire como un loco. ¡Horror! La silenciosa imagen de enfrente hizo exactamente lo mismo... Era casi tan terrible como el teléfono. Pero el piano estaba cerca de un rincón de la sala y le ofrecía la posibilidad de prepararse para una emboscada, así que se escabulló detrás. Y allí encontró el mejor escondite, pues la tela de la trasera del piano estaba rasgada y podía meterse dentro entero. Desde el punto de vista táctico, era la emboscada perfecta, ya que desde ahí vigilaba la única ruta para entrar en la sala por la puerta; pero estaba tan encantado con el hallazgo que, cada vez que se agazapaba allí para preparar una emboscada, no podía resistir la tentación de sacar la cabeza y otear siempre que se acercaba alguien, de modo que desvelaba el secreto de un modo descarado. ¿O acaso era solo indulgencia hacia nuestros débiles intelectos, tan incapaces de imaginar que había un rey dentro del piano?

A continuación, exploró la cocina; el único punto de interés fue un ejemplar de foxterrier al que el rey escupió; pero en la recocina había algo de lo más extraordinario: en concreto, un grifo de cobre, convenientemente ubicado sobre una pila de lavar medio cubierta por una tabla. En la boca de ese grifo aparecía de vez en cuando una gota de agua, que caía a intervalos. Cyrus no acertaba a ver qué le ocurría al agua, pero cuando se acumuló la siguiente gota, sacó la pata y la recogió para lamerla. Después de repetir la operación durante casi una hora llegó a la conclusión de que era la misma agua que bebía después de las comidas. La provisión parecía constante, aunque escasa..., quizá valiera la pena investigarlo. Después de hacerlo, se limitó a husmear en el armario de la ropa blanca y la puerta se cerró con una ráfaga de aire mientras el rey estaba dentro. No lo descubrieron hasta seis horas más tarde y desde entonces le cogió ojeriza al armario.

Al día siguiente, los progresos del monarca continuaron y Cyrus descubrió el jardín: muy reducido, pero lo bastante grande para que el señor Lloyd George, el primer ministro, quisiera echarle un ojo y exigir una tasación de los derechos sobre los minerales del lugar. Aunque no era lo bastante grande para Cyrus (no sé qué esperaba), porque después de escudriñarlo durante una mañana, decidió que lo mejor era saltar para encaramarse a los muros de ladrillo que lo rodeaban. Esto era un incumplimiento de la prerrogativa, pues el rey tiene obligación de informar a sus ministros cuando se dispone a salir del país, y Cyrus no había dicho nada al respecto. En consecuencia, salí corriendo y lo agarré con cuidado, pero con firmeza, de la cola, que era la única parte de él que pude alcanzar. Expresó su desaprobación en lo que se denomina «la manera habitual» e intentó morderme. Tras lo cual me rebelé y metí al rey en casa, y compré una verja metálica. La sujeté a toda prisa a la parte superior del muro, de modo que se proyectara en horizontal hacia dentro. Después permití que el rey volviera a salir y me senté en los peldaños de la entrada para ver qué ocurría.

Cyrus fingió que los muros no le interesaban y se dedicó a acosar unas cuantas hojas muertas. Pero un rey se ve constreñido no solo por una verja metálica, sino por las limitaciones de la naturaleza gatuna, que en este caso lo instaban a intentar otra vez el plan que antes se había visto frustrado. Así pues, tras masacrar unas cuantas hojas (ya muertas), saltó al muro y, como es natural, se dio con el hocico en la verja metálica, apeló a un primer ministro obstinado y luego se sentó y dedicó todo el poder de su mente táctica a resolver aquel inquietante asunto. Y tres días más tarde lo vi de nuevo brincar para subirse al muro y, en lugar de golpearse el morro de nuevo contra la alambrada, se aferró a ella con las garras. La verja se dobló con el peso del animal, que logró poner una zarpa en la parte superior, luego la otra, serpenteó para pasar el cuerpo y se colocó, victorioso y meneando la cola, encima de la frontera.

Así pues, yo también tuve que sentarme a pensar; pero, salvo subir la verja metálica hasta una altura imposible de escalar o erigir un *cheval de frise* al estilo militar, a mi cerebro seco no se le ocurrían más ideas. Al fin y al cabo, viajar por el extranjero es un instinto de la naturaleza gatuna imposible de erradicar, y yo prefería infinitamente que el rey viajara por los reducidos jardines traseros a que se aventurase a salir a la calle por la puerta de la propiedad. Tal vez, si tenía total autorización (sobre todo, ya que no podía impedírselo) para explorar las tierras posteriores, cabía la posibilidad de que se olvidara de la costa más peligrosa... Y entonces se me ocurrió un plan que quizá consiguiera hacer volver a mi *Reise Keiser* cuando se embarcara en sus viajes. Al instante me dispuse a ponerlo a prueba.

Mi gabinete me había informado de que el ruido que podía sacar al rey de su sueño más profundo y que lo haría llegar brincando con efusividad hasta el lugar de donde procedía era el que emitía el afilador de cuchillos. Al parecer, afilar los cuchillos era el primer paso del ritual que llevaban a cabo los sirvientes por la mañana, cuando Cyrus estaba más hambriento, y oír ese utensilio implicaba la aparición inminente de comida. Pedí prestado el afilador y salí corriendo al jardín. Cyrus ya estaba a cuatro jardines de distancia y no me prestó la menor intención cuando lo llamé. Así pues, empecé a frotar el cuchillo con vigor contra la piedra. El efecto fue instantáneo; se dio la vuelta y voló por los muros que lo separaban de su amado y angelical sonido. Entró en sus dominios de un salto con la cola erecta y erizada... y le di tres trocitos aceitosos de piel de sardina. Y hasta ahora, el chillido metálico del cuchillo afilado no ha fallado nunca. A menudo lo veo como una mera mota de polvo en algún tejado del horizonte, pero no parece haber ningún incidente ni punto de interés en la amplia vastedad de los viajes por el extranjero que pueda competir con este heraldo del alimento.

Debo admitir que, cuando Cyrus no se encuentra bien (cosa que rara vez ocurre), aunque pierda el interés en la comida también parece cansado de los viajes por el extranjero, así que el afilador de cuchillos puede descansar en el cajón. Desde luego, tener un rey avaricioso conlleva más ventajas de las que yo sospechaba...

Conforme transcurrieron los meses y Cyrus creció en tamaño y adquirió más pelo, poco a poco, como corresponde a un rey que ha venido para gobernar sobre los hombres, renunció a todo contacto con otros animales, en especial con los gatos. Solía tumbarse, ensimismado, en un macetero grande que había volcado (tras expulsar a la hortensia con contundentes patadas de los cuartos traseros) y vigilaba por si se presentaba algún miembro de la raza que había repudiado. Bastaba con que una oreja o una cola apareciera en los muros de la frontera para que se abalanzara, con la cara hecha una máscara de furia, sobre el intruso. Ese mismo lugar de emboscada, siento decirlo, le servía como atalaya para atrapar gorriones. No los mataba, sino que los entraba en la casa y los llevaba a la cocina, para presentarlos, como muestra de su pericia cazadora, ante la cocinera. De modo similar, tampoco permitía la entrada de perros cuando se sentaba junto a la puerta de la finca. Una vez, mientras volvía a casa tras haber ido a ver a unos vecinos, distinguí un brioso terrier irlandés que merodeaba por los peldaños de la puerta de mi propiedad (quiero decir, la propiedad de Cyrus) y aceleré el paso, pues temía la reacción de Cyrus, si por casualidad estaba sentado allí. En efecto, estaba sentado allí, pero me preocupé en vano, ya que antes de que yo llegase a mi casa, un prolongado alarido de dolor llenó el aire y un anonadado terrier irlandés apareció como alma que lleva el diablo y salió de la finca con expresión desencajada, casi atormentada. Cuando llegué a la puerta, me encontré a Cyrus sentado en el peldaño superior con aspecto tranquilo y firme, lamiéndose con delicadeza la punta de la plateada pata.

Una única vez, que yo recuerde, tuvo que huir Cyrus de algo con cuatro patas, pero no fue por una cuestión de falta de valentía física, sino por un ataque de nervios ante la presencia de una especie de trasgo, algo totalmente asombroso y élfico. Resultó que una visita había traído metido en el manguito de piel un atroz grifón y Cyrus había saltado al regazo de esa dama, pues le había gustado bastante el manguito. Entonces, del interior, y casi rozando la cara de Cyrus, apareció una cabecita medio emplumada de una clase desconocida que le puso los nervios de punta. Cyrus se quedó mirando un instante aquella terrorífica aparición y luego huyó como el rayo hacia su escondite del piano. El grifón pensó que era la primera maniobra de un juego, así que saltó al suelo y olfateó hasta hallar la entrada del lugar de la emboscada. Refriegas y movimientos fruto del pánico salían del interior de la tela… Entonces se me ocurrió un pensamiento diabólico: Cyrus nunca había estado en su escondite cuando se tocaba el piano y, cuando la dama había devuelto al grifón a su refugio dentro del manguito para evitar accidentes, me acerqué con sumo cuidado a las teclas y toqué un acorde alto. Igual que el terrier irlandés había salido por la puerta de la propiedad, así salió Cyrus de su santuario ultrajado…

Cyrus tenía entonces un año; el primer pelaje ya se le había caído por completo; pesaba cinco kilos y estaba ataviado de la cabeza a los pies con todo el atuendo propio de un monarca. Tenía la cabeza pequeña, y aún parecía más pequeña enmarcada en las magníficas ondas que se rizaban hacia fuera por debajo de la barbilla. Era de un tono ahumado, con dos grandes luces de topacio como dos faros; las puntas de las patas eran plateadas, como si la ceniza de la madera quemada hubiera caído en una capa blanquecina entre el humo. Aquel año disfrutamos de un verano de calor extraordinario y Cyrus hizo el descubrimiento inigualable de la nevera, una caja metálica, similar a una caja fuerte, que se guardaba en la recocina. La descubrió por pura casualidad, me temo, porque había birlado una rodaja de salmón de la bandeja que el pescadero había tenido la imprudencia de dejar en los peldaños de entrada y, con un instinto para el secretismo despertado en él a raíz de ese raro cofre del tesoro, la llevó hasta el rincón más oscuro, que resultó ser la nevera. Allí se comió todo lo que era sensato zamparse de una sentada y luego, debo suponer, en lugar de irse a dormir, reflexionó. Durante días había sufrido el calor excesivo; su escondrijo debajo del macetero del jardín era insoportable, igual que su refugio bajo las sábanas de mi cama. Pero allí había una temperatura mucho más agradable... Esa es toda la explicación que se me ocurre para los motivos que tuvo el rey, pero no son más que conjeturas. El caso es que, día tras día, mientras duró el calor, Cyrus se sentaba enfrente de la nevera y se metía dentro en cuanto tenía la menor oportunidad. El calor también había aumentado su somnolencia y, una mañana, cuando subió a mi cuarto para desayunar conmigo, se quedó dormido en el sofá antes de que yo tuviera tiempo de cortarle un pequeño obsequio de hígado que tenía pensado ofrecerle como homenaje. Cuando se lo acerqué mucho al hocico, abrió la boca para recibirlo, pero volvió a sumirse en los abismos del sueño antes de poder masticarlo. Así pues, le quedó colgando de la comisura de los labios igual que un cigarrillo. Pero al final, supe que acabaría por «despertar, recordar y comprender», como en el poema de Robert Browning.

Y ahora Cyrus tiene dos años y lleva reinando un año y diez meses. Creo que ha completado su formación autodidacta y, desde luego, ha eliminado todos los gatos de sus fronteras y, me temo, todos los gorriones de sus dominios. Un pájaro desorientado construyó un pequeño nido en el jardín de Cyrus. Una serie de bultos inquietantemente desplumados fueron presentados ante la cocinera... El rey se ha apropiado de la silla en la que yo solía sentarme en la sala de estar y ha rasgado de arriba abajo la nueva tela que se me ocurrió mandar que colocaran para cubrir la trasera del piano. Me atrevería a decir que estaba en su derecho, pues no tiene sentido contar con un lugar idóneo para emboscadas si luego no se puede entrar en él. Aunque, en otros aspectos, creo que no se ha comportado de un modo estrictamente constitucional. Pero cada vez que regreso a su reino tras alguna ausencia, en cuanto se abre la puerta Cyrus baja corriendo las escaleras para recibirme (incluso con la efusividad que mostraba Minina) y convierte su cola en una lanza y dice «Aaaaah». Con eso compensa buena parte de lo que parece una tiranía. Y esta misma mañana me ha regalado una araña grande, preciosa y magnífica, que todavía se removía ligeramente...

CANCIÓN NOVÍSIMA DE LOS GATOS

FEDERICO GARCÍA LORCA

Mefistófeles casero
está tumbado al sol.
Es un gato elegante con gesto de león,
bien educado y bueno,
si bien algo burlón.
Es muy músico; entiende
a Debussy, más no
le gusta Beethoven.
Mi gato paseó
de noche en el teclado,
¡Oh, qué satisfacción
de su alma! Debussy
fue un gato filarmónico en su vida anterior.
Este genial francés comprendió la belleza
del acorde gatuno sobre el teclado. Son
acordes modernos de agua turbia de sombra
(yo gato lo entiendo).
Irritan al burgués: ¡Admirable misión!

Francia admira a los gatos. Verlaine fue casi un gato
feo y semicatólico, huraño y juguetón,
que mayaba celeste a una luna invisible,
lamido (?) por las moscas y quemado de alcohol.
Francia quiere a los gatos como España al torero.
Como Rusia a la noche, como China al dragón.
El gato es inquietante, no es de este mundo. Tiene
el enorme prestigio de haber sido ya Dios.
¿Habéis notado cuando nos mira soñoliento?
Parece que nos dice: la vida es sucesión
de ritmos sexuales. Sexo tiene la luz,
sexo tiene la estrella, sexo tiene la flor.
Y mira derramando su alma verde en la sombra.
Nosotros vemos todos detrás al gran cabrón.
Su espíritu es andrógino de sexos ya marchitos,
languidez femenina y vibrar de varón,
un espíritu raro de inocencia y lujuria,
vejez y juventud casadas con amor.
Son Felipes segundos dogmáticos y altivos,
odian por fiel al perro, por servil al ratón,
admiten las caricias con gesto distinguido
y nos miran con aire sereno y superior.
Me parecen maestros de alta melancolía,
podrían curar tristezas de civilización.
La energía moderna, el tanque y el biplano
avivan en las almas el antiguo dolor.
La vida a cada paso refina las tristezas,
las almas cristalizan y la verdad voló,
un grano de amargura se entierra y da su espiga.
Saben esto los gatos más bien que el sembrador.
Tienen algo de búhos y de toscas serpientes,
debieron tener alas cuando su creación.
Y hablaran de seguro con aquellos engendros

satánicos que Antonio desde su cueva vio.
Un gato enfurecido es casi Schopenhauer.
Cascarrabias horrible con cara de bribón,
pero siempre los gatos están bien educados
y se dedican graves a tumbarse en el sol.
El hombre es despreciable (dicen ellos), la muerte
llega tarde o temprano ¡Gocemos del calor!

Este gran gato mío arzobispal y bello
se duerme con la nana sepulcral del reloj.
¡Qué le importan los senos (?) del negro Eclesiastés,
ni los sabios consejos del viejo Salomón?
Duerme tú, gato mío, como un dios perezoso,
mientras que yo suspiro por algo que voló.
El bello Pecopian (?) se sonríe en mi espejo,
de calavera tiene su sonrisa expresión.

Duerme tú santamente mientras toco el piano.
este monstruo con dientes de nieve y de carbón.

Y tú gato de rico, cumbre de la pereza,
entérate de que hay gatos vagabundos que son
mártires de los niños que a pedradas los matan
y mueren como Sócrates
dándoles su perdón.

¡Oh, gatos estupendos, sed guasones y raros,
y tumbaos panza arriba bañándoos en el sol!

MI HERMANA ANTONIA

RAMÓN MARÍA DEL VALLE-INCLÁN

I

¡Santiago de Galicia ha sido uno de los santuarios del mundo, y las almas todavía guardan allí los ojos atentos para el milagro!...

II

Una tarde, mi hermana Antonia me tomó de la mano para llevarme a la catedral. Antonia tenía muchos años más que yo. Era alta y pálida, con los ojos negros y la sonrisa un poco triste. Murió siendo yo niño. ¡Pero cómo recuerdo su voz y su sonrisa y el hielo de su mano cuando me llevaba por las tardes a la catedral!... Sobre todo, recuerdo sus ojos y la llama luminosa y trágica con que miraban a un estudiante que paseaba en el atrio, embozado en una capa azul. Aquel estudiante a mí me daba miedo. Era alto y cenceño, con cara de muerto y ojos de tigre, unos ojos terribles bajo el entrecejo fino y duro. Para que fuese mayor su semejanza con los muertos, al andar le crujían los huesos de la rodilla. Mi madre le odiaba, y por no verle, tenía cerradas las ventanas de nuestra casa, que daban al Atrio de las Platerías.

Aquella tarde recuerdo que paseaba, como todas las tardes, embozado en su capa azul. Nos alcanzó en la puerta de la catedral, y sacando por debajo del embozo su mano de esqueleto, tomó agua bendita y se la ofreció a mi hermana, que temblaba. Antonia le dirigió una mirada de súplica, y él murmuró con una sonrisa:

—¡Estoy desesperado!

III

Entramos en una capilla, donde algunas viejas rezaban las Cruces. Es una capilla grande y oscura, con su tarima llena de ruidos bajo la bóveda románica. Cuando yo era niño, aquella capilla tenía para mí una sensación de paz campesina. Me daba un goce de sombra como la copa de un viejo castaño, como las parras delante de algunas puertas, como una cueva de ermitaño en el monte. Por las tardes siempre había corro de viejas rezando las Cruces. Las voces, fundidas en un murmullo de fervor, abríanse bajo las bóvedas y parecían iluminar las rosas de la vidriera como el sol poniente. Sentíase un vuelo de oraciones glorioso y gangoso, y un sordo arrastrarse sobre la tarima, y una campanilla de plata agitada por el niño acólito, mientras levanta su vela encendida, sobre el hombro del capellán, que deletrea en su breviario la Pasión. ¡Oh, Capilla de la Corticela, cuándo esta alma mía, tan vieja y tan cansada, volverá a sumergirse en tu sombra balsámica!

IV

Llovíznaba, anochecido, cuando atravesábamos el atrio de la catedral para volver a casa. En el zaguán, como era grande y oscuro, mi hermana debió de tener miedo, porque corría al subir las escaleras, sin soltarme la mano. Al entrar vimos a nuestra madre que cruzaba la antesala y se desvanecía por una puerta. Yo, sin saber por qué, lleno de curiosidad y de temor, levanté los ojos mirando a mi hermana, y ella, sin decir nada, se inclinó y me besó. En medio de una gran ignorancia de la vida, adiviné el secreto de mi hermana Antonia. Lo sentí pesar sobre mí como pecado mortal, al cruzar aquella antesala donde ahumaba un quinqué de petróleo que tenía el tubo roto. La llama hacía dos cuernos, y me recordaba al Diablo. Por la noche, acostado y a oscuras, esta semejanza se agrandó dentro de mí sin dejarme dormir, y volvió a turbarme otras muchas noches.

V

Siguieron algunas tardes de lluvia. El estudiante paseaba en el atrio de la catedral durante los escampos, pero mi hermana no salía para rezar las Cruces. Yo, algunas veces, mientras estudiaba mi lección en la sala llena con el aroma de las rosas marchitas, entornaba una ventana para verle. Paseaba solo, con una sonrisa crispada, y al anochecer su aspecto de muerto era tal, que daba miedo. Yo me retiraba temblando de la ventana, pero seguía viéndole, sin poder aprenderme la lección. En la sala grande, cerrada y sonora, sentía su andar con crujir de canillas y choquezuelas... Maullaba el gato tras de la puerta, y me parecía que conformaba su maullido sobre el nombre del estudiante: ¡Máximo Bretal!

VI

Bretal es un caserío en la montaña, cerca de Santiago. Los viejos llevan allí montera picuda y sayo de estameña, las viejas hilan en los establos por ser más abrigados que las casas, y el sacristán pone escuela en el atrio de la iglesia. Bajo su palmeta, los niños aprenden la letra procesal de alcaldes y escribanos, salmodiando las escrituras forales de una casa de mayorazgos ya deshecha. Máximo Bretal era de aquella casa. Vino a Santiago para estudiar Teología, y los primeros tiempos, una vieja que vendía miel, traíale de su aldea el pan de borona para la semana, y el tocino. Vivía con otros estudiantes de clérigo en una posada donde solo pagaban la cama. Son estos los seminaristas pobres a quienes llaman códeos. Máximo Bretal ya tenía órdenes Menores cuando entró en nuestra casa para ser mi pasante de Gramática Latina. A mi madre se lo había recomendado como una obra de caridad el cura de Bretal. Vino una vieja con cofia a darle las gracias, y trajo de regalo un azafate de manzanas reinetas. En una de aquellas manzanas dijeron después que debía de estar el hechizo que hechizó a mi hermana Antonia.

VII

Nuestra madre era muy piadosa y no creía en agüeros ni brujerías, pero alguna vez lo aparentaba por disculpar la pasión que consumía a su hija. Antonia, por entonces, ya comenzaba a tener un aire del otro mundo, como el estudiante de Bretal. La recuerdo bordando en el fondo de la sala, desvanecida como si la viese en el fondo de un espejo, toda desvanecida, con sus movimientos lentos que parecían responder al ritmo de otra vida, y la voz apagada, y la sonrisa lejana de nosotros: Toda blanca y triste, flotante en un misterio crepuscular, y tan pálida, que parecía tener cerco como la luna... ¡Y mi madre, que levanta la cortina de una puerta, y la mira, y otra vez se aleja sin ruido!

VIII

Volvían las tardes de sol con sus tenues oros, y mi hermana, igual que antes, me llevaba a rezar con las viejas en la Capilla de la Corticela. Yo temblaba de que otra vez se apareciese el estudiante y alargase a nuestro paso su mano de fantasma, goteando agua bendita. Con el susto miraba a mi hermana, y veía temblar su boca. Máximo Bretal, que estaba todas las tardes en el atrio, al acercarnos nosotros desaparecía, y luego, al cruzar las naves de la catedral, le veíamos surgir en la sombra de los arcos. Entrábamos en la capilla, y él se arrodillaba en las gradas de la puerta besando las losas donde acababa de pisar mi hermana Antonia. Quedaba allí arrodillado como el bulto de un sepulcro, con la capa sobre los hombros y las manos juntas. Una tarde, cuando salíamos, vi su brazo de sombra alargarse por delante de mí, y enclavijar entre los dedos un pico de la falda de Antonia:

—¡Estoy desesperado!... Tienes que oírme, tienes que saber cuánto sufro... ¿Ya no quieres mirarme?...

Antonia murmuró, blanca como una flor:

—¡Déjeme usted, Don Máximo!

—No te dejo. Tú eres mía, tu alma es mía... El cuerpo no lo quiero, ya vendrá por él la muerte. Mírame, que tus ojos se confiesen con los míos. ¡Mírame!

Y la mano de cera tiraba tanto de la falda de mi hermana, que la desgarró. Pero los ojos inocentes se confesaron con aquellos ojos claros y terribles. Yo, recordándolo, lloré aquella noche en la oscuridad, como si mi hermana se hubiera escapado de nuestra casa.

IX

Yo seguía estudiando mi lección de latín en aquella sala, llena con el aroma de las rosas marchitas. Algunas tardes, mi madre entraba como una sombra y se desvanecía en el estrado. Yo la sentía suspirar hundida en un rincón del gran sofá de damasco carmesí, y percibía el rumor de su rosario. Mi madre era muy bella, blanca y rubia, siempre vestida de seda, con guante negro en una mano, por la falta de dos dedos, y la otra, que era como una camelia, toda cubierta de sortijas. Esta fue siempre la que besamos nosotros y la mano con que ella nos acariciaba. La otra, la del guante negro, solía disimularla entre el pañolito de encaje, y solo al santiguarse la mostraba entera, tan triste y tan sombría sobre la albura de su frente, sobre

la rosa de su boca, sobre su seno de Madona Litta. Mi madre rezaba sumida en el sofá del estrado, y yo, para aprovechar la raya de luz que entraba por los balcones entornados, estudiaba mi latín en el otro extremo, abierta la Gramática sobre uno de esos antiguos veladores con tablero de damas. Apenas se veía en aquella sala de respeto, grande, cerrada y sonora. Alguna vez, mi madre, saliendo de sus rezos, me decía que abriese más el balcón. Yo obedecía en silencio, y aprovechaba el permiso para mirar al atrio, donde seguía paseando el estudiante, entre la bruma del crepúsculo. De pronto, aquella tarde, estando mirándolo, desapareció. Volví a salmodiar mi latín, y llamaron en la puerta de la sala. Era un fraile franciscano, hacía poco llegado de Tierra Santa.

X

El Padre Bernardo en otro tiempo había sido confesor de mi madre, y al volver de su peregrinación no olvidó traerle un rosario hecho con huesos de olivas del Monte Oliveto. Era viejo, pequeño, con la cabeza grande y Calva; recordaba los santos románicos del Pórtico de la Catedral. Aquella tarde era la segunda vez que visitaba nuestra casa, desde que estaba devuelto a su convento de Santiago. Yo, al verle entrar, dejé mi Gramática y corrí a besarle la mano. Quedé arrodillado mirándole y esperando su bendición, y me pareció que hacía los cuernos. ¡Ay, cerré los ojos, espantado de aquella burla del Demonio! Con un escalofrío comprendí que era asechanza suya, y como aquellas que traían las historias de santos que yo comenzaba a leer en voz alta delante de mi madre y de Antonia. Era una asechanza para hacerme pecar, parecida a otra que se cuenta en la vida de San Antonio de Padua. El Padre Bernardo, que mi abuela diría un santo sobre la tierra, se distrajo saludando a la oveja de otro tiempo, y olvidó formular su bendición sobre mi cabeza trasquilada y triste, con las orejas muy separadas, como para volar. Cabeza de niño sobre quien pesan las lúgubres cadenas de la infancia: El latín de día, y el miedo a los muertos, de noche. El fraile habló en voz baja con mi madre, y mi madre levantó su mano del guante:

—¡Sal de aquí, niño!

XI

Basilisa la Galinda, una vieja que había sido nodriza de mi madre, se agachaba tras de la puerta. La vi y me retuvo del vestido, poniéndome en la boca su palma arrugada:

—No grites, picarito.

Yo la miré fijamente porque le hallaba un extraño parecido con las gárgolas de la catedral. Ella, después de un momento, me empujó con blandura:

—¡Vete, neno!

Sacudí los hombros para desprenderme de su mano, que tenía las arrugas negras como tiznes, y quedé a su lado. Oíase la voz del franciscano:

—Se trata de salvar un alma...

Basilisa volvió a empujarme:

—Vete, que tú no puedes oír...

Y toda encorvada metía los ojos por la rendija de la puerta. Me agaché cerca de ella. Ya solo me dijo estas palabras:

—¡No recuerdes más lo que oigas, picarito!

XII

Yo me puse a reír. Era verdad que parecía una gárgola. No podía saber si perro, si gato, si lobo. Pero tenía un extraño parecido con aquellas figuras de piedra, asomadas o tendidas sobre el atrio, en la cornisa de la catedral.

Se oía conversar en la sala. Un tiempo largo la voz del franciscano:

—Esta mañana fue a nuestro convento un joven tentado por el Diablo. Me contó que había tenido la desgracia de enamorarse, y que desesperado, quiso tener la ciencia infernal... Siendo la media noche había impetrado el poder del Demonio. El ángel malo se le apareció en un vasto arenal de ceniza, lleno con gran rumor de viento, que lo causaban sus alas de murciélago, al agitarse bajo las estrellas.

Se oyó un suspiro de mi madre:

—¡Ay Dios!

Proseguía el fraile.

—Satanás le dijo que le firmase un pacto y que le haría feliz en sus amores.

Dudó el joven, porque tiene el agua del bautismo que hace a los cristianos, y le alejó con la cruz. Esta mañana, amaneciendo, llegó a nuestro convento, y en el secreto del confesonario me hizo su confesión. Le dije que renunciase a sus prácticas diabólicas, y se negó. Mis consejos no bastaron a persuadirle. ¡Es un alma que se condenará!... Otra vez gimió mi madre:

—¡Prefería muerta a mi hija!

Y la voz del fraile, en un misterio de terror, proseguía:

—Muerta ella, acaso él triunfase del Infierno. Viva, quizá se pierdan los dos... No basta el poder de una pobre mujer como tú para luchar contra la ciencia infernal...

Sollozó mi madre:

—¡Y la Gracia de Dios!

Hubo un largo silencio. El fraile debía de estar en oración meditando su respuesta. Basilisa la Galinda me tenía apretado contra su pecho. Se oyeron las sandalias del fraile, y la vieja me aflojó un poco los brazos para incorporarse y huir. Pero quedó inmóvil, retenida por aquella voz que luego sonó:

—La Gracia no está siempre con nosotros, hija mía. Mana como una fuente y se seca como ella. Hay almas que solo piensan en su salvación, y nunca sintieron amor por las otras criaturas. Son las fuentes secas. Dime: ¿Qué cuidado sintió tu corazón al anuncio de estar en riesgo de perderse un cristiano? ¿Qué haces tú por evitar ese negro concierto con los poderes infernales? ¡Negarle tu hija para que la tenga de manos de Satanás!

Gritó mi madre:

—¡Más puede el Divino Jesús!

Y el fraile replicó con una voz de venganza:

—El amor debe ser por igual para todas las criaturas. Amar al padre, al hijo o al marido, es amar figuras de lodo. Sin saberlo, con tu mano negra también azotas la cruz como el estudiante de Bretal.

Debía tener los brazos extendidos hacia mi madre. Después se oyó un rumor como si se alejase. Basilisa escapó conmigo, y vimos pasar a nuestro lado un gato negro. Al Padre Bernardo nadie le vio salir. Basilisa fue aquella tarde al convento, y vino contando que estaba en una misión, a muchas leguas.

XIII

¡Cómo la lluvia azotaba los cristales y cómo era triste la luz de la tarde en todas las estancias!

Antonia borda cerca del balcón, y nuestra madre, recostada en el canapé, la mira fijamente, con esa mirada fascinante de las imágenes que tienen los ojos de cristal. Era un gran silencio en torno de nuestras almas, y solo se oía el péndulo del reloj. Antonia quedó una vez soñando con la aguja en alto. Allá en el estrado suspiró nuestra madre, y mi hermana agitó los párpados como si despertase. Tocaban entonces todas las campanas de muchas iglesias. Basilisa entró con luces, miró detrás de las puertas y puso los tranqueros en las ventanas. Antonia volvió a soñar inclinada sobre el bordado. Mi madre me llamó con la mano, y me retuvo. Basilisa trajo su rueca, y sentose en el suelo, cerca del canapé. Yo sentía que los dientes de mi madre hacían el ruido de una castañeta. Basilisa se puso de rodillas mirándola, y mi madre gimió:

—Echa el gato que araña bajo el canapé.

Basilisa se inclinó:

—¿Dónde está el gato? Yo no lo veo.

—¿Y tampoco lo sientes?

Replicó la vieja, golpeando con la rueca:

—¡Tampoco lo siento!

Gritó mi madre:

—¡Antonia! ¡Antonia!

—¡Ay, diga, señora!

—¿En qué piensas?

—¡En nada, señora!

—¿Tú oyes cómo araña el gato?

Antonia escuchó un momento:

—¡Ya no araña!

Mi madre se estremeció toda:

—Araña delante de mis pies, pero tampoco lo veo.

Crispaba los dedos sobre mis hombros. Basilisa quiso acercar una luz, y se le apagó en la mano bajo una ráfaga que hizo batir todas las puertas. Entonces, mientras nuestra madre gritaba, sujetando a mi hermana por los cabellos, la vieja, provista de una rama de olivo, se puso a rociar agua bendita por los rincones.

XIV

Mi madre se retiró a su alcoba, sonó la campanilla y acudió corriendo Basilisa. Después, Antonia abrió el balcón y miró a la plaza con ojos de sonámbula. Se retiró andando hacia atrás, y luego escapó. Yo quedé solo, con la frente pegada a los cristales del balcón, donde moría In luz de la tarde. Me pareció oír gritos en el interior de la rasa, y no osé moverme, con la vaga impresión de que eran aquellos gritos algo que yo debía ignorar por ser niño. Y no me movía del hueco del balcón, devanando un razonar medroso y pueril, todo confuso con aquel nebuloso recordar de represiones bruscas y de encierros en una sala oscura. Era como envoltura de mi alma, esa memoria dolorosa de los niños precoces, que con los ojos agrandados oyen las conversaciones de las viejas y dejan los juegos por oírlas. Poco a poco cesaron los gritos, y cuando la casa quedó en silencio escapé de la sala. Saliendo por una puerta encontré a la Galinda:

—¡No barulles, picarito!

Me detuve sobre la punta de los pies ante la alcoba de mi madre. Tenía la puerta entornada, y llegaba de dentro un murmullo apenado y un gran olor de vinagre. Entré por el entorno de la puerta, sin moverla y sin ruido. Mi madre estaba acostada, con muchos pañuelos a la cabeza. Sobre la blancura de la sábana destacaba el perfil de su mano en el guante negro. Tenía los ojos abiertos, y al entrar yo los giró hacia la puerta, sin remover la cabeza:

—¡Hijo mío, espántame ese gato que tengo a los pies!

Me acerqué, y saltó al suelo un gato negro, que salió corriendo. Basilisa la Galinda, que estaba en la puerta, también lo vio, y dijo que yo había podido espantarlo porque era un inocente.

XV

Y recuerdo a mi madre un día muy largo, en la luz triste de una habitación sin sol, que tiene las ventanas entornadas. Está inmóvil en su sillón, con las manos en cruz, con muchos pañuelos a la cabeza y la cara blanca. No habla, y vuelve los ojos cuando otros hablan, y mira fija, imponiendo silencio. Es aquel un día sin horas, todo en penumbra de media tarde. Y este día se acaba de repente, porque entran con luces en la alcoba. Mi madre está dando gritos:

—¡Ese gato!... ¡Ese gato!... ¡Arrancármelo, que se me cuelga a la espalda!

Basilisa la Galinda vino a mí, y con mucho misterio me empujó hacia mi madre. Se agachó y me habló al oído, con la barbeta temblona, rozándome la cara con sus lunares de pelo.

—¡Cruza las manos!

Yo crucé las manos, y Basilisa me las impuso sobre la espalda de mi madre. Me acosó después en voz baja:

—¿Qué sientes, neno?

Respondí asustado, en el mismo tono que la vieja:

—¡Nada!... No siento nada, Basilisa.

—¿No sientes como lumbre?

—No siento nada, Basilisa.

—¿Ni los pelos del gato?

—¡Nada!

Y rompí a llorar, asustado por los gritos de mi madre. Basilisa me tomó en brazos y me sacó al corredor:

—¡Ay, picarito, tú has cometido algún pecado, por eso no pudiste espantar al enemigo malo!

Se volvió a la alcoba. Quedé en el corredor, lleno de miedo y de angustia, pensando en mis pecados de niño. Seguían los gritos en la alcoba, e iban con luces por toda la casa.

XVI

Después de aquel día tan largo, es una noche también muy larga, con luces encendidas delante de las imágenes y conversaciones en voz baja, sostenidas en el hueco de las puertas que rechinan al abrirse. Yo me senté en el corredor, cerca de una mesa donde había un candelero con dos velas, y me puse a pensar en la historia del Gigante Goliat. Antonia, que pasó con el pañuelo sobre los ojos, me dijo con una voz de sombra:

—¿Qué haces ahí?

—Nada.

—¿Por qué no estudias?

La miré asombrado de que me preguntase por qué no estudiaba, estando enferma nuestra madre. Antonia se alejó por el corredor, y volví a pensar en la historia de aquel gigante pagano que pudo morir de un tiro de piedra. Por aquel tiempo, nada admiraba tanto como la destreza con que manejó la honda el niño David. Hacía propósito de ejercitarme en ella cuando saliese de paseo por la orilla del río. Tenía como un vago y novelesco presentimiento de poner mis tiros en la frente pálida del estudiante de Bretal. Y volvió a pasar Antonia con un braserillo donde se quemaba espliego:

—¿Por qué no te acuestas, niño?

Y otra vez se fue corriendo por el corredor. No me acosté, pero me dormí con la cabeza apoyada en la mesa.

XVII

No sé si fue una noche, si fueron muchas, porque la casa estaba siempre oscura y las luces encendidas ante las imágenes. Recuerdo que entre sueños oía los gritos de mi madre, las conversaciones misteriosas de los criados, el rechinar de las puertas y una campanilla que pasaba por la calle. Basilisa la Galinda venía por el candelero, se lo llevaba un momento y lo traía con dos velas nuevas, que apenas alumbraban. Una de estas veces, al levantar la sien de encima de la mesa, vi a un hombre en mangas de camisa que estaba cosiendo, sentado al otro lado. Era muy pequeño, con la frente calva y un chaleco encarnado. Me saludó sonriendo:

—¿Se dormía, estudioso *puer*?

Basilisa espabiló las velas:

—¿No te recuerdas de mi hermano, picarito?

Entre las nieblas del sueño, recordé al señor Juan de Alberte. Le había visto algunas tardes que me llevó la vieja a las torres de la Catedral. El hermano de Basilisa cosía bajo una bóveda, remendando sotanas. Suspiró la Galinda:

—Está aquí para avisar los óleos en la Corticela.

Yo empecé a llorar, y los dos viejos me dijeron que no hiciese ruido. Se oía la voz de mi madre:

—¡Espantarme ese gato! ¡Espantar ese gato!

Basilisa la Galinda entra en aquella alcoba, que estaba al pie de la escalera del fayado, y sale con una cruz de madera negra. Murmura unas palabras oscuras, y me santigua por el pecho, por la espalda y por los costados. Después, me entrega la cruz, y ella toma las tijeras de su hermano, esas tijeras de sastre, grandes y mohosas, que tienen un son de hierro al abrirse:

—Habemos de libertarla, como pide...

Me condujo por la mano a la alcoba de mi madre, que seguía gritando:

—¡Espantarme ese gato! ¡Espantarme ese gato!

Sobre el umbral me aconsejó en voz baja:

—Llega muy paso y pon la cruz sobre la almohada... Yo quedo aquí en la puerta.

Entré en la alcoba. Mi madre estaba incorporada, con el pelo revuelto, las manos tendidas y los dedos abiertos como garfios. Una mano era negra y otra blanca. Antonia la miraba, pálida y suplicante. Yo pasé rodeando, y vi de frente los ojos de mi hermana, negros, profundos y sin lágrimas. Me subí a la cama sin ruido, y puse la cruz sobre las almohadas. Allá en la puerta, toda encogida sobre el umbral, estaba Basilisa la Galinda. Solo la vi un momento, mientras trepé a la cama, porque apenas puse la cruz en las almohadas, mi madre empezó a retorcerse, y un gato negro escapó de entre las ropas hacia la puerta. Cerré los ojos, y con ellos cerrados, oí sonar las tijeras de Basilisa. Después la vieja llegose a la cama donde mi madre se retorcía, y me sacó en brazos de la alcoba. En el corredor, cerca de la mesa que tenía detrás la sombra enana del sastre, a la luz de las velas, enseñaba dos recortes negros que le manchaban las manos de sangre, y decía que eran las orejas del gato. Y el viejo se ponía la capa, para avisar los santos óleos.

XVIII

Llenose la casa de olor de cera y murmullo de gente que reza en confuso son... Entró un clérigo revestido, andando de prisa, con una mano de perfil sobre la boca. Se metía por las puertas guiado por Juan de Alberte. El sastre, con la cabeza vuelta, corretea tieso y enano, arrastra la capa y mece en dos dedos, muy gentil, la gorra por la visera, como hacen los menestrales en las procesiones. Detrás seguía un grupo oscuro y lento, rezando en voz baja. Iba por el centro de las estancias, de una puerta a otra puerta, sin extenderse. En el corredor se arrodillaron algunos bultos, y comenzaron a desgranarse las cabezas. Se hizo una fila que llegó hasta las puertas abiertas de la alcoba de mi madre. Dentro, con mantillas y una vela en la mano, estaban arrodilladas Antonia y la Galinda. Me fueron empujando hacia delante algunas manos que salían de los manteos oscuros, y volvían prestamente a juntarse sobre las cruces de los rosarios. Eran las manos sarmentosas de las viejas que rezaban en el corredor, alineadas a lo largo de la pared, con el perfil de la sombra pegado al cuerpo. En la alcoba de mi madre, una señora llorosa que tenía un pañuelo perfumado, y me pareció toda morada como una dalia con el hábito nazareno, me tomó de la mano y se arrodilló conmigo, ayudándome a tener una vela. El clérigo anduvo en torno de la cama, con un murmullo latino, leyendo en su libro...

Después alzaron las coberturas y descubrieron los pies de mi madre rígidos y amarillentos. Yo comprendí que estaba muerta, y quedé aterrado y silencioso entre los brazos tibios de aquella señora tan hermosa, toda blanca y morada. Sentía un terror de gritar, una prudencia helada, una aridez sutil, un recato perverso de moverme entre los brazos y el seno de aquella dama toda blanca y morada, que inclinaba el perfil del rostro al par de mi mejilla y me ayudaba a sostener la vela funeraria.

XIX

La Galinda vino a retirarme de los brazos de aquella señora, y me condujo al borde de la cama donde mi madre estaba yerta y amarilla, con las manos arrebujadas entre los pliegues de la sábana. Basilisa me alzó del suelo para que viese bien aquel rostro de cera:

—Dile adiós, neno. Dile: Adiós, madre mía, más no te veré.

Me puso en el suelo la vieja, porque se cansaba, y después de respirar, volvió a levantarme metiendo bajo mis brazos sus manos sarmentosas:

—¡Mírala bien! Guarda el recuerdo para cuando seas mayor... Bésala, neno.

Y me dobló sobre el rostro de la muerta. Casi rozando aquellos párpados inmóviles, empecé a gritar, revolviéndome entre los brazos de la Galinda. De pronto, con el pelo suelto, al otro lado de la cama apareciose Antonia. Me arrebató a la vieja criada y me apretó contra el pecho sollozando y ahogándose. Bajo los besos acongojados de mi hermana, bajo la mirada de sus ojos enrojecidos, sentí un gran desconsuelo... Antonia estaba yerta, y llevaba en la cara una expresión de dolor extraño y obstinado. Ya en otra estancia, sentada en una silla baja, me tiene sobre su falda, me acaricia, vuelve a besarme sollozando, y luego, retorciéndome una mano, ríe, ríe, ríe... Una señora le da aire con su pañolito; otra, con los ojos asustados, destapa un pomo; otra entra por una puerta con un vaso de agua, tembloroso en la bandeja de metal.

XX

Yo estaba en un rincón, sumido en una pena confusa, que me hacía doler las sienes como la angustia del mareo. Lloraba a ratos y a ratos me distraía oyendo otros lloros. Debía ser cerca de media noche cuando abrieron de par en par una puerta, y temblaron en el fondo las luces de cuatro velas. Mi madre estaba amortajada en su caja negra. Yo entré en la alcoba sin ruido, y me senté en el hueco de la ventana. Alrededor de la caja velaban tres mujeres y el hermano de Basilisa. De tiempo en tiempo el sastre se levantaba y escupía en los dedos para espabilar las velas.

Aquel sastre enano y garboso, del chaleco encarnado, tenía no sé qué destreza bufonesca al arrancar el pabilo e inflar los carrillos soplándose los dedos. Oyendo los cuentos de las mujeres, poco a poco fui dejando de llorar. Eran relatos de aparecidos y de personas enterradas vivas.

XXI

Rayando el día, entró en la alcoba una señora muy alta, con los ojos negros y el cabello blanco. Aquella señora besó a mi madre en los ojos mal cerrados, sin miedo al frío de la muerte y casi sin llorar. Después se arrodilló entre dos cirios, y mojaba en agua bendita una rama de olivo y la sacudía sobre el cuerpo de la muerta. Entró Basilisa buscándome con la mirada, y alzó la mano llamándome:

—¡Mira la abuela, picarito!

¡Era la abuela! Había venido en una mula desde su casa de la montaña, que estaba a siete leguas de Santiago. Yo sentía en aquel momento un golpe de herraduras sobre las losas del zaguán donde la mula había quedado atada. Era un golpe que parecía resonar en el vacío de la casa llena de lloros. Y me llamó desde la puerta mi hermana Antonia:

—¡Niño! ¡Niño!

Salí muy despacio, bajo la recomendación de la vieja criada. Antonia me tomó de la mano y me llevó a un rincón:

—¡Esa señora es la abuela! En adelante viviremos con ella.

Yo suspiré:

—¿Y por qué no me besa?

Antonia quedó un momento pensativa, mientras se enjugaba los ojos:

—¡Eres tonto! Primero tiene que rezar por mamá.

Rezó mucho tiempo. Al fin se levantó preguntando por nosotros, y Antonia me arrastró de la mano. La abuela ya llevaba un pañuelo de luto sobre el crespo cabello, todo de plata, que parecía realzar el negro fuego de los ojos. Sus dedos rozaron levemente mi mejilla, y todavía recuerdo la impresión que me produjo aquella mano de aldeana, áspera y sin ternura.

Nos habló en dialecto:

—Murió la vuestra madre y ahora la madre lo seré yo... Otro amparo no tenéis en el mundo... Os llevo conmigo porque esta casa se cierra. Mañana, después de las misas, nos pondremos al camino.

XXII

Al día siguiente mi abuela cerró la casa, y nos pusimos en camino para San Clemente de Brandeso. Ya estaba yo en la calle montado en la mula de un montañés que me llevaba delante en el arzón, y oía en la casa batir las puertas, y gritar buscando a mi hermana Antonia. No la encontraban, y con los rostros demudados salían a los balcones, y tornaban a entrarse y a correr las estancias vacías, donde andaba el viento a batir las puertas, y las voces gritando por mi hermana. Desde la puerta de la catedral una beata la descubrió desmayada en el tejado. La llamamos y abrió los ojos bajo el sol matinal, asustada como si despertase de un mal sueño. Para bajarla del tejado, un sacristán con sotana y en mangas de camisa saca una larga escalera. Y cuando partíamos, se apareció en el atrio, con la capa revuelta por el viento, el estudiante de Bretal. Llevaba a la cara una venda negra y bajo ella creí ver el recorte sangriento de las orejas rebanadas a cercén.

XXIII

En Santiago de Galicia, como ha sido uno de los santuarios del mundo, las almas todavía conservan los ojos abiertos para el milagro.

LOS GATOS

CHARLES BAUDELAIRE

Los amantes ardientes y los sabios austeros
gustan por igual, al llegar a la edad madura,
de los gatos fuertes y dulces, orgullo de la casa,
que como ellos son frioleros y como ellos sedentarios.

Amigos de la ciencia y de la voluptuosidad,
buscan el silencio y el horror de las tinieblas;
el Erebo habríales tomado por sus fúnebres corceles
de haber podido someter a su yugo su orgullo.

Adoptan al soñar las nobles actitudes
de las grandes esfinges tendidas al fondo de sus soledades,
que dormirse parecen en un sueño sin fin;

tachonan sus lomos fecundos mágicos destellos,
y pajuelas de oro, cual finas arenas,
vagamente constelan sus místicas pupilas.

EL ESPECTRO

EMILIA PARDO BAZÁN

M i amigo Lucio Trelles es un excelente sujeto, sin graves problemas en la vida y que parece normal y equilibrado. Como nadie ignora, esto de ser equilibrado y normal tiene actualmente tanta importancia como la tuvo antaño el ser limpio de sangre y cristiano viejo. Hoy, para desacreditar a un hombre, se dice de él que es un desequilibrado o, por lo menos, un neurótico. En el siglo diecisiete se diría que se mudaba la camisa en sábado, lo cual ya era una superioridad respecto a los infinitos que no se la mudarían en ningún día de la semana.

Ahora bien: Lucio Trelles sostiene la teoría de que desequilibrado lo es todo el mundo; que a nadie le falta esa «legua de mal camino» psicológica; que no hay quien no padezca manías, supersticiones, chifladuras, extravagancias, sin más diferencia que la de decirlo o callarlo, llevar el desequilibrio a la vista o bien oculto. De donde venimos a sacar en limpio que el equilibrio perfecto, en que todos nuestros actos responden a los citados de la razón, no existe; es un estado ideal en que ningún hijo de Adán se ha encontrado nunca, en toda su vida. Lucio apoyaba esta opinión con razonamientos que, a decir verdad, no me convencían. Parecíame que Lucio confundía el desequilibrio con los estados pasionales, que pueden desequilibrar momentáneamente, pero no son desequilibrios, pues son tan inevitables en la vida psíquica como otros procesos en la fisiología.

Ello es que a Lucio no le conocía nunca ni enamorado, ni encolerizado, ni apasionado, ni vicioso. Hasta me sorprendía la normalidad de su tranquila existencia, sazonada con distracciones de buen gusto y aun de arte, y dedicada a regir bien una fortuna pingüe y a acompañar y proteger a su hermana, con la cual se portaba lo mismo que un padre. Y solía yo decirle, cuando nos encontrábamos en una agradable tertulia adonde los dos concurríamos:

—Todos seremos desequilibrados, pero el desequilibrio de usted no se ve por ninguna parte.

Él meneaba la cabeza, y la confidencia parecía asomarse un segundo, como se asoma un insecto horrible a una grieta de la pared, retirándose apenas entrevé la claridad... Ya en el camino de las curiosidades, di en notar que algunas veces las pupilas de Lucio revelaban extravío. No era que bizcase; la expresión respondía a un espanto íntimo sin relación con los objetos exteriores.

Lucio solía ir a la tertulia donde más nos veíamos, con su hermana y en carruaje. Como le viese una noche salir a pie, me dijo que su hermana estaba un poco indispuesta, y él no había querido hacer enganchar. Entonces caminamos juntos. No hacía la luna, y las calles del barrio estaban oscuras y solitarias.

Íbamos hablando animadamente, cuando de pronto sentí que el cuerpo de mi amigo gravitaba sobre mi hombro, desplomado. Apenas tuve tiempo para sostenerle e impedir que cayese al suelo. Al hacerlo oí que murmuraba frases confusas, entre gemidos. Yo no sabía qué hacer. No veía nada que justificase el terror de Lucio. Sin duda sufría una alucinación.

No recobró el sentido hasta momentos después, y soltó una carcajada forzada y seca, para tranquilizarme. Anduvo unos instantes vacilando, y de súbito, volviéndose hacia mí, susurró con terror indescriptible, un terror frío:

—¿Y el gato? ¿Y el gato?

—¿Qué gato es ese? —pregunté asombrado.

—El gato blanco. ¡El que pasó cuando yo caí...!

Recordé que había visto, en efecto, una forma blanca, deslizarse rozando la pared. Pero ¿qué importancia tenía?...

—¡Ninguna para usted! —murmuró sordamente mi amigo.

Yo sentía el retemblido de su cuerpo, el rechinar de sus dientes, y su mano crispada me asió, incrustándome los dedos en la muñeca. De su garganta, contraída, las palabras brotaron como un torrente, en la inconsciencia con que el semiahorcado se arranca el dogal.

—Claro, no puede usted entender... para usted un gato blanco no es más que un gato blanco... Para mí... Es que yo... No, aquello no fue crimen, porque el crimen lo hace la intención; pero fue una desventura tan grande, tan tremenda... No he vuelto a disfrutar de un día de paz, un día en que no me despierte con el pelo rizado... Mi disculpa es que yo tenía entonces veinte años... —añadió con un sollozo—. Desde la niñez, la vista o el contacto de un gato me producían repulsión nerviosa; pero no en grado tal que no pudiese dominarla si me lo propusiese. Lo malo es que en ese período de la juventud no quiere uno dominarse, no quiere sino hacer su capricho... Cree uno que puede dirigir la vida a su arbitrio, solazándose con ella, como con los juguetes. Esto ocurría hallándome yo en el campo, en compañía de mi madre y de mi tía Lucy, la que me ha dejado mi capital, pues mis padres no eran ricos.

—Cálmese usted —dije, viéndole tan agitado y observando la poca ilación de lo que me refería.

—Sí, ya me voy calmando... Verá usted cómo es natural mi impresión.

»¿Qué decíamos? Sí; yo estaba en el campo con mi madre y con mi tía Lucy, solterona, que adoraba en su gato blanco, el favorito de la buena señora, siempre dormido en su regazo o acurrucado al borde de su falda. ¡Puf! ¡Qué gustos más raros! Yo —cosa de los veinte años, afán de dominar la vida y arreglarla a nuestro antojo— se la tenía jurada al bicho. Resolví que, si alguna vez lo atrapaba solo, su merecido le daría. Al efecto, llevaba siempre conmigo un diminuto *bull-dog,* y ya no veía el momento de meter una bala en la panza gorda del monstruo, del odiado animalejo. Después, me proponía hacer desaparecer sus restos..., y negocio concluido.

»Fue una noche... Una noche como esta; sin luna, de una oscuridad tibia, en que todo convidaba a vivir y a amar... Salí de mi cuarto con ánimo de espaciarme en el jardín. Había en él un cenador de madreselva... ¡lo estoy viendo! Era todo tupido, y de costado tenía una especie de ventanita cuadrada, practicada recortando las enredaderas. Distraído miré... En el marco del follaje se encuadraba un objeto blanco. Ni por un momento dudé que fuese el gato aborrecido.

»Saqué el *bull-dog,* apunté... Hice fuego... Un grito me heló la sangre... Me arrojé al cenador... Mi madre estaba allí... Envolvía su cabeza una toquilla blanca...

—¿Muerta? —interrogué con ansia, empezando a comprender la historia.

—No... Herida levemente; rozadura; el pelo chamuscado...

»Entonces... Mi madre me cobró horror... Nunca volvió a quererme... Nunca creyó mis protestas de que no intentaba asesinarla... Y murió poco después, de una enfermedad cardíaca, originada probablemente por la emoción... ¡Quedé bajo el peso del odio, de la eterna sospecha de mi madre!

—¿No la pudo usted convencer?

—Jamás...

Medité un segundo...

—¿Había algún motivo para que ella recelase que usted..., en fin, que usted... podía ser capaz... de... «eso»?

Sin duda herí una fibra sensible, porque Lucio se demudó y vaciló tambaleándose, próximo a caer de nuevo. Sus ojos, alocados, me miraron un instante. No contestó. Y al llegar a su casa, me dijo secamente, bruscamente:

—Buenas noches...

Nunca más, en ocasión alguna, volvió a hablarme del caso, por el cual un gato blanco es para él un espectro.

EL GATO VAMPIRO DE LOS NABÉSHIMA

ALGERNON BERTRAM FREEMAN-MITFORD

Hace muchos años, según cuenta una leyenda del clan Nabéshima, el príncipe de Hizen sufrió el embrujo y la maldición del gato de uno de sus criados. Dicho príncipe alojaba bajo su techo a una dama de extraordinaria belleza que respondía al nombre de O Toyo: su predilecta entre todas las concubinas, incomparable tanto por sus logros como por sus innumerables encantos. Un día, el príncipe y ella salieron al jardín, donde se quedaron disfrutando de la fragancia de las flores hasta la puesta de sol, momento en el que emprendieron el regreso al palacio sin percatarse de que los seguía un gato de grandes dimensiones. Tras despedirse de su señor, O Toyo se retiró a sus aposentos para acostarse, pero instantes después se despertó sobresaltada, con un gato enorme agazapado a su lado. Sin darle tiempo a gritar, la bestia se abalanzó sobre ella para asfixiarla hundiendo unos colmillos crueles en su delicada garganta. ¡Qué triste final para tan hermosa dama, la niña de los ojos del príncipe, morir en las fauces de un gato! Este, tras excavar una tumba bajo la veranda, enterró el cadáver de O Toyo, asumió su forma y se dispuso a embrujar al príncipe.

Mas mi señor príncipe, que no sospechaba lo que había ocurrido, poco se imaginaba que la bella criatura que lo mimaba y acariciaba era una bestia abyecta e impía que había asesinado a su amada y asumido su forma a fin de arrebatarle la sangre que corría por sus venas. Un día tras otro, conforme pasaba el tiempo, las fuerzas del príncipe languidecían; el color de sus facciones cambió hasta tornarse pálido y cadavérico, confiriéndole el aspecto de quien sufre una enfermedad que amenaza su vida. Al ver esto, sus consejeros y su esposa, alarmados, hicieron llamar a los médicos, quienes le prescribieron distintos remedios; sin embargo, cuantas más medicinas tomaba, más daba la impresión de empeorar su malestar, sin que surtiera efecto ningún tratamiento. Pese a todo, cuando más sufría era al caer la noche, pues unas visiones horrendas dificultaban su reposo y perturbaban sus sueños. A causa de ello, los consejeros designaron a cien de sus lacayos para que se sentaran a su alrededor y velasen por él; por extraño que parezca, no obstante, hacia las diez de aquella primera noche de guardia sobrevino al conjunto de los sirvientes un estupor tan súbito como inexplicable, tan irresistible que, uno a uno, hasta el último de los hombres terminó por quedarse dormido, momento que la falsa O Toyo aprovechó para entrar en el dormitorio del príncipe y hostigarlo hasta el amanecer. Lo mismo ocurrió a la noche siguiente, con el príncipe sometido a la tiranía de aquel demonio mientras los guardias dormían a su alrededor sin poder evitarlo. Esto se repitió una noche tras otra, hasta que, por último, tres de los consejeros del príncipe decidieron apostarse ellos mismos para ver si eran capaces de imponerse a aquella insólita somnolencia. No tuvieron más éxito que los demás, sin embargo, y para las diez ya estaban profundamente dormidos. Los tres consejeros celebraron una solemne asamblea al día siguiente, en el transcurso de la cual su líder, Isahaya Buzen, proclamó:

—Qué cosa tan extraordinaria, que una guardia de cien hombres sucumba al sueño de esta manera. A buen seguro, el mal que aqueja a nuestro señor y su guardia solo puede ser obra de brujería. Puesto que todos nuestros esfuerzos han sido en vano, propongo ir a buscar a Ruiten, el sumo sacerdote del templo llamado Miyô In, e implorarle que pronuncie unas plegarias por la recuperación de nuestro señor.

Los demás consejeros, convencidos por las palabras de Isahaya Buzen, acudieron al sacerdote Ruiten y lo convencieron para que entonase unas letanías con las que restaurar la salud del príncipe.

Fue de este modo que Ruiten, el sumo sacerdote de Miyô In, adquirió la costumbre de rezar por el príncipe todas las noches, hasta que en una de ellas, a la hora nona (medianoche), cuando ya había completado sus quehaceres religiosos y se disponía a acostarse, le pareció oír un ruido en el jardín, como si alguien se estuviera lavando en el pozo. Se asomó a la ventana, extrañado, y allí, a la luz de la luna, vio a un soldado joven y apuesto, de unos veinticuatro años de edad, el cual, cuando se hubo vestido al término de sus abluciones, se plantó ante la figura de Buda y oró con fervor por la pronta recuperación de mi señor el príncipe. Ruiten no pudo por menos de quedarse observándolo, admirado. Pronunciadas ya sus plegarias, el joven se disponía a marcharse, mas el sacerdote lo detuvo con las siguientes palabras:

—Os ruego que esperéis un momento, caballero, pues tengo algo que deciros.

—Al servicio de su reverencia. ¿Qué se ofrece?

—Tened la bondad de subir para que podamos hablar.

—Con el permiso de su reverencia —replicó el muchacho antes de dirigirse a las escaleras.

—Caballero —habló Ruiten a continuación—, no puedo ocultar hasta qué punto me admira que vos, siendo tan joven, poseáis un espíritu tan leal. Yo soy Ruiten, el sumo sacerdote de este templo, y estoy consagrado a la oración por la salud de nuestro señor. Decidme, ¿cómo os llamáis?

—Mi nombre, señor, es Itô Sôda, y sirvo en la infantería del clan de los Nabéshima. Desde que mi señor enfermara, mi único deseo ha sido ayudar a cuidarlo. Sin embargo, siendo como soy un humilde soldado, carezco de la autoridad necesaria para presentarme ante él, por lo que debo conformarme con rezar a los dioses de la tierra y a Buda para que la salud de mi señor se restablezca lo antes posible.

Al oír aquello, Ruiten derramó lágrimas de admiración por la lealtad de Itô Sôda.

—Nobles son vuestras intenciones, sin duda, ¡pero qué enfermedad tan extraña es la que aqueja a nuestro señor! Todas las noches lo asaltan unas pesadillas horribles y los lacayos que velan por él se ven abrumados por un sueño misterioso al que nadie es capaz de hacer frente. Me resulta prodigioso, en verdad.

—En efecto —replicó Sôda tras unos instantes de reflexión—, solo puede ser brujería. Si lograra obtener el permiso necesario para sentarme una noche junto al príncipe, haría todo lo posible por sobreponerme al sueño y detener al demonio.

—Me une cierta relación de amistad con Isahaya Buzen —dijo el sacerdote—, el principal consejero del príncipe. Yo hablaré con él de vos y de vuestra lealtad, e intercederé para que vuestro deseo se vea cumplido.

—Os lo agradezco de veras, señor. De tener éxito, sabed que no me mueve ningún vano pensamiento de gratificación personal. Deseo que mi señor se recupere, eso es todo. Me encomiendo a vuestro generoso favor.

—En tal caso, mañana por la noche me acompañaréis a la casa del consejero.

—Adiós, señor. Muchas gracias de nuevo.

Y con esas palabras se despidieron.

A la noche siguiente, Itô Sôda regresó al templo Miyô In, y tras reunirse con Ruiten, lo acompañó a la casa de Isahaya Buzen. El sacerdote dejó a Sôda en la calle y fue a hablar con el consejero para interesarse por el estado del príncipe.

—Decidme, caballero, ¿cómo está mi señor? ¿Ha experimentado alguna mejoría desde que empecé a entonar oraciones por él?

—Me temo que no, su enfermedad se ha agravado. Estamos seguros de que es víctima de alguna vil brujería, pero como no hay manera de que los guardias permanezcan despiertos después de las diez, no podemos ver al demonio, por lo que nos enfrentamos a un grave problema.

—La situación es preocupante, en verdad, y me compadezco de vos. Tengo algo que deciros, no obstante. Creo haber encontrado a alguien que podría atrapar al demonio, y lo he traído conmigo.

—¡Albricias! ¿Quién es ese hombre?

—Bueno, se trata de Itô Sôda, uno de los soldados de infantería de mi señor, poseedor de una lealtad extraordinaria. Confío en que le concedáis permiso para sentarse con mi señor.

—Asombroso, encontrar semejante fervor y lealtad en un humilde solda-do raso —replicó Isahaya Buzen tras meditar un momento—. Sin embargo, me temo que es imposible confiar la tarea de velar por nuestro señor a al-guien perteneciente a tan bajo escalafón.

—Se trata de un simple soldado raso, en efecto —lo apremió el sacerdo-te—, pero ¿por qué no concederle un ascenso, habida cuenta de su lealtad, y dejarlo montar guardia?

—Habría tiempo de ascenderlo una vez recuperado nuestro señor. Pero venid, permitidme ver a este tal Itô Sôda para que me haga una idea de su valía como persona. Si me complace, hablaré con los otros consejeros. Quizá podamos acceder a su petición.

—Lo traeré de inmediato —replicó Ruiten, que fue en busca del joven sin más dilación.

A su regreso, el sacerdote le presentó a Itô Sôda al consejero, que lo obser-vó con detenimiento y, complacido por su gentil y apuesta apariencia, dijo:

—Tengo entendido que ardes en deseos de que se te permita montar guardia en los aposentos de mi señor al anochecer. Pues bien, hablaré con los demás consejeros, y ya veremos lo que podemos hacer por ti.

El joven soldado se mostró exultante al oír estas palabras y se retiró, no sin antes darle encarecidamente las gracias a Buzen, que le había ayudado a lograr su objetivo. Al día siguiente, los consejeros se reunieron y ordenaron llamar a Itô Sôda para comunicarle que esa misma noche podría montar guardia con los otros lacayos. El muchacho se marchó de muy buen humor, y a la puesta de sol, tras los preparativos necesarios, ocupó su lugar entre el cente-nar de buenos hombres que montaban guardia en los aposentos del príncipe.

Este dormía en el centro de la habitación, con los cien guardias que se sentaban a su alrededor recurriendo a amenas conversaciones y bromas afables para mantenerse despiertos. Conforme se aproximaban las diez, empero, todos empezaron a dormitar en el sitio hasta que, pese a todos sus denuedos por evitarlo, sucumbieron al sueño. También Itô Sôda notó que el letargo se apoderaba de él, y aunque intentó despejarse por todos los medios, vio que sería tarea imposible a menos que recurriera a medidas extremas, circunstancia que él ya había previsto. Así pues, tras sacar el rollo de papel encerado que llevaba consigo y extenderlo sobre las esterillas, se sentó encima, desenvainó la pequeña hoja que portaba en la funda de su puñal y se la clavó en el muslo. El dolor de la herida lo mantuvo despierto momentáneamente, pero dado que el sopor que lo asolaba era obra de hechicería, poco a poco comenzó a quedarse dormido de nuevo. Una y otra vez se retorció el cuchillo en el muslo para que el intenso dolor lo volviera inmune a aquella sensación de letargo y poder mantener así su guardia leal. El papel encerado que había extendido bajo sus piernas cumplía la función de que la sangre que manaba de su herida no mancillara las esterillas.

De este modo consiguió Itô Sôda mantenerse despierto mientras el resto de la guardia dormía, y ante sus ojos, las puertas de los aposentos del príncipe se corrieron de súbito y el joven soldado vio una figura que entraba furtiva, una figura que, al acercarse, resultó pertenecer a una mujer extraordinariamente bella de unos veintitrés años. Esta miró a su alrededor con cautela y, al ver que toda la guardia dormía, esbozó una sonrisa ominosa. Al llegar junto al príncipe, sin embargo, percibió que un hombre continuaba aún despierto en una esquina de la habitación. Sobresaltada, se acercó a Sôda y dijo:

—No estoy acostumbrada a verte por aquí. ¿Quién eres?

—Me llamo Itô Sôda, y esta es mi primera noche de guardia.

—¡Laboriosa empresa, en verdad! Todos los demás duermen. ¿Cómo es posible que únicamente tú te mantengas en vela? Eres un vigilante ejemplar.

—No tengo nada de lo que alardear, pues sospecho que también yo he debido de quedarme profundamente dormido.

—¿A qué se debe esa herida que presentas en la rodilla? Está cubierta de sangre.

—¡Oh! Notaba que me vencía el sueño y me he clavado el cuchillo en el muslo para que el dolor me mantenga despierto.

—¡Qué prodigiosa lealtad! —exclamó la dama.

—¿Acaso dar la vida por su señor no es el deber de un lacayo? ¿Merece tanta consideración semejante rasguño?

La dama se acercó al príncipe y dijo:

—¿Y cómo se encuentra mi señor esta noche?

Mas del príncipe, que languidecía abrumado por la enfermedad, no obtuvo respuesta. Sôda la observaba con atención, sin embargo, y tras deducir que se trataba de O Toyo, decidió que, como intentase hostigar al príncipe, la mataría en el acto. El demonio, no obstante, que bajo la apariencia de O Toyo llevaba atormentando al príncipe todas las noches y había aparecido con esa sola intención, vio frustradas sus maquinaciones merced a la vigilia de Itô Sôda, pues cada vez que se acercaba al enfermo con la intención de someterlo a sus embrujos, se giraba para mirar a su espalda y allí veía a Itô Sôda lanzándole puñales con la mirada, hasta tal punto que no le quedó más remedio que retirarse sin perturbar al príncipe.

Salió el sol por fin, y los demás oficiales, al despertar y abrir los ojos, vieron que Itô Sôda se había mantenido despierto asestándose cuchilladas en el muslo, y así, hondamente abatidos y avergonzados, regresaron a sus hogares.

Aquella mañana Itô Sôda se dirigió a la casa de Isahaya Buzen y le refirió todo cuanto había acontecido la noche anterior. Los consejeros se deshicieron en alabanzas sobre la conducta de Itô Sôda, tan impresionados que le ordenaron montar guardia otra vez esa noche. A la misma hora, la falsa O Toyo apareció, inspeccionó la habitación del príncipe y vio que todos los guardias estaban dormidos, a excepción hecha de Itô Sôda, que tenía los ojos abiertos de par en par. Frustrada de nuevo, regresó a sus aposentos.

Ahora que Sôda velaba por él, el príncipe pudo disfrutar de unas noches de sosiego y su malestar comenzó a remitir, lo que hizo que el júbilo se propagara por todo el palacio. Sôda recibió su ascenso y fue recompensado con unos terrenos. Mientras tanto O Toyo, al ver que sus visitas nocturnas no arrojaban ningún resultado, se mantenía al margen, y a partir de ese momento los misteriosos ataques de somnolencia dejaron de aquejar a la guardia nocturna. Esta coincidencia se le antojó sumamente extraña a Sôda, que acudió a Isahaya Buzen para contarle que tenía la seguridad de que el demonio no era otro que la propia O Toyo. Tras cavilar unos instantes, Isahaya Buzen repuso:

—Bueno, ¿y cómo exterminamos a esa horrenda criatura?

—Iré a verla a sus aposentos con cualquier pretexto e intentaré matarla, pero, por si acaso intentara escapar, os ruego que apostéis a ocho hombres frente a su puerta para detenerla.

Una vez acordado el plan, Sôda visitó los aposentos de O Toyo al anochecer con la excusa de que el príncipe le había encomendado darle un mensaje.

—¿Qué mensaje de mi señor me traéis? —preguntó O Toyo al verlo aparecer.

—¡Oh! Nada en particular, tan solo que leáis esta carta —dijo Sôda, acercándose a ella mientras hablaba para, de improviso, desenvainar su puñal. Sin embargo, el demonio lo esquivó de un salto, asió una alabarda y, fulminándolo con la mirada, exclamó:

—¿Cómo osas comportarte así con una de las concubinas de tu señor? Haré que te expulsen de aquí —lo amenazó antes de intentar golpearlo con el arma. Pero Sôda luchó desesperadamente con su puñal, y el demonio, al ver que no era rival para él, soltó la alabarda y de hermosa mujer se transformó de súbito en un gato que, tras corretear por las paredes de la habitación, se encaramó al tejado de un salto. Isahaya Buzen y los ocho hombres que esperaban en el exterior dispararon contra él, pero fallaron, y la bestia consiguió escapar.

El gato se refugió en las montañas y causó estragos entre las gentes del lugar, hasta que, a la larga, el príncipe de Hizen ordenó una gran cacería que se saldó con aquella bestia abatida.

A pesar de los pesares, el príncipe se había recuperado de su enfermedad, y por ello Itô Sôda fue generosamente recompensado.

DEL TEMEROSO ESPANTO CENCERRIL Y GATUNO QUE RECIBIÓ DON QUIJOTE

MIGUEL DE CERVANTES

CAPÍTULO XLVI

*Del temeroso espanto cencerril y gatuno que recibió
don Quijote en el discurso de los amores de la
enamorada Altisidora*

Dejamos al gran don Quijote envuelto en los pensamientos que le habían causado la música de la enamorada doncella Altisidora: acostose con ellos, y, como si fueran pulgas, no le dejaron dormir ni sosegar un punto, y juntábansele los que le faltaban de sus medias. Pero como es ligero el tiempo y no hay barranco que le detenga, corrió caballero en las horas, y con mucha presteza llegó la de la mañana, lo cual visto por don Quijote, dejó las blandas plumas y nonada perezoso se vistió su acamuzado vestido y se calzó sus botas de camino, por encubrir la desgracia de sus medias; arrojóse encima su mantón de escarlata y púsose en la cabeza una montera de terciopelo verde, guarnecida de pasamanos de plata; colgó el tahelí de sus hombros con su buena y tajadora espada, asió un gran rosario que consigo contino traía, y con gran prosopopeya y contoneo salió a la antesala, donde el duque y la duquesa estaban ya vestidos y como esperándole. Y al pasar por una galería estaban aposta esperándole Altisidora y la otra doncella su amiga, y así como Altisidora vio a don Quijote fingió desmayarse, y su amiga la recogió en sus faldas y con gran presteza la iba a desabrochar el pecho. Don Quijote que lo vio, llegándose a ellas dijo:

—Ya sé yo de qué proceden estos accidentes.

—No sé yo de qué —respondió la amiga—, porque Altisidora es la doncella más sana de toda esta casa, y yo nunca la he sentido un ¡ay! en cuanto ha que la conozco: que mal hayan cuantos caballeros andantes hay en el mundo, si es que todos son desagradecidos. Váyase vuesa merced, señor don Quijote, que no volverá en sí esta pobre niña en tanto que vuesa merced aquí estuviere.

A lo que respondió don Quijote:

—Haga vuesa merced, señora, que se me ponga un laúd esta noche en mi aposento, que yo consolaré lo mejor que pudiere a esta lastimada doncella, que en los principios amorosos los desengaños prestos suelen ser remedios calificados.

Y con esto se fue, porque no fuese notado de los que allí le viesen. No se hubo bien apartado, cuando volviendo en sí la desmayada Altisidora dijo a su compañera:

—Menester será que se le ponga el laúd, que sin duda don Quijote quiere darnos música, y no será mala, siendo suya.

Fueron luego a dar cuenta a la duquesa de lo que pasaba y del laúd que pedía don Quijote, y ella, alegre sobremodo, concertó con el duque y con sus doncellas de hacerle una burla que fuese más risueña que dañosa, y con mucho contento esperaban la noche, que se vino tan apriesa como se había venido el día, el cual pasaron los duques en sabrosas pláticas con don Quijote. Y la duquesa aquel día real y verdaderamente despachó a un paje suyo —que había hecho en la selva la figura encantada de Dulcinea— a Teresa Panza, con la carta de su marido Sancho Panza y con el lío de ropa que había dejado para que se le enviase, encargándole le trujese buena relación de todo lo que con ella pasase.

Hecho esto y llegadas las once horas de la noche, halló don Quijote una vihuela en su aposento. Templola, abrió la reja y sintió que andaba gente en el jardín; y habiendo recorrido los trastes de la vihuela y afinádola lo mejor que supo, escupió y remondose el pecho, y luego, con una voz ronquilla aunque entonada, cantó el siguiente romance, que él mismo aquel día había compuesto:

—*Suelen las fuerzas de amor*
sacar de quicio a las almas,
tomando por instrumento
la ociosidad descuidada.

Suele el coser y el labrar
y el estar siempre ocupada
ser antídoto al veneno
de las amorosas ansias.
Las doncellas recogidas
que aspiran a ser casadas,
la honestidad es la dote
y voz de sus alabanzas.

Los andantes caballeros
y los que en la corte andan
requiébranse con las libres,
con las honestas se casan.

Hay amores de levante,
que entre huéspedes se tratan,
que llegan presto al poniente,
porque en el partirse acaban.

El amor recién venido,
que hoy llegó y se va mañana,
las imágines no deja
bien impresas en el alma.

Pintura sobre pintura
ni se muestra ni señala,
y do hay primera belleza,
la segunda no hace baza.

> *Dulcinea del Toboso*
> *del alma en la tabla rasa*
> *tengo pintada de modo*
> *que es imposible borrarla.*
> *La firmeza en los amantes*
> *es la parte más preciada,*
> *por quien hace amor milagros*
> *y a sí mesmo los levanta.*

Aquí llegaba don Quijote de su canto, a quien estaban escuchando el duque y la duquesa, Altisidora y casi toda la gente del castillo, cuando de improviso, desde encima de un corredor que sobre la reja de don Quijote a plomo caía, descolgaron un cordel donde venían más de cien cencerros asidos, y luego tras ellos derramaron un gran saco de gatos, que asimismo traían cencerros menores atados a las colas. Fue tan grande el ruido de los cencerros y el mayar de los gatos, que aunque los duques habían sido inventores de la burla, todavía les sobresaltó, y, temeroso don Quijote, quedó pasmado. Y quiso la suerte que dos o tres gatos se entraron por la reja de su estancia, y dando de una parte a otra parecía que una región de diablos andaba en ella: apagaron las velas que en el aposento ardían y andaban buscando por do escaparse. El descolgar y subir del cordel de los grandes cencerros no cesaba; la mayor parte de la gente del castillo, que no sabía la verdad del caso, estaba suspensa y admirada.

Levantose don Quijote en pie y, poniendo mano a la espada, comenzó a tirar estocadas por la reja y a decir a grandes voces:

—¡Afuera, malignos encantadores! ¡Afuera, canalla hechiceresca, que yo soy don Quijote de la Mancha, contra quien no valen ni tienen fuerza vuestras malas intenciones!

Y volviéndose a los gatos que andaban por el aposento les tiró muchas cuchilladas. Ellos acudieron a la reja y por allí se salieron, aunque uno, viéndose tan acosado de las cuchilladas de don Quijote, le saltó al rostro y le asió de las narices con las uñas y los dientes, por cuyo dolor don Quijote comenzó a dar los mayores gritos que pudo. Oyendo lo cual el duque y la duquesa, y considerando lo que podía ser, con mucha presteza acudieron a su estancia y, abriendo con llave maestra, vieron al pobre caballero pugnando con todas sus fuerzas por arrancar el gato de su rostro. Entraron con luces y vieron la desigual pelea; acudió el duque a despartirla, y don Quijote dijo a voces:

—¡No me le quite nadie! ¡Déjenme mano a mano con este demonio, con este hechicero, con este encantador, que yo le daré a entender de mí a él quién es don Quijote de la Mancha!

Pero el gato, no curándose destas amenazas, gruñía y apretaba; mas en fin el duque se le desarraigó y le echó por la reja.

Quedó don Quijote acribado el rostro y no muy sanas las narices, aunque muy despechado porque no le habían dejado fenecer la batalla que tan trabada tenía con aquel malandrín encantador. Hicieron traer aceite de Aparicio, y la misma Altisidora con sus blanquísimas manos le puso unas vendas por todo lo herido y, al ponérselas, con voz baja le dijo:

—Todas estas malandanzas te suceden, empedernido caballero, por el pecado de tu dureza y pertinacia; y plega a Dios que se le olvide a Sancho tu escudero el azotarse, porque nunca salga de su encanto esta tan amada tuya Dulcinea, ni tú lo goces, ni llegues a tálamo con ella, a lo menos viviendo yo, que te adoro.

A todo esto no respondió don Quijote otra palabra sino fue dar un profundo suspiro, y luego se tendió en su lecho, agradeciendo a los duques la merced, no porque él tenía temor de aquella canalla gatesca, encantadora y cencerruna, sino porque había conocido la buena intención con que habían venido a socorrerle. Los duques le dejaron sosegar y se fueron pesarosos del mal suceso de la burla: que no creyeron que tan pesada y costosa le saliera a don Quijote aquella aventura, que le costó cinco días de encerramiento y de cama, donde le sucedió otra aventura más gustosa que la pasada, la cual no quiere su historiador contar ahora, por acudir a Sancho Panza, que andaba muy solícito y muy gracioso en su gobierno.

GATOS HUMANIZADOS Y HUMANOS GATUNOS

Un recurso frecuente de los relatos y poemas dedicados a los gatos es darles características humanas e incluso la capacidad de hablar. Así, se convierten en protagonistas absolutos de la historia y, en ocasiones, demuestran que tienen más «humanidad» que algunas personas. Desde el gato con botas de Perrault, sin duda uno de los más astutos de los cuentos clásicos, hasta el rey de los gatos de Stephen Vincent Benét, pasando por la gata inglesa que conoce el amor en brazos de un zalamero gato francés en el cuento de Honoré de Balzac, estos felinos tienen mucho que enseñarnos. También merece la pena escuchar al digno e inteligente gato gris de Mark Twain y, por supuesto, a Tobermory, el gato parlante de Saki que no tiene empacho en decir qué opina de la inteligencia humana.

PENAS DE AMOR DE UNA GATA INGLESA

HONORÉ DE BALZAC

Cuando el informe de vuestra primera sesión llegó a Londres, ¡oh, animales franceses!, hizo palpitar el corazón de los amigos de la Reforma Animal. En lo que a mí concierne, contaba con tantas pruebas de la superioridad de las bestias sobre el hombre que, en mi condición de gata inglesa, veo ahora presentarse la oportunidad a menudo anhelada de dar a conocer la novela de mi vida, a fin de mostrar cómo, pobre de mí, me vi atormentada por las leyes hipócritas de Inglaterra. Ya en dos ocasiones, algunos ratones, que me prometí respetar tras el *bill* de vuestro augusto Parlamento, me habían llevado a la editorial Colburn, y me había preguntado al ver señoritas entradas en años, señoras de mediana edad e incluso jóvenes casadas ocupadas en corregir las pruebas de sus propios libros, por qué, estando dotada de garras, no me servía también yo de ellas. Nunca se sabrá lo que piensan las mujeres, sobre todo las que se ponen a escribir, mientras que una gata, víctima de la perfidia inglesa, está interesada en decir más de lo que piensa, y cuanto escribe de más puede compensar lo que callan esas ilustres señoras. Mi ambición es ser la Mrs. Inchbald de las gatas, y os ruego que tengáis consideración con mis nobles esfuerzos, ¡oh, gatos franceses!, país que ha dado la más grande casa de nuestra raza, la del Gato con Botas, prototipo eterno de la publicidad, y que tantos hombres han imitado sin haberle erigido todavía una estatua.

Vine al mundo en la rectoría de un pastor protestante de Catshire, en las cercanías de la pequeña ciudad de Miaulbury. La fecundidad de mi madre condenaba a casi todos sus hijos a un destino cruel, ya que, como sabéis, aún se ignora a qué causa atribuir la intemperancia procreadora de las gatas inglesas, que amenazan con poblar el mundo entero. Gatos y gatas atribuyen, cada cual por su parte, este resultado a su amabilidad y a sus propias virtudes. Pero algunos observadores impertinentes afirman que los felinos están sometidos en Inglaterra a conveniencias tan perfectamente tediosas que no encuentran otro modo de distraerse que en sus pequeñas ocupaciones familiares. No faltan quienes pretenden que existen grandes intereses industriales y políticos, a causa de la dominación inglesa en la India, pero tales cuestiones no son propias de mis patas y las dejo para la *Edinburgh Review*. Yo me salvé del ahogamiento constitucional gracias a la perfecta blancura de mi pelaje. Por dicha razón me pusieron por nombre Beauty. ¡Ay!, la pobreza del pastor, que tenía mujer y once hijas, no le permitía conservarme. Una solterona reparó en que sentía yo una especie de afección por la Biblia del pastor: Siempre me posaba encima de él, no por religión, sino porque era el único lugar limpio de la casa. Tal vez la mujer creyó que yo pertenecía a la secta de los Animales Sagrados, que ha dado ya la burra de Balaam, y me tomó consigo. No tenía, por entonces, más que dos meses. Esa solterona, que organizaba veladas a las que invitaba mediante billetes que prometían «té y Biblia», trató de comunicarme la ciencia fatal de las hijas de Eva; lo logró a base de un método protestante que consiste en someter a uno a tan largos razonamientos sobre la dignidad personal y las obligaciones sociales que, con tal de no oírlos, gustosamente aceptaría el martirio.

Una mañana, yo, pobre criatura de la naturaleza, atraída por un cuenco lleno de nata, sobre el que habían puesto al través un *muffin,* di un zarpazo al *muffin* y me tomé a lengüetazos la nata; tras lo cual, en mi alegría, y quizá también como resultado de una debilidad de mis jóvenes órganos, me abandoné, sobre la loneta encerada, a la más imperiosa necesidad que sienten las gatas jóvenes. A la vista de la prueba de lo que ella calificó como «mi intemperancia» y mi falta de educación, la solterona me cogió y me dio unos buenos azotes con unas varas de abedul, mientras declaraba con vehemencia que haría de mí una lady o que me abandonaría.

—¡A esto se llama gentileza! —decía—. Sepa, Miss Beauty, que las gatas inglesas rodean del más profundo misterio las cosas naturales que pueden atentar contra el respeto inglés, que proscribe todo cuanto es *improper,* aplicando a la criatura, tal como le ha oído decir al reverendo doctor Simpson, las leyes instituidas por Dios para la Creación. ¿Ha visto alguna vez a la Tierra comportarse indecentemente? ¿No pertenece, por lo demás, a la secta de los *saints* (pronúnciese *sentz*) que para hacer ver que se pasean los domingos caminan muy lentamente? Aprenda a sufrir mil muertes antes que revelar sus deseos: la virtud de los *saints* consiste precisamente en esto. El más hermoso privilegio de las gatas es eclipsarse con esa gracia que las caracteriza, e ir, no se sabe dónde, a hacer vuestras necesidades. Por eso no se mostrará a las miradas más que en el esplendor de su belleza. Engañados por las apariencias, todos la tomarán por un ángel. De ahora en adelante, cuando le apure la necesidad, mire hacia la ventana, finja ir a dar un paseo, y vaya a un bosquecillo o a la canal del tejado. Si el agua, hija mía, es la gloria de Inglaterra, lo es precisamente porque Inglaterra sabe servirse de ella, en vez de dejarla perderse, tontamente, como hacen los franceses, que no contarán jamás con una marina debido a su indiferencia por el agua.

A mí me pareció, con mi simple sentido común de gata, que había en esta doctrina mucho de hipócrita, ¡pero era yo tan joven!

«¿Y cuando me encuentre en la canal?», pensaba yo mirando a la solterona.

—Una vez a solas, y bien segura de no ser vista por nadie, solo entonces, Beauty, podrás sacrificar las conveniencias, con tanta mayor seducción cuanto que serás la más contenida en público. En esto brilla la perfección de la moral inglesa, que se ocupa exclusivamente de las apariencias, al no ser, ¡ay!, este mundo más que apariencia y decepción.

Confieso que todo mi sentido común de animal se revolvía contra tales mascaradas; pero, a fuerza de ser azotada, acabé por comprender que la limpieza exterior debía de constituir la entera virtud de una gata inglesa. A partir de ese momento, me habitué a esconder debajo de las camas las golosinas que me gustaban. Nunca nadie me vio ni comiendo ni bebiendo ni aseándome. Fui considerada la joya de las gatas.

Tuve, entonces, ocasión de observar la necedad de los hombres que se dicen sabios. Entre los doctores y otras personas que constituían la compañía de mi dueña, estaba el tal Simpson, un pedazo de imbécil, hijo de un rico propietario, que esperaba obtener un beneficio eclesiástico, y que, para hacer méritos, daba explicaciones religiosas de todo cuanto hacen los animales. Me vio una noche tomando leche en una taza e hizo un cumplido a la solterona por la manera en que había sido educada, viéndome lamer primero los bordes del recipiente y, sin parar de realizar un movimiento en redondo, disminuía el círculo de la leche.

—Vea —dijo— cómo con buenas compañías se encamina uno hacia la perfección: Beauty posee el instinto de la eternidad, ya que, mientras toma la leche, describe el círculo que es su emblema.

Mi conciencia me obliga a decir que la aversión de las gatas a mojar su pelo era la única causa que me movía a tomar la leche de aquel modo; pero siempre seremos mal juzgados por los sabios, que se preocupan mucho más por mostrar su talento que por descubrir el ajeno.

Cuando alguien, hombre o mujer, me tomaba en brazos para pasar sus manos por mi níveo lomo y hacer brotar destellos de mi pelaje, la solterona decía con orgullo: «Puede tenerla en brazos sin temor alguno por su ropa: ¡es admirablemente bien educada!». Todo el mundo afirmaba que era yo un ángel: me prodigaban golosinas y los manjares más delicados, pero declaro que me aburría profundamente. No tardé en comprender cómo había sido posible que una gata del vecindario hubiera podido escaparse con un minino. Esta palabra, minino, provocó en mi alma una enfermedad imposible de curar, ni siquiera con los cumplidos que recibía o más bien que mi ama se hacía a sí misma: «Beauty es absolutamente moral. Es un angelito —decía—. Pese a lo bonita que es, parece no saberlo. Nunca mira a nadie, lo que es el culmen de una buena educación aristocrática; es verdad que se deja ver de buen grado, pero posee sobre todo esa perfecta insensibilidad que nosotros pedimos a nuestras jóvenes *miss,* y que solo muy difícilmente podemos lograr. Espera que se la invite a venir, nunca jamás salta sobre alguien con familiaridad, nadie la ve cuando come, y, ciertamente, ese monstruo de Lord Byron la habría adorado. Como buena y verdadera inglesa que es, gusta del té, adopta un aire grave cuando se explica la Biblia y no piensa mal de nadie, lo cual le permite escuchar. Es sencilla y sin afectación alguna, no hace ningún caso de las joyas; dadle una sortija, que no la guardará; en suma, no imita la vulgaridad de las que salen a la caza, le gusta el *home* y permanece tan perfectamente tranquila que a veces la creeríais una gata mecánica fabricada en Birmingham o en Mánchester, lo cual es el *non plus ultra* de la buena crianza».

Lo que los hombres y las solteronas denominan educación es una costumbre adquirida para disimular las inclinaciones más naturales, y, una vez que nos han depravado totalmente, dicen que somos muy educadas. Una noche, mi ama le rogó a una joven *miss* que cantase. Cuando la muchacha se puso al piano y cantó, reconocí de inmediato las melodías irlandesas que había oído en mi infancia y comprendí que también yo estaba dotada para la música. Mezclé, pues, mi voz con la de la muchacha, pero recibí unos palmetazos airados, mientras que la *miss* no recibía sino cumplidos. Esta soberana injusticia me hizo rebelarme y me escapé a la buhardilla. ¡Amor sagrado de la patria! ¡Oh, qué deliciosa noche! ¡Supe así lo que eran las canales! Oí los himnos cantados por los gatos a otras gatas; y esas adorables elegías me hicieron sentir lástima de las hipocresías que mi dueña me había obligado a aprender. Algunas gatas repararon entonces en mi presencia y parecieron sentirse molestas, cuando un gato de pelaje erizado, barbón magnífico y espléndido porte vino a examinarme y dijo a la compañía: «¡Es una cría!». Al escuchar estas palabras de desprecio me puse a saltar sobre las tejas y a caracolear con la agilidad que nos distingue, caía sobre mis patas de ese modo suave y flexible que ningún animal habría sido capaz de imitar, a fin de probar que no era ya tan cría. Pero estas gaterías de nada sirvieron. «¿Cuándo me cantarán unos himnos a mí?», me decía. El aspecto de esos orgullosos mininos, sus melodías, con las que la voz humana no podrá rivalizar jamás, me habían conmovido profundamente y me habían hecho componer algunas breves poesías que cantaba en las escaleras; pero iba a producirse un gran acontecimiento que me arrancó bruscamente de esa inocente vida. Tenía yo que ser llevada a Londres por la sobrina de mi dueña, una rica heredera que se había vuelto loca por mí, me besaba, me acariciaba con una especie de furor y que me gustó tanto que sentí apego por ella, en contra de todos nuestros hábitos. No nos separábamos nunca, y pude observar la alta sociedad de Londres durante la estación mundana. Fue allí donde había de estudiar la perversidad de las costumbres inglesas que se ha extendido hasta las bestias, conocer ese *cant*[1] que Lord Byron ha maldecido y del que soy víctima, tanto como él, pero sin haber publicado mis horas ociosas.

Arabelle, mi dueña, era una joven como hay tantas en Inglaterra: no sabía muy bien a quién quería por marido. La total libertad que se deja a las jóvenes en la elección de un varón las vuelve casi locas, sobre todo cuando piensan en el rigor de las costumbres inglesas, que no admiten conversación alguna especial después del matrimonio. Estaba yo lejos de pensar que las gatas de Londres habían adoptado esta severidad, que se me aplicarían cruelmente las leyes inglesas y que habría de sufrir un juicio en el tribunal de los terribles *Doctors commons*. Arabelle acogía muy bien a todos los hombres que le presentaban, y cada cual podía creer que sería con él con quien se casaría esa bonita muchacha; pero cuando la cosa amenazaba con llegar a buen término, ella siempre encontraba pretextos para romper, y debo confesar que esta conducta me parecía poco conveniente. «¿Yo, casarme con un hombre que es patizambo? ¡Eso jamás!», decía de uno. «En cuanto a ese pequeñajo, tiene la nariz chata». Los hombres me eran tan perfectamente indiferentes que no comprendía nada de esas incertidumbres basadas en diferencias puramente físicas.

Finalmente, un día, un viejo par de Inglaterra le dijo al verme: «¡Qué linda gata tiene usted! Se le parece, es blanca, joven y necesita un marido. Permítame que le presente a un magnífico angora que tengo en casa».

Tres días después, trajo el par consigo al gato más hermoso de entre los gatos de quienes gozan de la dignidad de par. Puff, negro de pelo, tenía unos

---

1   El término inglés *cant* resulta ambivalente en su doble sentido de «jerga de una secta o grupo social» y de «hipocresía». *(N. del T.)*

ojos de lo más magníficos, verdes y amarillos, pero fríos y altaneros. Su cola, notable por unos cercos amarillentos, barría la alfombra con sus pelos largos y sedosos. Acaso sus orígenes fuesen la casa imperial de Austria, ya que ostentaba, como veis, los colores de esta. Su comportamiento era el propio de un gato que ha conocido la corte y la alta sociedad. Su severidad, en materia de buenas maneras, era tal que no se habría rascado, en sociedad, la cabeza con la pata. Era, en suma, de una apostura tan notable que, se decía, la reina de Inglaterra lo había acariciado. Yo, simple e ingenua de mí, le salté al cuello para invitarlo a jugar, cosa que él rechazó so pretexto de que no estábamos solos. Fue entonces cuando me di cuenta de que el par de Inglaterra debía a la edad y a los excesos de la buena mesa esa gravedad ficticia y forzada que los ingleses llaman *respectability.* Su gordura, que los hombres admiraban, entorpecía sus movimientos. Tal era la verdadera razón por la que no respondía a mis gentilezas: permaneció sereno y frío sentado sobre salva sea la parte, agitando sus barbas, mirándome y cerrando a veces los ojos. En el gran mundo de los gatos ingleses, Puff era el mejor partido imaginable para una gata nacida en la casa de un pastor: tenía dos criados a su servicio, comía en vajilla de porcelana china, no bebía más que té negro, iba en carruaje por Hyde Park y tenía entrada en el Parlamento. Mi dueña lo conservó consigo. Sin yo saberlo, toda la población felina de Londres se enteró de que Miss Beauty de Catshire se casaba con el ilustre Puff, marcado con los colores de Austria. Por la noche, oí un concierto en la calle: bajé en compañía de milord, que, víctima de la gota, andaba lentamente. Nos encontramos a las gatas de los pares, que venían a felicitarme y a rogarme que ingresase en su Sociedad Ratófila. Me explicaron que no había nada más común que andar corriendo detrás de ratas y ratones. Las palabras *shocking, vulgar,* estaban en boca de todos. Finalmente, habían constituido, para mayor gloria del país, una Sociedad de la Templanza. Algunas noches después, milord y yo fuimos a los tejados de los salones de Almack's a escuchar a un gato gris que iba a hablar sobre la cuestión. En una alocución, apoyada por gritos de «¡Escuchen! ¡Escuchen!», demostró que san Pablo, al escribir sobre la caridad, se refería también a los gatos y gatas de Inglaterra. Estaba, pues, reservado a la raza inglesa, que podía ir de un extremo al otro del mundo en sus navíos sin necesidad de temer al agua, el difundir los principios de la moral ratófila. Así, en todos los puntos del globo, gatos ingleses predicaban ya las sanas doctrinas de la Sociedad que, por lo demás, se basaban en los descubrimientos de la ciencia. Se había anatomizado a ratas y ratones, encontrando poca diferencia entre ellos y los gatos: la opresión de los unos por los otros iba, por tanto, en contra del derecho de los animales, derecho que es todavía más sólido que el derecho de gentes. «Son nuestros hermanos», dijo. Y describió tan bien los sufrimientos de una rata atrapada en las fauces de un gato que se deshizo en lágrimas.

Viéndome embaucada por este *speech,* lord Puff me dijo en tono confidencial que Inglaterra contaba con hacer un inmenso comercio con ratas y ratones; que si los otros gatos ya no se las comían, el precio de las ratas bajaría; que detrás de la moral inglesa siempre había alguna razón mercantil, y que esta alianza de la moral y del mercantilismo era la única alianza que contaba realmente para Inglaterra.

Me pareció que Puff era demasiado gran político para poder ser un buen marido.

Un gato rural *(country gentleman)* hizo observar que en el continente gatos y gatas eran sacrificados a diario por los católicos, sobre todo en París, en los alrededores de las fortificaciones (los demás comenzaron a gritar: «¡Al grano!»). A esas crueles ejecuciones se sumaba una horrible calumnia, haciendo pasar a esos valientes animales por conejos; mentira y barbarie que aquel gato atribuía a la ignorancia de la verdadera religión anglicana, que no permite la mentira y las astucias al margen de las cuestiones gubernamentales, de política exterior o de gabinete.

Fue tratado de radical y de soñador. «¡Estamos aquí por los intereses de los gatos de Inglaterra, no por los del continente!», dijo un fogoso gato *tory.* Milord dormía. Al término de la asamblea, oí estas deliciosas palabras dichas por un joven gato que venía de la embajada francesa, y cuyo acento delataba su nacionalidad.

«*Dear Beauty,* durante muchísimo tiempo la naturaleza no podrá crear una gata tan perfecta como usted. La cachemira de Persia y de la India da la impresión de ser crin de camello si se la compara con la seda fina y brillante de su pelaje. Exhala usted un perfume que haría desvanecerse a los mismísimos ángeles; yo lo sentí desde el salón del señor de Talleyrand, que dejé para acudir a este diluvio de necedades que llaman ustedes un *meeting.* El fuego de sus ojos, Beauty, ilumina la noche. Sus orejas serían la perfección misma si mis gemidos pudieran enternecer sus oídos. No existe rosa en toda Inglaterra tan rosa como la rosada carne que bordea su boquita rosa. En vano buscaría un pescador en los abismos de Ormus perlas que pudieran compararse con sus dientes. Su hocico, Beauty, fino, gracioso, es lo más lindo que haya producido Inglaterra. La nieve de los Alpes parecería rojiza al lado de su pelaje celestial. ¡Ah, este tipo de pelaje no se ve más que entre las brumas de Inglaterra! Sus patas portan mullidamente y con gracia ese cuerpo, compendio de los milagros de la creación; pero su cola, intérprete elegante de los impulsos de su corazón, las supera: ¡sí!, nunca curva tan elegante, redondez más correcta, movimientos más delicados, se vieron en gata alguna. Olvídese de ese viejo bribón de Puff, que duerme como un par de Inglaterra en el Parlamento, que, por lo demás, es un miserable vendido a los *whigs;* y que, debido a una larga estancia en Bengala, ha perdido todo cuanto puede ser del agrado de una gata».

Me fijé entonces, sin aparentar hacerlo, en ese encantador gato francés: tenía los pelos alborotados, era pequeño y vivaracho y no se parecía en nada a un gato inglés. Su aire despejado anunciaba, así como también su manera de sacudir las orejas, a un pícaro descarado. He de confesar que estaba cansada de la solemnidad de los gatos ingleses y de su pulcritud puramente material. Encontraba su afectación de *respectability,* sobre todo, ridícula. La excesiva naturalidad de ese gato mal peinado me sorprendió por un violento contraste con todo cuanto veía en Londres. Mi vida, por lo demás, estaba tan positivamente regulada, sabía tan bien lo que debía hacer durante el resto de mis días, que fui sensible a todo cuanto anunciaba de improviso la fisonomía del gato francés. Todo entonces se me antojó insípido. Comprendí que podía vivir en los tejados con una criatura divertida que venía de ese país en el que han sabido consolarse de las victorias del mayor general inglés con estas palabras: «¡Mambrú se fue a la guerra, tontoron, tonton!». No obstante lo cual, desperté a milord y le di a entender que era muy tarde, que teníamos que volver a casa. No di a ver que había escuchado la alocución, y fui de una insensibilidad total que petrificó a Brisquet. Él se quedó parado, tanto más sorprendido cuanto que se creía sumamente apuesto. Supe más tarde que seducía a todas las gatas de buena voluntad. Lo examiné con el rabillo del ojo: se iba dando saltitos, volvía cruzando el ancho de la calle para alejarse de nuevo de igual modo, como un gato francés a la desesperada: un verdadero inglés habría disimulado decorosamente sus sentimientos, sin dejarlos ver así. Algunos días después, nos encontramos, milord y yo, en la magnífica mansión del viejo par, yo salí entonces en coche a dar un paseo por Hyde Park. No comíamos más que huesos de pollo, raspas de pescado, natillas, leche y chocolate. Por más excitante que fuese este régimen, mi pretendido marido Puff permanecía serio. Su *respectability* se extendía incluso a mí. Generalmente, se dormía, a partir de las siete de la tarde, en la mesa de whist sobre las rodillas de Su Merced. Mi alma estaba falta, pues, de toda satisfacción, y yo languidecía. Esta situación de mi interior se combinó fatalmente con una pequeña afección en las vísceras causada por el jugo de arenque puro (el vino de oporto de los gatos ingleses) que Puff solía tomar y que me volvió medio loca. Mi dueña hizo venir a un médico que acababa de dejar Edimburgo tras estudiar largo tiempo en París. Prometió a mi dueña que me curaría al mismo día siguiente, tras haber reconocido mi enfermedad. Regresó, en efecto, y sacó de su bolsillo un instrumento de fabricación parisina. Sentí una especie de espanto al ver una cánula de metal blanco rematada por un tubo afilado. A la vista de este artilugio, que el doctor manipuló con satisfacción, Sus Mercedes se sonrojaron, se indignaron y dijeron unas lindezas sobre la dignidad del pueblo inglés: tales como que lo que distinguía a la vieja Inglaterra de los católicos no era tanto sus opiniones sobre la Biblia como sobre ese infame ingenio. El duque dijo que en París los franceses no se sonrojaban de exhibirlo en el Teatro Nacional, en una comedia de Molière; pero que, en Londres, un *watchman* no osaría pronunciar su nombre.

—¡Dele calomel!

—¡Pero su merced la mataría! —exclamó el doctor—. En cuanto a este inocente artilugio, los franceses hicieron mariscal a uno de sus mejores generales por haber sabido servirse de él frente a la famosa columna.

—Los franceses son muy libres de rociar sus revueltas intestinas como les plazca —respondió Milord—. Yo no sé, ni tampoco usted, lo que podría resultar del empleo de este humillante artilugio; pero lo que sí sé es que un verdadero médico inglés solo debe curar a sus enfermos con los remedios de la vieja Inglaterra.

El médico, que comenzaba a labrarse una gran reputación, perdió a toda su clientela del gran mundo. Llamaron a otro médico, que me hizo preguntas inconvenientes sobre Puff y me enseñó que el verdadero lema de Inglaterra era: ¡Dios y mi derecho... *conyugal*! Una noche, oí en la calle la voz del gato francés. Nadie podía vernos; trepé por la chimenea y, desde lo alto de la casa, le grité: «¡A la canal del tejado!». Esta respuesta le dio alas, lo tuve a mi lado en un abrir y cerrar de ojos. ¿Creeréis que ese gato francés tuvo la inconveniente audacia de sentirse autorizado por mi pequeña exclamación a decirme: «¡Ven a mis patas!»? Se atrevió a tutear, sin más formalidad, a una gata distinguida. Yo lo miré fríamente y, para darle una lección, le dije que era miembro de la Sociedad de la Templanza.

—Veo, querido —le dije—, por su acento y el relajamiento de sus principios, que es usted, al igual que todos los gatos católicos, alguien dispuesto a reír y a hacer mil ridiculeces, creyéndose perdonado con un poco de arrepentimiento; pero en Inglaterra tenemos más moralidad: actuamos con *respectability* en todo, incluso en nuestras diversiones.

Ese joven gato, impresionado por la majestad del *cant* inglés, me escuchaba con una especie de atención que me dio esperanzas de hacer de él un gato protestante. Me dijo entonces con las más bellas palabras que haría todo cuanto yo quisiera, con tal de que le fuese permitido adorarme. Yo lo miré sin poder responder, ya que sus ojos, *very beautiful, splendid,* brillaban cual estrellas, iluminaban la noche. Mi silencio lo envalentonó y exclamó:

—¡Mi querida minina!

—¿Qué nueva indecencia es esta? —exclamé, a sabiendas de que los gatos franceses son muy ligeros en su manera de expresarse.

Brisquet me hizo saber que, en el continente, todo el mundo, hasta el mismísimo rey, decía a sus hijas: «Mi pequeña minina», en señal de afecto; que muchas mujeres, y de las más bellas y aristocráticas, llamaban a sus maridos «gatito mío», aun cuando no los amaran. Si yo quería complacerlo, le llamaría: «¡Hombrecito mío!». En ese momento, levantó sus patas con gracia infinita. Yo desaparecí, temiendo mostrarme débil. Brisquet entonó *¡Rule Britannia!*, de tan feliz como estaba, y todavía al día siguiente su querida voz resonaba en mis oídos.

—¡Ah!, también tú amas, querida Beauty —me dijo mi dueña al verme estirada en la alfombra, despatarrada, con el cuerpo en un blando abandono y embriagada con la poesía de mis recuerdos.

Esta inteligencia me sorprendió en una mujer, y entonces fui a restregarme contra sus piernas haciéndole oír un ronroneo amoroso producido con las cuerdas más graves de mi voz de contralto.

Mientras mi dueña, que me tomó sobre sus rodillas, me acariciaba rascándome la cabeza y yo la miraba tiernamente viéndole los ojos llorosos, tenía lugar en Bond Street una escena cuyas consecuencias fueron terribles para mí.

Puck, uno de los sobrinos de Puff, que aspiraba a sucederle y que por el momento vivía en el cuartel de los *Life-Guards,* se encontró con *my dear* Brisquet. El muy taimado capitán Puck cumplimentó al agregado de la embajada por sus éxitos conmigo, diciendo que yo había resistido a los más seductores gatos de Inglaterra. Brisquet, como francés vanidoso que era, respondió que se sentiría dichoso de merecer mi atención, pero que a las gatas que hablan de Templanza, de Biblia, etc., les tenía horror.

—¡Oh! —dijo Puck—, entonces ¿le habla?

Brisquet, ese querido francés, fue así víctima de la diplomacia inglesa; pero cometió uno de esos errores imperdonables que indignan a todas las gatas bien enseñadas de Inglaterra. Aquel perillán era verdaderamente muy inconsistente. ¿Acaso no se le ocurrió saludarme en el Park y querer charlar familiarmente como si nos conociéramos? Yo permanecí fría y severa. El cochero, al ver a ese francés, le dio un latigazo que casi lo mata. Brisquet lo recibió mirándome con una intrepidez que cambió mi moral: lo amé por la manera en que se dejaba fustigar, sin ver otra cosa que no fuera yo, sintiendo únicamente el privilegio de mi presencia, domando así el carácter que empuja a los gatos a huir ante la menor apariencia de hostilidad. No adivinó que yo me sentía morir, pese a mi aparente frialdad. A partir de ese momento, decidí que me dejaría raptar por él. Esa noche, en la azotea, me arrojé perdidamente a sus patas.

—*My dear* —le dije—, ¿cuenta con el capital necesario para pagarle al viejo Puff los daños y perjuicios?

—No tengo otro capital —me respondió, entre risas, el francés— que los pelos del bigote, mis cuatro patas y esta cola.

Dicho esto, dio una barrida a la canal mediante un movimiento lleno de orgullo.

—¡Nada de capital! —respondí yo—, pero usted no es más que un aventurero, *my dear.*

—Me gustan las aventuras —me dijo tiernamente—. En Francia, en las circunstancias a las que haces alusión, es entonces cuando los gatos se sacuden. Recurren a sus uñas, no a su dinero.

—¡Pobre país! —le dije—. ¿Y cómo envía al extranjero, a sus embajadas, animales faltos de capital?

—¡Ah, esta sí que es buena! —dijo Brisquet—. A nuestro nuevo gobierno no le gusta el dinero... cuando se trata de sus empleados: lo único que le interesa es su capacidad intelectual.

El querido Brisquet mostraba, al hablarme, un aire de contento tal que me hizo temer que no fuera sino un fatuo.

—¡El amor sin capital es un *sinsentido*! —le dije—. Mientras usted vaya de aquí para allá, no se ocupará de mí, querido.

Ese encantador francés me demostró, por toda respuesta, que descendía, por parte de su abuela, del Gato con Botas. Tenía, además, noventa y nueve maneras de pedir prestado dinero, y nosotros, dijo, solo tendríamos una de gastarlo. Por último, sabía de música y podía dar lecciones. En efecto, me cantó, a su modo que desgarraba el corazón, una romanza nacional de su país: *Al claro de luna...*

En ese momento, varios gatos y gatas traídos por Puck fueron testigos del momento en que, seducida con tantas razones, le prometí a ese querido Brisquet que lo seguiría en cuanto él fuese capaz de mantener confortablemente a su mujer.

—¡Estoy perdida!

Al día siguiente mismo, el viejo Puff interpuso ante el tribunal de los *Doctors commons* un proceso por conversación criminal. Puff estaba sordo y sus sobrinos se aprovecharon de ello. Puff dijo a los jueces que una noche yo le había llamado, para halagarlo, «¡hombrecito mío!». Fue uno de los peores cargos en mi contra, pues en modo alguno pude explicar de qué conocía yo esa expresión amorosa. Milord, sin saberlo, fue muy malo conmigo, pero yo había observado ya que chocheaba. Su señoría no sospechaba nunca las bajas intrigas de las que fui objeto. Varios gatitos, que me defendieron contra la opinión pública, me han dicho que a veces pregunta ¡por su ángel, la niña de sus ojos, su *darling,* su *sweet Beauty*! Incluso mi propia madre, que había venido a Londres, se negó a verme y a escucharme, pero me hizo saber que una gata inglesa no debía ser sospechosa y que le traía mucha amargura a sus últimos días. Mis hermanas, celosas de mi ascenso social, dieron su apoyo a mis acusadoras. Por último, la servidumbre declaró en mi contra. Vi entonces con claridad por qué todo el mundo pierde la cabeza en Inglaterra. En cuanto se trata de una conversación criminal, todos los sentimientos cesan, una madre ya no es una madre, una nodriza querría recuperar su leche y todas la gatas aúllan por la calle. Pero lo más infame fue que mi viejo abogado, que en aquel tiempo creía en la inocencia de la reina de Inglaterra, al que yo había contado todo hasta el último pormenor, que me había asegurado que no había materia ni para azotar a un gato,[2] y a quien, en prueba de mi inocencia, le confesé que yo no entendía nada de esas palabras, *conversación criminal* (me dijo que se llamaba así precisamente por lo poco que se hablaba en tales situaciones); ese abogado, digo, comprado por el capitán Puck, me defendió tan mal que era evidente que mi causa estaba perdida. En tales circunstancias, tuve el coraje suficiente de comparecer ante los *Doctors commons*.

—Milords —dije—, ¡soy una gata inglesa y soy inocente! ¿Qué se diría de la justicia de la vieja Inglaterra si...?

Apenas hube pronunciado estas palabras cuando unos espantosos murmullos ahogaron mi voz, a tal punto el público había sido influido por el *Cat-Chronicle* y los amigos de Puck.

—¡Pone en entredicho la justicia de la vieja Inglaterra, que ha instaurado el *jury*! —gritaban.

—Lo que pretende explicar, milord —exclamó el abominable abogado de mi adversario—, es cómo se paseaba por la canal del tejado en compañía de un gato francés para convertirlo a la religión anglicana, mientras ella iba para volver a decirle en buen francés *mon petit homme* a su marido, ¡para escuchar los abominables principios del papismo y aprender a menospreciar las leyes y los usos de la vieja Inglaterra!

Cuando se pronuncian semejantes sandeces ante un público inglés se lo hace enloquecer. Por eso una tormenta de aplausos acogió las palabras del abogado de Puck. Fui condenada, a la edad de veintiséis meses, cuando podía probar que todavía ignoraba lo que era un gato. Pero todo ello me hizo comprender que se debe a tales desvaríos por lo que a la vieja Inglaterra se la conoce como la pérfida Albión.

Caí en una profunda misgatopía debida menos a mi divorcio que a la muerte de mi querido Brisquet, a quien Puck, que temía su venganza, hizo dar muerte por medio de un amotinamiento. Por eso nada me enfurece más que oír hablar de la lealtad de los gatos ingleses.

---

2   La expresión francesa «il n'y a pas de quoi fouetter un chat» significa «no hay para tanto». *(N. del T.)*

Ya veis, ¡oh, animales franceses!, cómo, al familiarizarnos con los hombres, adquirimos todos sus vicios y todas sus malas instituciones. Volvamos a la vida salvaje, en la que no obedecemos más que al instinto y en la que no encontramos usos contrarios a los deseos más sagrados de la naturaleza. Escribo en estos momentos un tratado político para uso de la clase trabajadora animal, a fin de comprometerla a dejar de dar vueltas a las brocas de sus telares, a dejarse uncir a sus carretas, y para enseñarles cómo sustraerse a la opresión de los grandes aristócratas. Si bien nuestros garabatos son ya célebres, creo que miss Harriet Martineau no me desmentiría. Ya sabéis que, en el continente, la literatura se ha convertido en el refugio de toda gata que protesta contra el monopolio inmortal del matrimonio, que resiste a la tiranía de las instituciones y propugna la vuelta a las leyes naturales. He omitido deciros que, aunque Brisquet tuviera el cuerpo atravesado por una puñalada en la espalda, el *Coroner,* dando prueba de una hipocresía infame, declaró que se había envenenado a sí mismo con arsénico, ¡como si fuera posible que un gato tan alegre, tan distraído, fuese capaz de reflexionar lo bastante sobre la vida para concebir tan seria idea; y como si un gato al que yo amaba pudiera tener las menores ganas de dejar este mundo! Pero, gracias al aparato de Marsh, se han encontrado algunas manchas en un plato.

SONETO (LA GATOMAQUIA)

LOPE DE VEGA

Con dulce voz y pluma diligente,
y no vestida de confusos caos,
cantáis, Tomé, las bodas, los saraos
de Zapaquilda y Mizifuf valiente.

Si a Homero coronó la ilustre frente
cantar las armas de las griegas naos,
a vos, de los insignes marramaos
guerras de amor por súbito accidente.

Bien merecéis un gato de doblones,
aunque ni Lope celebréis, o el Taso,
Ricardos o Gofredos de Bullones.

Pues que por vos, segundo Gatilaso,
quedarán para siempre de ratones
libres las bibliotecas del Parnaso.

EL REY DE LOS GATOS

STEPHEN VINCENT BENÉT

—Pero, querida mía —dijo la señora Culverin, con un leve suspiro—, no puede referirse en serio a... ¡una cola!

La señora Dingle asintió de forma muy exagerada.

—Sí, sí. Lo he visto. Dos veces. En París, por supuesto, y luego, en una actuación como invitado en Roma: estábamos en el palco real. Él dirigía la orquesta... Ay, nunca había escuchado semejantes virguerías tocadas por una orquesta... Y, querida mía —dudó un instante antes de continuar—, la dirigía con... eso.

—¡Es tan fascinante y absolutamente horrendo que me quedo sin palabras! —exclamó la señora Culverin con voz aturdida, pero ávida de más—. Tenemos que invitarlo a cenar en cuanto venga a la ciudad. Porque va a venir, ¿verdad?

—El día doce —contestó la señora Dingle con un brillo especial en los ojos—. Los de la Nueva Sinfonía le han pedido que sea el director invitado para tres conciertos especiales... Confío en que pueda cenar usted con nosotros alguna noche mientras él esté aquí... Claro, imagino que estará muy ocupado... Pero nos ha prometido que nos reservará todo el tiempo que pueda...

—Ay, gracias, querida —dijo la señora Culverin distraída, con su último ataque al novelista británico favorito de la señora Dingle todavía fresco en la memoria—. Es usted siempre tan amable y hospitalaria... Pero no se agote tanto... Los demás también podemos colaborar y poner de nuestra parte... Desde luego, Henry y yo estaríamos encantados de...

—Qué detalle por su parte, querida. —La señora Dingle también recordaba el hurto del novelista británico por parte de su amiga—. Pero ofreceremos a monsieur Tibault... Qué nombre tan precioso, ¿verdad? Dicen que es descendiente de Tybalt, de *Romeo y Julieta,* y por eso no le gusta Shakespeare... Lo que le decía: ofreceremos a monsieur Tibault un entretenimiento muy sencillo... Una pequeña recepción después de su primer concierto, tal vez. Aborrece —miró alrededor de la mesa— las fiestas grandes en las que se mezcla mucha gente. Y luego, claro, está su..., eh, su pequeña idiosincrasia... —Tosió con delicadeza—. Hace que se sienta cohibido en presencia de desconocidos.

—Pero no lo entiendo, tía Emily —dijo Tommy Brooks, el sobrino de la señora Dingle—. ¿De verdad se refiere a que ese tarado de Tibault tiene cola? ¿Como un mono y tal?

—Ay, Tommy, querido —dijo la señora Culverin, irritada—, en primer lugar, monsieur Tibault no es ningún tarado... Es un músico muy distinguido... El director más refinado de Europa. Y, en segundo lugar...

—Sí tiene. —La señora Dingle fue rotunda—. Tiene cola. Y dirige la orquesta con ella.

—¡Por favor! —exclamó Tommy con las orejas enrojecidas—. O sea... Bueno, claro, si lo dice usted, tía Emily, seguro que tiene cola... Pero, aun así, parece un poco estrafalario, no sé si me entiende. ¿Qué opina, profesor Tatto?

El profesor Tatto carraspeó.

—Uf —dijo, y juntó con cuidado las yemas de los dedos—. Tengo muchas ganas de conocer al tal monsieur Tibault. Personalmente, jamás he observado un ejemplar genuino de *Homo caudatus,* así que de entrada me atrevería a dudar, pero al mismo tiempo... En la Edad Media, por ejemplo, la creencia en hombres..., eh..., con cola, o con alguna clase de apéndice caudal, estaba muy extendida y, según tenemos constancia, además bien fundada. Incluso en el siglo XVIII, un capitán de navío holandés famoso por su veracidad relató el descubrimiento de un par de criaturas semejantes en la isla de Formosa. Estaban poco civilizados, creo, pero los apéndices en cuestión eran más que reconocibles. Y en 1860, el doctor Grimbrook, el cirujano inglés, afirmaba que trató nada menos que a tres nativos africanos con colas cortas pero inconfundibles (aunque su testimonio solo cuenta con su palabra, no hay pruebas fehacientes). Al fin y al cabo, no es del todo imposible, aunque no cabe duda de que es de lo más inusual. Pies palmeados, agallas rudimentarias..., esa clase de cosas sí ocurren con cierta frecuencia. Y siempre tenemos apéndice. La cadena de cómo hemos evolucionado desde la forma simia no está completa, ni mucho menos. Ya que estamos —sonrió a todos los comensales—, ¿acaso no podríamos decir que las últimas vértebras de la columna vertebral de cualquier persona son el principio de una cola oculta y rudimentaria? Huy, sí, sí... Es posible... Bastante posible... que un caso extraordinario..., un retroceso genético..., un superviviente..., aunque claro...

—Ya se lo dije —intervino la señora Dingle con aire triunfal—. ¿A que es fascinante? ¿No se lo parece, princesa?

Los ojos de la princesa Vivrakanarda, azules como un campo de espuela de caballero, insondables como el centro del cielo, reposaron un instante sobre el rostro emocionado de la señora Dingle.

—Muy... fascinante, sí —dijo, con una voz que recordaba al terciopelo dorado y fino—. Me encantaría... Sí, me encantaría conocer al tal monsieur Tibault.

—¡Bah, ojalá se parta el cuello! —dijo Tommy Brooks en voz baja... Pero nadie solía prestar atención a Tommy.

No obstante, conforme se acercaba más y más el momento de la llegada del señor Tibault a Estados Unidos, la gente en general empezó a preguntarse si la princesa había hablado de corazón o no; pues no cabía duda de que, hasta entonces, ella había sido la única sensación de la temporada... y ya se sabe cómo son los grandes divos y divas.

Se hallaban, como es bien sabido, en una época aficionada al reino de Siam, y los habitantes autóctonos de aquella zona estaban tan de moda como lo habían estado los acentos rusos en los viejos y pintorescos tiempos en los que *El murciélago* de Strauss era una novedad. La Compañía de Teatro Artístico de Siam, importada por un precio desorbitante, actuaba en salas abarrotadas. *Gushuptzgu*, una novela épica sobre la vida en el campo en el sureste asiático, en diecinueve volúmenes de letra apretada, acababa de recibir el Premio Nobel. Los comerciantes de mascotas y animales exóticos no paraban de recibir montones de peticiones de gatos siameses. Y en la cresta de esta ola de interés por todo lo relacionado con Siam, la princesa Vivrakanarda se mantenía en equilibrio con la elegante despreocupación de una sirena. Era indispensable. Era incomparable. Estaba por todas partes.

Juvenil, increíblemente rica, emparentada, por una parte, con la familia real de Siam y, por la otra, con los Cabot (y, pese a todo, protegida de la especulación durante los primeros dieciocho de sus veintiún años en un dorado espacio misterioso), la mezcla de razas había producido en ella una belleza exótica tan distinguida como extraña. Se movía con una gracia felina, natural, y tenía la piel como si la hubieran empolvado con diminutos granitos del más puro oro... Sin embargo, el azul de sus ojos, rasgados de un modo casi imperceptible, era tan puro y desconcertante como el mar sobre las rocas de Maine. La melena castaña le caía hasta las rodillas (la Asociación en Defensa de los Maestros Barberos le había ofrecido cantidades astronómicas para que se lo cortara a lo *garçon*). Lisa como una cascada que cae sobre rocas marrones, dicha melena desprendía un leve perfume a sándalo y a suaves especias, y contenía toques de óxido y de dorado como el sol. La joven no hablaba mucho (aunque, claro, no le hacía falta), su voz tenía una ligera ronquera extraña, melodiosa, que hechizaba la mente. Vivía sola y corría el rumor de que era muy perezosa (por lo menos, se sabía que se pasaba la mayor parte del tiempo durmiendo), pero por la noche se desplegaba radiante como la flor de luna y sus ojos parecían más profundos.

No es de sorprender que Tommy Brooks se enamorase de ella. Lo que sí sorprende es que ella se lo permitiera. Tommy no tenía nada de exótico ni de distinguido: no era más que uno de esos jóvenes agradables, normales, que parecían creados para continuar con el negocio de la bolsa con estrategias como leer el periódico en el Club Universitario durante la mayor parte del día, y con los que siempre se puede contar para que rellenen un hueco inesperado de una cena de celebración. Cierto es que no puede decirse que la princesa hiciera mucho más que tolerar a cualquiera de sus pretendientes: nadie había visto jamás esos ojos arrogantes y etéreos iluminarse al ver entrar a algún hombre. Pero parecía ser capaz de tolerar a Tommy un poquito más que al resto... De ahí que las ensoñaciones embelesadas de dicho joven hubieran empezado a teñirse de inteligentes charlas privadas y apartamentos imaginarios en Park Avenue, cuando el famoso monsieur Tibault dirigió su primer concierto en el Carnegie Hall.

Tommy Brooks se sentó junto a la princesa. Cuando la miró, lo hizo con ojos cargados de anhelo y amor, pero la cara de ella estaba tan impasible como una máscara, y el único comentario que hizo durante el trajín preliminar fue que el público parecía bastante numeroso. Lo único que consoló, aunque fuera un poco, a Tommy fue constatar que ese día la princesa estaba todavía más distante que de costumbre, pues, desde la cena en casa de la señora Culverin, había ido creciendo en la mente del joven una leve inquietud en cuanto a la posible impresión que aquella criatura, el tal Tibault, pudiera causar en ella. Muestra de la devoción que Tommy profesaba a la princesa era el haber ido al concierto. Para un hombre cuya simple naturaleza princetoniana le hacía considerar que la canción *Just a Little Love, a Little Kiss* era la quintaesencia del arte musical, la sinfonía solía parecer una absoluta tortura, así que se dispuso a ver el programa de la velada con una sonrisa sombría y valiente.

—¡Chist! —dijo la señora Dingle, emocionada—. ¡Ya sale!

Tommy se sobresaltó tanto como si de pronto hubiera regresado a las trincheras bajo una fuerte cortina de fuego cuando monsieur Tibault hizo su aparición y lo recibió un perfecto bombardeo de aplausos.

Entonces, el entusiasta estruendo quedó silenciado de repente y un suspiro generalizado ocupó su lugar: sí, un inmenso y sonoro suspiro, como si todas las personas de aquella multitud hubieran dicho a la vez «Ah». Porque la prensa no mentía sobre él. Ahí estaba la cola.

Decían que era teatral... Desde luego, ¡qué bien empleaba las armas de los efectos teatrales! Vestido de un negro riguroso de la cabeza a los pies (pues la camisa negra había sido una muestra especial de la estima de

Mussolini), no se diría que entró, sino que se deslizó, con gracilidad, casi flotando, con la famosa cola enroscada de un modo despreocupado alrededor de una muñeca —una suave pantera negra que se pasea por un jardín estival con ese misterioso contoneo de la cabeza propio de las panteras cuando merodean detrás de los barrotes—, y con la oscuridad reluciente de sus ojos impasibles ante la sorpresa o la euforia de los asistentes. Asintió con la cabeza, dos veces, con un saludo digno de un rey, mientras los aplausos alcanzaban su frenético apogeo. Tommy creyó advertir algo terroríficamente similar a los gestos de la princesa en la forma que el director tenía de asentir. Después, se dirigió a su orquesta.

Un segundo suspiro todavía más alto salió del público en ese momento, pues, al darse la vuelta, la punta de aquella increíble cola se enroscó con una refinada despreocupación y se metió en algún bolsillo oculto, de donde sacó una batuta negra. Pero Tommy ni siquiera se dio cuenta. En lugar de observar al director de orquesta, tenía la mirada fija en la princesa.

Al principio ella ni siquiera se había molestado en aplaudir, pero ahora... Tommy jamás la había visto tan conmovida, jamás. No aplaudía, sino que tenía las manos juntas y apretadas sobre el regazo, pero todo su cuerpo estaba tenso, rígido como una barra de acero, y las flores azules de sus ojos se habían inclinado hacia la figura de monsieur Tibault con una tremenda concentración. La pose de toda su silueta estaba tan inmóvil, mostraba tal intensidad, que por un instante Tommy tuvo la lunática idea de que en cualquier momento iba a saltar de su butaca con la ligereza de una polilla y aterrizaría, sin hacer ruido, junto a monsieur Tibault para —sí—, para frotar su orgullosa cabeza contra la americana de él en muestra de adoración. Incluso la señora Dingle acabaría por percatarse.

—Princesa —la llamó Tommy, con un susurro horrorizado—, princesa...

Poco a poco se fue aflojando la tensión del cuerpo de la joven, sus ojos se velaron de nuevo, se tranquilizó.

—¿Sí, Tommy? —preguntó con su voz de siempre, aunque continuaba habiendo algo en ella...

—Eh, nada, es solo que... Ay, espere. ¡Va a empezar! —exclamó Tommy, cuando monsieur Tibault, con las manos entrelazadas delante del cuerpo, se dio la vuelta y quedó ¡de cara al público! Bajó la mirada, sacudió la cola una vez de forma impresionante y luego dio tres golpecitos preliminares con la batuta en el suelo.

Raras veces ha recibido una ovación semejante la obertura *Ifigenia en Áulide* de Gluck. Pero hubo que esperar hasta la Octava Sinfonía para que la histeria de los espectadores llegara al clímax. La Nueva Sinfonía jamás había tocado de un modo tan supremo... y, desde luego, jamás había tenido un director con tanto talento. Tres directores destacados que había en el público se pusieron a sollozar con desesperada admiración propia de niños envidiosos antes de la coda, y por lo menos uno, en un arrebato, ofreció en voz alta diez mil dólares a un prestigioso cirujano facial que estaba presente para que le presentara alguna prueba de que la ciencia era capaz de proveer de algún tipo de cola a un ser que de forma innata careciera de rabo. No cabía duda: no existía mano ni brazo mortal, por muy diestro que fuera, que pudiese combinar el delicado brío y la poderosa gracia que desplegaba la cola de monsieur Tibault en cada gesto.

Igual que una batuta de marta cibelina, dominaba los instrumentos de metal con el resplandor de un relámpago negro; igual que un látigo escurridizo y oscuro como el ébano, extraía el último aliento exquisito de melodía de los de viento de madera, y gobernaba a los tormentosos instrumentos de cuerda como la varita de un mago. Monsieur Tibault hizo una reverencia y luego otra —rugido tras rugido de histérica admiración hicieron temblar los cimientos de la sala de conciertos—, y cuando por fin bajó trastabillando, exhausto, de la tarima, la presidenta del Wednesday Sonata Club tuvo que ser retenida a la fuerza para no arrojarle el collar de perlas de noventa mil dólares a los pies en un exceso de apreciación estética. Nueva York había ido a ver el prodigio... y Nueva York había sido conquistada. De inmediato, los periodistas rodearon a la señora Dingle, y Tommy Brooks se preparó inquieto para la «fiestecilla» en la que iba a conocer al nuevo héroe del momento con un sentimiento solo un ápice menos lúgubre que el que lo habría embargado justo antes de tomar asiento en la silla eléctrica.

El encuentro entre su princesa y monsieur Tibault fue peor y mejor de lo que Tommy esperaba. Mejor porque, al fin y al cabo, apenas se dirigieron la palabra... Y peor porque, de algún modo, le pareció que una especie de afinidad mental entre ambos hacía innecesarias las palabras. Cuando él la tomó de la mano, sin duda se convirtieron en la pareja más distinguida de la sala.

—Tan encantadoramente exóticos los dos, y al mismo tiempo, tan distintos —balbució la señora Dingle..., pero Tommy no pudo estar de acuerdo.

Eran distintos, sí: el extranjero oscuro y ágil con ese extraño apéndice enroscado como si tal cosa dentro del bolsillo y la joven castaña de ojos azules. Pero esa diferencia solo servía para acentuar aún más lo que tenían en común: algo en la forma de moverse, en la suavidad de sus gestos, en la expresión de los ojos. Algo más profundo, incluso, que la raza. Tommy trató de averiguar qué era... Entonces, al mirar a los demás asistentes, tuvo una revelación como un fogonazo. Era como si la pareja fuese exótica, desde luego, pero no solo para Nueva York sino para toda la humanidad común. Como si fuesen unos educados huéspedes de otro planeta.

En conjunto, Tommy no pasó una velada muy divertida. Pero su mente funcionaba despacio y transcurrió mucho rato hasta que la loca sospecha lo embargó con toda su fuerza.

Tal vez no pueda culpársele por no haberlo comprendido de inmediato. Las siguientes semanas fueron semanas de desconcertante desdicha para él. No era que la actitud de la princesa hacia el joven hubiese cambiado: lo toleraba en el mismo grado que antes, pero resultaba que monsieur Tibault siempre estaba allí. Tenía la capacidad de aparecer de la nada —pese a su altura, caminaba con la delicadeza de una mariposa— y Tommy llegó a aborrecer ese sutil roce en la moqueta que anunciaba su presencia.

Y además, para colmo, ¡el hombre era tan templado, tan infernal e impasiblemente templado! Nunca perdía los estribos, nunca se ruborizaba. Trataba a Tommy con un civismo ejemplar y, sin embargo, en el fondo sus ojos se burlaban de él, y Tommy no podía hacer nada para evitarlo. Y, poco a poco, la princesa se sintió cada vez más atraída hacia aquel extranjero, en una silenciada comunión que apenas precisaba del habla... Y eso también era algo que Tommy advertía y aborrecía, algo que, de nuevo, no podía solucionar.

Empezó a sentirse atormentado no solo por el monsieur Tibault de carne y hueso, sino también por el espíritu de monsieur Tibault. Dormía mal y, cuando lograba conciliar el sueño, soñaba... con monsieur Tibault, quien ya no era un hombre sino una sombra, un espectro, el grácil fantasma de un animal cuyas palabras salían como ronroneos entre afilados dientes en punta. Sin duda había algo extraño en toda la silueta del tipo —su fluida naturalidad, la forma de la cabeza, incluso el corte de sus uñas—, pero por mucho que lo intentara, Tommy no lograba averiguar qué era, ni aunque se esforzara por hacer conjeturas. Y cuando, de una vez por todas, dio en el clavo, al principio se negó a creerlo.

Un par de pequeños incidentes lo llevaron a decidirse, por fin, en contra de toda razón. Había ido a casa de la señora Dingle una tarde de invierno con la esperanza de encontrar allí a la princesa. Esta había salido con la tía de él, pero tenían previsto volver para la hora del té, así que a Tommy se le ocurrió ir a la biblioteca para hacer tiempo mientras la esperaba. Estaba a punto de encender la luz, porque la biblioteca de su tía siempre estaba en penumbra, incluso en verano, cuando oyó una ligera respiración que parecía proceder del sillón de piel que había en un rincón. Se aproximó con cautela y, entre las sombras, advirtió la forma de monsieur Tibault, acurrucado en el sillón, durmiendo como un bendito.

La estampa irritó a Tommy, así que soltó un juramento en voz baja y regresó a la puerta con intención de irse; pero, entonces, esa sensación que todos conocemos y odiamos, la sensación de que unos ojos que no podemos ver nos vigilan, se apoderó de él. Se dio la vuelta: monsieur Tibault no había movido ni un solo músculo del cuerpo en apariencia..., pero ahora tenía los ojos abiertos. Y esos ojos ya no eran negros ni humanos. Eran verdes... Tommy lo habría jurado... y habría jurado que no tenían fondo y que relucían como pequeñas esmeraldas en la oscuridad. Solo fue un momento, pues Tommy apretó el interruptor de la luz de forma automática, y entonces vio a monsieur Tibault, su ser normal, bostezando discretamente y disculpándose con mucha educación, pero ese instante bastó para darle tiempo a pensar a Tommy. Y lo que ocurrió un poco después tampoco sirvió para apaciguar su mente.

Habían encendido el fuego y estaban hablando delante de la chimenea, pero Tommy había cogido tanta manía a monsieur Tibault que sentía esa inexplicable atracción hacia su compañía que a menudo ocurre en esos casos. Monsieur Tibault le contó una anécdota y Tommy lo odió todavía más por deleitarse con un placer tan evidente ante el calor de las llamas y las ondas de su propia voz.

Entonces oyeron que se abría la puerta de la calle y monsieur Tibault dio un respingo... Y al saltar, se le enganchó un calcetín en una punta afilada de la pantalla protectora de cobre y se hizo un jirón en el tejido. Tommy bajó la mirada de forma mecánica hacia el calcetín roto —apenas duró un segundo, pero fue suficiente—, y entonces monsieur Tibault, por primera vez en presencia de Tommy, perdió los estribos por completo. Se puso a perjurar en una lengua extranjera llena de oclusivas —con el rostro distorsionado de repente—, se tapó el calcetín con la mano. Acto seguido, con una mirada furiosa hacia Tommy, prácticamente salió de un brinco de la sala y Tommy oyó cómo bajaba las escaleras con saltos largos y ágiles.

Tommy se desplomó en un sillón, sin importarle por una vez el oír la discreta risa de la princesa en el salón. No quería ver a la princesa. No quería ver a nadie. Algo le había sido revelado cuando monsieur Tibault se había hecho ese jirón en el calcetín... y no era la piel de un hombre. Tommy había atisbado... un pelaje negro. Terciopelo negro. Y entonces había sido cuando monsieur Tibault había estallado en cólera. Santo Dios... ¿Acaso el hombre llevaba unos calcetines de terciopelo debajo de los calcetines normales? ¿O acaso era..., acaso era...? Al llegar a ese punto, Tommy apoyó la cabeza febril en las manos.

Aquella noche fue a ver al profesor Tatto para hacerle unas cuantas preguntas hipotéticas, pero dado que no se atrevía a confesarle al profesor sus sospechas reales, las respuestas hipotéticas que recibió solo sirvieron para confundirlo todavía más. Entonces pensó en Billy Strange. Billy era de buena pasta y su mente tenía un punto retorcido. Tal vez Billy fuera capaz de ayudarlo.

No consiguió localizar a Billy en tres días y vivió ese intervalo en una fiebre de impaciencia. Pero por fin cenaron juntos en el apartamento de Billy, donde tenía sus libros raros, y Tommy pudo soltarle todo el batiburrillo de sospechas.

Billy lo escuchó sin interrupción hasta que Tommy hubo terminado. Entonces dio una calada a la pipa.

—Pero, querido amigo... —dijo, reticente.

—Ay, ya lo sé, ya lo sé... —dijo Tommy, y meneó las manos—. Sé que estoy loco... No hace falta que me lo diga... Pero se lo aseguro, ese hombre es a la vez un gato... No, no entiendo cómo puede ser, pero lo es... Porque a ver, para empezar, ¡todo el mundo sabe que tiene cola!

—Aun así —dijo Billy, y sacó el humo—. Ay, mi querido Tommy, no dudo de que vio, o creyó ver, todo lo que dice. Pero aun así...

Billy negó con la cabeza.

—Pero ¿qué me dice de todos esos pájaros, de los hombres lobo y esas cosas? —preguntó Tommy.

Billy parecía dubitativo.

—Bueeeeno —admitió—, ahí me ha pillado, claro. Por lo menos... es posible que exista un hombre con cola. Y las historias sobre hombres lobo se remontan en el tiempo, así que... bueno, no entraré en si han existido o no hombres lobo..., aunque claro, yo soy propenso a creer más cosas que la mayoría de la gente. Pero un hombre gato... O un hombre que es un gato y un gato que es un hombre... Sinceramente, Tommy...

—Si alguien no me da un buen consejo, me voy a volver loco. Por el amor de Dios, ¡dígame qué debo hacer!

—Déjeme pensar —dijo Billy—. En primer lugar, ¿está cien por cien seguro de que ese hombre es...?

—Un gato. Sí. —Tommy asintió con la cabeza con mucho ímpetu.

—De acuerdo. Y, en segundo lugar, y no se ofenda, Tommy, ¿teme que esa joven de la que está usted enamorado tenga, eh, por lo menos algún rasgo de... felinidad... y que por eso se sienta atraída hacia él?

—¡Ay, Señor! ¡Ojalá lo supiera, Billy!

—Bueno, eh, suponiendo que ella fuera también, ya sabe... ¿Seguiría amándola?

—¡Me casaría con ella aunque se transformara en dragón todos los miércoles! —exclamó Tommy con fervor.

Billy sonrió.

—Ajá… Entonces la opción más obvia es deshacerse del tal monsieur Tibault. Déjeme pensar.

Pensó durante lo que duraron dos pipas llenas mientras Tommy intentaba mantener la compostura. Luego, por fin, se echó a reír.

—¿Qué es lo que le hace tanta gracia, maldita sea? —dijo Tommy, ofendido.

—Nada, Tommy, solo que se me ha ocurrido una treta… Algo de lo más temerario… Pero si es…, eh…, lo que usted cree que es, podría funcionar…

Entonces se dirigió a la librería y sacó un libro.

—Si cree que va a tranquilizarme leyéndome un cuento para dormir…

—Calle, Tommy, y escúcheme… si de verdad quiere librarse de su amigo felino.

—¿De qué se trata?

—Es el libro de Agnes Repplier. Sobre gatos. Escuche. «También hay una versión escandinava de la famosísima historia que sir Walter Scott le contó a Washington Irving, que el monje Lewis le contó a Shelley y que, de un modo u otro, encontramos representada en el folclore de todos los países». Y ahora, Tommy, preste atención: «La historia de un viajero que vio dentro de una abadía en ruinas una procesión de gatos, que se agachaban ante un pequeño ataúd con una corona encima. Sobrecogido por el horror, se alejó a toda prisa del lugar; pero cuando llegó a su destino, no pudo evitar relatarle a un amigo lo que había visto. En cuanto terminó la historia, el gato de su amigo, que estaba acurrucado tranquilamente junto al fuego, se incorporó de un salto y exclamó: «¡Entonces yo soy el rey de los gatos!». Y desapareció raudo como el rayo por la chimenea». ¿Y bien? —preguntó Billy mientras cerraba el libro.

—¡Ay, madre! —dijo Tommy mirándolo a los ojos—. ¡Ay, madre! ¿Cree que cabe la posibilidad…?

—Creo que ambos estamos locos de atar. Pero si quiere probarlo…

—¡Probarlo! Se lo soltaré la próxima vez que lo vea. Pero… un momento…, no puedo decir que lo vi en una abadía en ruinas…

—¡Vamos, use la imaginación! Diga que fue en Central Park… Donde sea. Cuéntelo como si le hubiera ocurrido a usted… Que vio el cortejo fúnebre y todo eso. Puede sacar el tema de alguna manera... A ver... No sé, empiece con una generalización tipo... Ya sé: «Qué curioso cómo la realidad a veces imita a la ficción. ¿Sabe que, ayer mismo...?». ¿Qué le parece?

—Qué curioso cómo la realidad a veces imita a la ficción —repitió Tommy como un alumno aplicado—. ¿Sabe que, ayer mismo...?

—Resulta que estaba paseando por Central Park cuando vi algo de lo más peculiar.

—Resulta que estaba paseando por... Vamos, ¡deme ese libro! —exclamó Tommy—. ¡Quiero aprendérmelo de memoria!

Todo el mundo esperaba con gran expectación la cena de despedida que la señora Dingle había organizado para el famoso monsieur Tibault, con ocasión del final de su gira por Occidente. No solo estaría allí todo el mundo, incluida la princesa Vivrakanarda, sino que la señora Dingle, la mejor amiga de las insinuaciones, había dejado caer que durante la velada haría un anuncio de sumo interés para los miembros de la asociación teatral. Debido a eso, todo el mundo llegó casi a la hora convenida, salvo Tommy. Él llegó por lo menos un cuarto de hora antes, pues quería mantener una conversación a solas con su tía. Por desgracia, sin embargo, apenas había tenido tiempo de quitarse el abrigo cuando la mujer se puso a susurrarle una noticia al oído a tal velocidad que le costó entender una palabra.

—¡Y no digas ni mu a nadie! —concluyó su tía, con una sonrisa de oreja a oreja—. Me refiero a que no lo desveles antes del anuncio oficial... Creo que lo diremos cuando sirvan la ensalada... La gente nunca presta demasiada atención a la ensalada...

—¿Que no diga el qué, tía Emily? —preguntó Tommy, confundido.

—La princesa, cariño... La querida princesa y monsieur Tibault... acaban de comprometerse esta misma tarde, ¡qué par de tortolitos! ¿A que es fascinante?

—Sí —dijo Tommy, y se puso a andar como un alma en pena hacia la puerta más cercana. Su tía lo retuvo.

—No vayas ahí, querido... A la biblioteca no. Ya les darás la enhorabuena más tarde. Ahora están pasando un ratito a solas, como los enamorados...

Y entonces se dio la vuelta para azuzar al mayordomo. Tommy se quedó estupefacto.

Pero al cabo de un momento levantó la barbilla. Todavía no lo habían derrotado.

—Qué curioso cómo la realidad a veces imita a la ficción —se repitió en voz baja en un aburrido repaso mnemotécnico. Y, mientras tanto, llamó con los nudillos a la puerta de la biblioteca.

La señora Dingle se equivocaba, como de costumbre. La princesa y monsieur Tibault no estaban en la biblioteca: estaban en la galería, como descubrió Tommy cuando deambuló sin rumbo y cruzó las puertas acristaladas.

No tenía intención de mirar y, al cabo de un segundo, apartó la vista. Pero ese segundo fue suficiente.

Tibault estaba sentado en una silla y ella estaba acuclillada en un taburete a su lado, mientras él le acariciaba con movimientos suaves y dulces la melena castaña. Un gato negro y una gatita siamesa. La joven tenía la cara oculta, pero Tommy logró ver el rostro de Tibault. Y los oyó.

No estaban hablando, pero intercambiaban sonidos. Era un sonido cálido y contenido, como el murmullo de unas abejas gigantes en un árbol hueco..., un rumor dorado y musical, gutural, que salía de los labios de Tibault y recibía la respuesta de los de ella..., un ronroneo dorado.

Tommy volvió a la sala de estar sin saber cómo, le estrechó la mano a la señora Culverin, quien dijo, con sinceridad, que pocas veces lo había visto tan pálido.

Los primeros dos platos de la cena se le pasaron a Tommy como una ensoñación, pero la bodega de la señora Dingle era admirable y, en mitad del plato de la carne, empezó a sentirse él mismo de nuevo. Ahora solo tenía un cometido.

Durante unos momentos trató de entrar en la conversación por todos los medios, pero la señora Dingle estaba hablando, e incluso al arcángel Gabriel le habría costado interrumpir a esa dama. No obstante, al final tuvo que detenerse para respirar y Tommy vio su oportunidad.

—A propósito —dijo Tommy para meter baza, pero sin saber en absoluto a qué se refería—. A propósito...

—Como iba diciendo —intervino el profesor Tatto. Pero Tommy no pensaba rendirse. Estaban retirando los platos. Era el momento de la ensalada.

—A propósito —repitió, en voz tan alta e inusual en él que la señora Culverin dio un respingo y toda la mesa murmuró incómoda—. Qué curioso cómo la realidad a veces imita a la ficción. —Entonces, cogió carrerilla. Subió la voz todavía más—. Pues resulta que ayer mismo estaba paseando por... —Y, palabra por palabra, repitió su lección. Advirtió cómo Tibault clavaba la mirada en él mientras describía el funeral. Vio a la princesa, tensa.

No habría sabido decir qué esperaba que sucediera al llegar al final del relato; pero, desde luego, no era el recibir aquel silencio aburrido, por parte de todos, seguido del ácido comentario de la señora Dingle:

—Vaya, Tommy, ¿y eso es todo?

El joven se desplomó de nuevo en la silla, con el corazón encogido. Era idiota y su última baza había fracasado. Como amortiguada, oyó la voz de su tía, que decía:

—Bueno, pues...

Entonces supo que estaba a punto de comunicar el fatal anuncio.

Pero justo en ese momento habló monsieur Tibault.

—Un momento, señora Dingle —dijo, con suma educación, y la mujer se calló. El director de orquesta miró a Tommy.

—¿Supongo que está... seguro de lo que ha visto esta tarde, Brooks? —comentó con un tono algo burlón.

—Absolutamente seguro —dijo Tommy de mal humor—. ¿Cree que iba a...?

—No, no, no. —Monsieur Tibault desdeñó esa insinuación—. Pero... una historia tan interesante... Es bueno asegurarse de los detalles... Y, claro, usted está seguro..., más que seguro..., ¿de que la corona que ha descrito estaba encima del ataúd?

—Por supuesto —dijo Tommy, sin acabar de entenderlo—. Pero...

—¡Entonces, yo soy el rey de los gatos! —exclamó monsieur Tibault con voz de trueno y, mientras lo decía, las luces de la casa parpadearon, se oyó una especie de explosión amortiguada, como si estuviera envuelta en algodón, procedente del balcón principal, y la escena se iluminó un segundo por un estallido de luz doloroso y arrasador que se desvaneció en un instante y fue seguido de unas nubes densas y cegadoras de intenso humo blanco.

—¡Ay, esos horrendos fotógrafos! —se oyó la voz de la señora Dingle en un melodioso lamento—. Les dije que no hicieran la foto con flash hasta después de la cena ¡y se les ha ocurrido hacerla justo cuando daba un mordisco a la lechuga!

Alguien soltó una risita nerviosa. Alguien tosió. Luego, gradualmente los velos de humo se disiparon y los puntos verdes y negros que nublaban los ojos de Tommy se esfumaron.

Todos se miraban unos a otros parpadeando mucho, como si acabasen de salir de una cueva a la intensa luz del sol. Los ojos todavía les escocían por la ferocidad de esa abrupta iluminación y a Tommy le costaba distinguir las caras de las personas sentadas a la mesa enfrente de él.

La señora Dingle se puso al mando de la compañía medio cegada, pero con su compostura habitual. Se levantó con la copa en la mano.

—Y ahora, amigos míos —dijo con voz firme—, estoy segura de que todos nos alegramos mucho de…

En ese momento se detuvo, boquiabierta, con una expresión de incrédulo horror en las facciones. La copa levantada empezó a derramar el contenido sobre el mantel en un arroyuelo color ámbar. Mientras hablaba, había vuelto la cabeza para mirar justo el asiento que ocupaba monsieur Tibault en la mesa…, pero monsieur Tibault ya no estaba allí.

Hay quien dice que se había transformado en un fogonazo de fuego que había desaparecido por la chimenea, hay quien dice que era un gato gigante que se había escapado por la ventana de un salto, sin romper el cristal. El profesor Tatto lo atribuye a una misteriosa peculiaridad química que solo afectó a la silla de monsieur Tibault. El mayordomo, que es muy piadoso, cree que el demonio en persona huyó con él, y la señora Dingle duda entre la brujería y un ectoplasma malicioso que se había desmaterializado en el plano cósmico equivocado. Pero sea como sea, de lo que no cabe duda es de que, en el instante de oscuridad ficticia que siguió al resplandor del relámpago, monsieur Tibault, el gran director de orquesta, desapareció para siempre de la vista mortal, con cola y todo.

La señora Culverin jura que era un ladrón internacional y que ella estaba a punto de desenmascararlo cuando se escabulló aprovechando el humo cegador, pero ningún otro comensal de aquella histórica cena cree su versión. No, no existen explicaciones sensatas, pero Tommy tiene la impresión de saberlo, y jamás será capaz de pasar por delante de un gato sin volver a preguntárselo.

La señora Tommy opina casi lo mismo que su marido sobre los felinos (se trata de Gretchen Woolwine, de Chicago), pues Tommy le contó su versión de los hechos, y aunque ella desconfía de la mayor parte del relato, por dentro no le cabe duda de que una persona implicada en la historia sí era un auténtico gato. Por supuesto, habría sido más romántico relatar que el atrevimiento de Tommy le sirvió para ganarse por fin el amor de la princesa; pero, por desgracia, no sería veraz. Porque la princesa Vivrakanarda tampoco está ya entre nosotros. A causa de los nervios destrozados por el espectacular desenlace de la cena ofrecida por la señora Dingle, tuvo que emprender un viaje por mar, y nunca ha vuelto a Estados Unidos.

Como es natural, corren las típicas historias —hay quien dice que ahora es monja en un convento de Siam, o una bailarina enmascarada del café-teatro Le Jardin de ma Soeur, hay quien dice que la asesinaron en la Patagonia o que se casó en Trebizond—, pero, que se haya podido demostrar, ninguna de esas llamativas fábulas tiene la menor base factual. Creo que Tommy, en el fondo de su corazón, está bastante convencido de que la travesía fue solo un pretexto y que, por algún método desconocido, logró reunirse con el formidable monsieur Tibault, donde sea que esté en el mundo de lo visible o de lo invisible... En realidad, cree que en alguna ciudad en ruinas o en algún palacio subterráneo, ahora reinan juntos, el rey y la reina del misterioso Reino de los Gatos. Pero eso, por supuesto, es casi imposible.

EL GATO CON BOTAS

CHARLES PERRAULT

Un molinero dejó por toda herencia a sus tres hijos su molino, su asno y su gato. La partición fue cosa fácil, y no hizo falta llamar a ningún notario ni procurador, pues con ello habrían dilapidado el escaso patrimonio. El hermano mayor se quedó con el molino; el segundo, con el asno, y el tercero, con el gato.

El menor de los tres hermanos no podía consolarse por haber recibido tan pobre herencia.

—Mis hermanos —decía— podrán ganarse honradamente la vida trabajando juntos, pero yo, una vez que me haya comido el gato y me haya hecho un manguito con su piel, tendré que morirme de hambre.

El gato, que escuchaba este razonamiento sin darlo a entender, le habló en tono serio y reposado:

—No os aflijáis, mi amo. Basta con que me deis un saco y me encarguéis un par de botas para caminar por la maleza, y veréis como no os ha correspondido la peor parte.

Aunque el dueño del gato no confiase demasiado en él, le había visto desarrollar tantas habilidades increíbles e inventar tales ardides para cazar ratas y ratones —como colgarse de las patas y esconderse en la harina haciéndose el muerto— que no dudó de que le ayudaría a salir de su miseria.

Cuando el gato consiguió lo que había pedido, se calzó las botas con elegancia y, echándose el saco al hombro, tomó los cordones y se fue a un coto donde había gran cantidad de conejos. Puso hierbas y cereales en el saco y, haciéndose el muerto, esperó que algún gazapo joven e inexperto se metiera en el saco para comer lo que en él había puesto.

Aún no había terminado de tumbarse cuando su trampa surtió efecto: un imprudente gazapo se había metido en el saco, y maese Gato tiró de los cordones, lo atrapó y lo mató sin compasión.

Muy ufano con su presa, se dirigió a palacio y pidió recepción con el rey. Lo hicieron subir a la habitación del monarca, a quien le hizo una profunda reverencia al entrar, mientras se dirigía a él en los siguientes términos:

—Aquí os ofrezco, señor, un conejo de monte que el señor marqués de Carabás —ese era el nombre que se le antojó dar a su amo— me ha encargado que os ofrezca de su parte.

—Dile a tu amo —contestó el rey— que le doy las gracias y que su presente me place en gran manera.

Se escondió de nuevo en los trigales, siempre con el saco abierto. Cuando hubieron entrado en él dos perdices, tiró de los cordones y las atrapó. Fue enseguida a ofrecérselas al rey, como había hecho con el conejo de monte. El rey complacido las recibió y mandó que le diesen una recompensa.

Durante los siguientes dos o tres meses, el gato siguió llevándole de tanto en tanto al rey las piezas que, según decía, había cazado su amo el marqués. Un día se enteró de que el rey iría a pasear a orillas del río con su hija, que era la princesa más hermosa del mundo, y le dijo a su amo:

—Si queréis seguir mis consejos, vuestra fortuna está hecha. No tenéis más que bañaros en el río, donde yo os indique, y luego dejarme hacer a mí.

El supuesto marqués de Carabás hizo lo que su gato le aconsejaba, sin saber de qué le serviría. Mientras estaba bañándose, acertó a pasar el rey, y el gato se puso a gritar con todas sus fuerzas:

—¡Socorro, socorro, el señor marqués de Carabás se está ahogando!

Al oír los gritos, miró el rey por la portezuela y, reconociendo al gato que le había llevado caza tantas veces, ordenó a sus guardias que acudieran en auxilio del señor marqués de Carabás.

Mientras sacaban del río al marqués, el gato se acercó a la carroza y le dijo al rey que, mientras su amo se estaba bañando, unos ladrones le habían quitado el vestido, a pesar de que él había gritado «¡Al ladrón!» con todas sus fuerzas. El muy tuno lo había escondido debajo de una enorme piedra.

El rey ordenó enseguida a los oficiales de su guardarropa que fueran a buscar uno de sus trajes más hermosos para el señor marqués de Carabás.

Su majestad lo colmó de halagos, y como el rico vestido que acababan de darle realzaba su buena figura (pues el molinero era guapo y buen mozo), la hija del rey lo encontró de su agrado y, en cuanto el señor marqués le dirigió dos o tres miradas tiernas, aunque respetuosas, se enamoró locamente de él.

El rey se empeñó en que subiera a la carroza para llevarlos de paseo. El gato, encantado al ver el éxito de sus planes, tomó la delantera. Encontró a unos campesinos que estaban cortando la hierba de un prado y les dijo:

—Buenas gentes que estáis cortando hierba, si no le decís al rey que este prado pertenece al marqués de Carabás, os matarán y os harán picadillo. Lo sé de buena tinta.

El rey no dejó de preguntar a los trabajadores de quién era el prado cuya hierba cortaban.

—Es del señor marqués de Carabás —contestaron todos a la vez, pues la amenaza del gato los había atemorizado.

—Hermosa heredad tenéis ahí —le dijo el rey al marqués de Carabás.

—Bien lo veis, señor —respondió el marqués—. Este prado me da todos los años un buen rendimiento.

Maese Gato, que iba siempre por delante de la comitiva, encontró a unos segadores y les dijo:

—Buenas gentes que segáis, si no decís que ese trigal pertenece al señor marqués de Carabás os matarán y os harán picadillo.

El rey, que pasó al cabo de un rato, quiso saber a quién pertenecían aquellos trigales que veía.

—Son del señor marqués de Carabás —contestaron los segadores, y de nuevo el rey lo celebró con el marqués.

El gato, que iba delante de la carroza, decía siempre lo mismo a todos quienes se encontraba; y el rey estaba asombrado de las inmensas riquezas que poseía el marqués de Carabás.

Maese Gato llegó por fin a un hermoso castillo cuyo dueño era un ogro, y era el más rico que pudo verse jamás, pues todas las tierras que había cruzado el rey dependían de ese castillo. El gato, que había procurado informarse de quién era el ogro y de sus habilidades, solicitó hablar con él, diciéndole que no quería pasar tan cerca de su castillo sin tener el honor de presentarle sus respetos.

El ogro lo recibió con toda la cortesía de que es capaz un ogro y lo invitó a sentarse.

—Me han asegurado —dijo el gato— que poseéis el don de transformaros en toda clase de animales; que podéis, por ejemplo, convertiros en león o en elefante. ¿Es verdad?

—Es verdad —contestó bruscamente el ogro—, y, para demostrároslo, veréis cómo me convierto en león.

El gato sintió tanto terror al ver un león que se encaramó hasta el tejado, no sin peligro a causa de sus botas, que no valían para andar por las tejas.

Pasados unos momentos, se percató de que el ogro había recobrado su primitiva forma, de modo que bajó y confesó que se había asustado mucho.

—Me han asegurado también —dijo el gato—, pero eso no puedo yo creerlo, que poseéis asimismo la facultad de tomar la forma de los más pequeños animales, por ejemplo, de una rata o de un ratón, pero os confieso que eso me parece por completo imposible.

—¿Imposible? —replicó el ogro—. Ahora veréis.

Y acto seguido se convirtió en un ratón que echó a correr por el suelo. En cuanto el gato vio al ratón, se arrojó sobre él y se lo comió.

Mientras tanto, el rey, que vio al pasar el hermoso castillo del ogro, quiso entrar en él. Al oír el gato el ruido de la carroza que cruzaba el puente levadizo, acudió a su encuentro y dijo al rey:

—Sea bienvenida vuestra majestad al castillo del marqués de Carabás.

—¡Cómo, señor marqués! —exclamó el rey—. ¿También es vuestro este castillo? Sin duda, no se hallaría nada más hermoso que este patio y cuantos edificios lo rodean. Veamos ahora el interior, si os place.

El marqués le dio la mano a la joven princesa y, siguiendo al rey, que subía al frente de todos, entraron en un gran salón donde estaba servido un espléndido festín. El ogro lo había mandado preparar para unos amigos que debían ir a verlo aquel día, pero que no se habían atrevido a entrar al saber que estaba allí el rey.

Este, encantado de las excelentes cualidades del marqués de Carabás, lo mismo que su hija, que estaba locamente enamorada de él, y viendo las grandes riquezas que poseía, le dijo, después de beber cinco o seis tragos:

—Solo depende de vos, señor marqués, el que seáis mi yerno.

El marqués, haciendo una profunda reverencia, aceptó el honor que el rey le otorgaba, y antes de que anocheciera se casó con la princesa.

El gato se convirtió en un gran señor, y si a veces corría aún detrás de los ratones, era tan solo por divertirse.

MORALEJA
Aunque ventajosos
bienes heredamos
por suerte venidos
de padres y abuelos,
comúnmente al joven
industria y talento
al éxito llevan
mejor que el dinero.

OTRA MORALEJA
Si un molinerito
con tanta presteza
sabe enamorar
a una alta princesa,
cuyos dulces ojos
bellos cual estrellas,
lánguidos lo siguen
y nunca le dejan,
mucho debe al traje,
la buena presencia
y la gallardía
de una gran belleza.

EL GATO DE DICK BAKER

MARK TWAIN

Uno de los camaradas que allí tuve —otra víctima de dieciocho años de arduo trabajo sin recompensa y esperanzas frustradas— era una de las almas más afables que jamás hayan acarreado pacientemente su cruz en un fatigoso exilio: el adusto y sencillo Dick Baker, buscador de oro en el barranco del Caballo Muerto. Contaba cuarenta y seis años y era gris como una rata, serio, meditabundo, de exigua educación y atuendo desgarbado, y siempre iba tiznado de barro, pero su corazón estaba hecho de un metal más valioso que todo el oro que su pala nunca sacara a la luz; en realidad, más que todo el oro que nunca se haya extraído o acuñado.

Cuando le fallaba la suerte o se desanimaba un poco, le daba por lamentarse de la pérdida de un gato que había tenido (pues allí donde no hay mujeres ni niños, los hombres de gentiles impulsos se encariñan con mascotas, ya que necesitan un objeto de su amor). Y siempre que hablaba de su extraña sagacidad, lo hacía con el aire de un hombre que en lo más profundo de su ser creía que aquel gato tenía algo de humano, quizá incluso de sobrenatural.

En una ocasión le oí hablar de ese animal. Esto fue lo que dijo:

—Caballeros, antaño tuve aquí un gato de nombre Tom Cuarzo que creo que habría despertado su interés, como se lo despertaría a casi todo el mundo. Lo tuve ocho años conmigo y era el gato más extraordinario que he visto en la vida. Era un macho grande y gris, y tenía un sentido común más afilado y natural que todos los hombres de este campamento, y tanta dignidad que ni al gobernador de California le habría permitido tomarse ciertas confianzas con él. En toda su vida cazó una sola rata; parecía estar por encima de eso. Nunca le interesó nada que no fuera la minería. Ese gato sabía más de minería que ningún hombre de cuantos he conocido. Nada cabía explicarle sobre batear en ríos ni sobre la prospección de bolsas: eso era justo para lo que había nacido. Escarbaba con Jim y conmigo cuando hacíamos catas en las colinas, y era capaz de seguirnos trotando a lo largo incluso de ocho kilómetros, si nos alejábamos tanto. Tenía además un olfato insuperable para los terrenos; nunca han visto nada igual. Cuando íbamos a trabajar, echaba un vistazo alrededor, y si los indicios no le convencían, nos lanzaba una mirada como diciendo: «Bien, van a tener que excusarme», y sin mediar palabra alzaba el morro y emprendía el camino de vuelta a casa. Pero si el terreno le complacía, se tumbaba con aire sombrío hasta que lavábamos la primera batea; entonces se incorporaba furtivamente y miraba. Con que hubiera seis o siete pepitas de oro se daba por satisfecho —no aspiraba a una prospección mejor—, y luego se tumbaba sobre nuestras chaquetas y roncaba como un barco de vapor hasta que encontrábamos la bolsa, tras lo cual se levantaba y nos supervisaba. Para eso era como un rayo.

»Bien, pues al poco tiempo llegó la fiebre del cuarzo. Todo el mundo se lanzó a ella: todos cavaban y barrenaban en lugar de palear la tierra en la ladera de la colina; todos abrían pozos en lugar de escarbar en la superficie. Jim era muy contrario a eso, pero también nosotros teníamos que abordar esas vetas, y así lo hicimos. Nos dispusimos a abrir un pozo, y Tom Cuarzo empezó a preguntarse de qué demonios iba todo aquello. Nunca había visto excavar de esa manera y estaba disgustado, por así decirlo: no encontraba modo alguno de comprenderlo, era demasiado para él. Y lo detestaba, no les quepa duda, ¡lo detestaba con todas sus fuerzas!; siempre dio la impresión de considerarlo la más fastidiosa de las estupideces. Claro que ese gato solía oponerse a las prácticas modernas, ¿saben?, era como si no las soportara; ya conocen lo que ocurre con las viejas costumbres. Pero al poco tiempo, Tom Cuarzo pareció reconciliarse un poco, aunque nunca consiguió entender en absoluto aquel eterno abrir pozos sin obtener fruto alguno. Al final se decidió a bajar con nosotros al nuestro para intentar descifrar el enigma. Y cuando se sentía triste, sucio, agraviado o asqueado —sabedor como era de que las deudas no dejaban de aumentar y que no estábamos ganando ni un centavo—, se ovillaba encima de un saco de arpillera y se ponía a dormir. Bien, pues un día, cuando el pozo ya tenía unos dos metros y medio de profundidad, la roca se volvió tan dura que tuvimos que recurrir a un barreno; era el primero que utilizábamos desde que Tom Cuarzo había nacido. Prendimos la mecha, trepamos hasta la salida, nos alejamos unos cuarenta y cinco metros... y olvidamos que habíamos dejado a Tom Cuarzo dormido como un tronco en el saco de arpillera. Al cabo de un minuto más o menos vimos una fumarola brotar de la boca del pozo, y luego todo cedió con un estrépito angustioso. Unos cuatro millones de toneladas de roca, tierra, humo y esquirlas estallaron en el aire y ascendieron más de un kilómetro, y, ¡diantre!, justo en medio de todo eso estaba el viejo Tom Cuarzo girando sobre sí mismo, estornudando, bufando, sacando las zarpas e intentando agarrarse a algo como un poseso. Pero de nada le valió, ¿saben?, de nada le valió. Eso fue lo último que vimos de él durante unos dos minutos y medio; luego, de pronto, empezó a caer una lluvia de piedras y escombros, y él aterrizó directo, ¡catapum!, a unos tres metros de donde yo me encontraba. Bien, creo que en ese momento era la bestia con el aspecto más zarrapastroso que jamás hayan visto. Tenía una oreja en el cogote, la cola de punta y las pestañas chamuscadas, y estaba ennegrecido por la pólvora y el humo, y pringoso de extremo a extremo por el barro y la aguanieve. Verán, no tenía sentido intentar disculparse: éramos incapaces de pronunciar palabra. El gato se miró con un semblante como de repulsión y luego nos miró a nosotros, exactamente como si dijera: "Caballeros, tal vez les parezca astuto aprovecharse de un gato que carecía de experiencia en la extracción de cuarzo, pero yo soy de otra opinión", y acto seguido se dio media vuelta y se encaminó a casa sin más mediar.

»Así era él. Y es probable que no me crean, pero después de eso no se ha conocido un gato tan prejuiciado contra la extracción del cuarzo como él. Al poco tiempo se animó a volver a bajar al pozo, y su sagacidad les habría dejado perplejos. En cuanto cogíamos un barreno y la mecha empezaba a crepitar, nos dirigía una mirada que decía: "Bien, van a tener que excusarme", y era sorprendente verle salir de aquel agujero como alma que lleva el diablo y trepar a un árbol. ¿Sagacidad? No, no tengo apelativo para eso. ¡Era pura inspiración!

—Bueno, señor Baker —le dije—, sus prejuicios contra la extracción de cuarzo llaman la atención, teniendo en cuenta cómo le sobrevinieron. ¿Consiguió curarle de ellos?

—¿Curarle? ¡No! Si Tom Cuarzo se escaldaba una vez, escaldado quedaba de por vida..., y ya podía uno intentar reñirle y convencerle tres millones de veces: era imposible liberarlo de sus condenados prejuicios contra la extracción del cuarzo.

EL PARAÍSO DE LOS GATOS

ÉMILE ZOLA

Una tía me legó un gato de Angora, que es la más estúpida bestia que yo conozco. Esto es lo que me contó mi gato una tarde de invierno, delante de las cenizas calientes.

I

Tenía yo por entonces dos años, y era el gato más gordo e ingenuo que cabía ver. A esa tierna edad, aún mostraba toda la presunción de un animal que desdeña las dulzuras del hogar. Y, sin embargo, ¡cuántas gracias no debía yo a la Providencia por haberme colocado en casa de su tía! La buena mujer me adoraba. Tenía, en el fondo de un armario, un verdadero dormitorio, un cojín de pluma y triple manta. La comida valía lo que la yacija; nunca pan, nunca sopa, nada más que carne, una buena carne sanguinolenta.

Pues bien, en medio de estas dulzuras, no tenía más que un deseo, un sueño nada más: deslizarme por la ventana entreabierta y escapar a los tejados. Las caricias me parecían insípidas, la blandura de mi cama me producía náuseas, estaba tan gordo que me daba asco a mí mismo. Y durante todo el día me aburría de ser feliz.

Preciso es decirle que, estirando el cuello, había visto el tejado de enfrente desde la ventana. Cuatro gatos, aquel día, se peleaban en él con el pelaje erizado, la cola en alto, revolcándose sobre las pizarras azules, a plena luz del día, con juramentos de alegría. Nunca había contemplado un espectáculo tan extraordinario. Desde aquel momento, mis creencias quedaron fijadas. La verdadera felicidad estaba en aquel tejado, tras aquella ventana tan cuidadosamente cerrada. Prueba de ello era para mí que cerraban del mismo modo las puertas de los armarios, tras las cuales se escondía la carne.

Establecí un plan de huida. Tenía que haber algo más en la vida que la carne sanguinolenta. Era lo desconocido, lo ideal. Un día, olvidaron cerrar la ventana de la cocina. Salté sobre un pequeño tejado que había debajo.

II

¡Qué bonitos eran los tejados! Los bordeaban amplios canalones, exhalando deliciosos aromas. Seguí voluptuosamente estos canalones, donde mis patas se hundían en un barro fino, que tenía una tibieza y una suavidad infinitas. Me parecía caminar sobre terciopelo. Y al sol el calor, un calor que fundía mi grasa, apretaba.

No le ocultaré que temblaba en todos mis miembros. Mi alegría no estaba exenta de espanto. Me acuerdo sobre todo de una terrible emoción que estuvo a punto de hacerme dar con mis huesos contra los adoquines. Tres gatos que rodaban por el caballete de una casa vinieron hacia mí, maullando espantosamente. Y viéndome desfallecer, me trataron de tontorrón, diciéndome que si maullaban era en son de broma. Empecé a maullar con ellos. Era algo encantador. Aquellos airosos mocetones no tenían mi estúpida gordura. Reíanse de mí cuando me deslizaba como una pelota sobre las planchas de zinc, recalentadas por el fuerte sol. Un viejo minino de la pandilla me tomó especial afecto. Se ofreció a darme una educación, cosa que yo acepté agradecido.

¡Ah, qué lejos estaba la vida muelle de su tía! Bebí de los canalones, y nunca la leche azucarada me había parecido tan dulce. Todo lo encontré bueno y hermoso. Pasó una gata, una gata encantadora, cuya simple vista me llenó de una emoción desconocida. Hasta entonces solo mis sueños me habían mostrado a estas criaturas exquisitas cuyo lomo es de una flexibilidad adorable. Mis tres compañeros y yo nos precipitamos al encuentro de la recién llegada. Yo me adelanté a los otros, y estaba a punto de presentar mis respetos a la adorable gata cuando uno de mis compañeros me mordió cruelmente en el cuello. Lancé un grito de dolor.

—Bah —dijo el viejo minino arrastrándome—, verás muchas más.

III

Al cabo de una hora de caminata, sentí un apetito feroz.

—¿Qué se come en los tejados? —le pregunté a mi amigo el minino.

—Lo que uno se encuentra —me respondió sabiamente.

Esta respuesta me incomodó, porque, por más que buscaba, no encontraba nada. Por fin, en una buhardilla, vi a una joven trabajadora preparándose la comida. Sobre la mesa, debajo de la ventana, había una bonita chuleta, de un rojo apetecible.

«Esta es la mía», pensé ingenuamente.

De un salto me planté encima de la mesa y cogí la chuleta. Pero la trabajadora me descubrió y me propinó en el espinazo un terrible escobazo. Solté la carne y salí huyendo, lanzando un juramento terrible.

—¿Así que recién llegado del pueblo? —me dijo el minino—. La carne que está sobre las mesas es para ser deseada de lejos. Es en los canalones donde hay que buscar.

Nunca pude entender por qué la carne de las cocinas no era para los gatos. Comenzaba a ladrarme el estómago seriamente. El minino acabó por desesperarme diciéndome que teníamos que esperar a que cayera la noche. Entonces descenderíamos a la calle y rebuscaríamos en los montones de basura. ¡Esperar a que se hiciera de noche! Y lo decía tan tranquilo, como un filósofo hecho a todo. Me sentí desfallecer, ante la sola idea de este ayuno prolongado.

IV

Llegó lentamente la noche, una noche de niebla en que me quedé helado. No tardó en caer la lluvia, fina y penetrante, azotada por repentinas ráfagas de viento. Descendimos por el ventanal de una escalera. ¡Qué fea me pareció la calle! No había nada del agradable calor, de ese espléndido sol, de los tejados blancos de luz donde solíamos revolcarnos tan deliciosamente. Mis patas resbalaban en el pavimento grasiento. Recordé con amargura mi triple manta y mi cojín de pluma.

Apenas llegamos a la calle, mi amigo el minino comenzó a temblar. Se hizo chiquito, chiquito, y se escabulló solapadamente a lo largo de las casas, diciéndome que lo siguiera lo más rápido posible. En cuanto encontró una puerta cochera, se refugió apresuradamente en ella, dejando escapar un ronroneo de satisfacción. Como le preguntara por la razón de su huida, me dijo:

—¿No viste a ese hombre con un cuévano y el gancho? —preguntó.

—Sí.

—Pues bien, de habernos visto, ¡nos habría aturdido de un golpe y comido asados!

—¡Comidos asados! Pero ¿no es nuestra la calle? ¡No se come, y encima se te comen!

V

Sin embargo, habían vaciado la basura delante de las puertas. Busqué entre los montones con desesperación. Me encontré con dos o tres delgados huesos que habían sido arrojados en las cenizas. Fue entonces cuando me di cuenta de lo suculenta que es la carne fresca. Mi amigo el gato escarbaba en la basura como un artista. Me tuvo corriendo hasta la mañana, visitando cada acera, sin ninguna prisa. Recibí la lluvia durante casi diez horas y todos mis miembros temblequeaban. Maldita calle, maldita libertad, ¡y cómo echaba de menos mi prisión!

A la luz del día, el minino, viendo que yo vacilaba, me preguntó extrañado:

—¿Ya has tenido bastante?

—Oh, sí —respondí.

—¿Quieres volver a tu casa?

—Por supuesto, pero ¿cómo puedo reencontrarla?

—Ven. Esta mañana, cuando te vi salir, me di cuenta de que un gato gordo como tú no estaba hecho para las ásperas alegrías de la libertad. Sé dónde vives y voy a dejarte en tu puerta.

Este digno minino se limitó a decirlo de forma simple y natural. Cuando hubimos llegado, dijo sin mostrar la menor emoción:

—Adiós.

—No —exclamé—, no es esta manera de separarse. Tú te vienes conmigo. Compartiremos la misma cama y la misma carne. Mi ama es una buena mujer...

No me dejó terminar.

—Cállate —dijo bruscamente—, tonto que eres. Me moriría en tu blanda tibieza. Tu vida de opulencia es buena para los gatos bastardos. Los gatos libres jamás comprarán al precio de una prisión tu gordura y tu cojín de pluma... Adiós.

Y volvió a subir a sus tejados. Vi su silueta alta y delgada estremecerse fácilmente con las caricias del sol naciente.

Cuando regresé, su tía cogió las disciplinas y me aplicó un correctivo que recibí con profunda alegría. Saboreé la voluptuosidad del calor y de ser golpeado. Mientras me azotaba, pensaba con deleite en la carne que me iba a dar a continuación.

VI

—Ya ve —concluyó mi gato tumbándose delante de las brasas—, la verdadera felicidad, el paraíso, mi querido amo, es estar encerrado y ser golpeado en una estancia donde hay carne.

Hablo por lo que se refiere a los gatos.

DE CÓMO UN GATO ENCARNÓ A ROBINSON CRUSOE

CHARLES G. D. ROBERTS

La isla era un mero banco de arena situado frente a una costa llana y rasa. Ni un triste árbol interrumpía su funesta planicie, ni siquiera un arbusto. Pero los tallos largos, ralos y granulosos del herbaje marismeño lo tapizaban todo por encima de la huella de la marea, y un delgado riachuelo de agua dulce, que fluía desde un manantial que había en su interior, trazaba una cinta de vegetación de un verde más fresco a través del gris amarillento, lóbrego y adusto de la hierba. Nadie habría elegido aquella isla como un lugar atractivo donde asentar un hogar, y sin embargo, en un punto del litoral donde las variables mareas nunca reposaban, se alzaba una espaciosa casa de campo, de una sola planta y con una amplia galería y un cobertizo achaparrado en la parte trasera. La única virtud de la que podía presumir aquel trecho de arena repelida por el mar era la bonanza de sus temperaturas. Cuando el calor sofocaba la tierra firme vecina, día y noche por igual, bajo un sol implacable, en la isla siempre soplaba una brisa fresca. Por ello, un astuto ciudadano se había apropiado de aquel expósito marino y construido allí su casa de estío, donde los tonificantes aires conseguían devolver el tono rosado a las pálidas mejillas de sus hijos.

La familia llegó a la isla a finales de junio y se marchó la primera semana de septiembre, no sin antes cerrar todas las puertas y ventanas de la casa y del cobertizo y asegurarlas con cerrojo o tranca, en previsión de las tormentas del invierno. Una barca holgada, con dos pescadores a los remos, los transportó a lo largo de la media milla de veloces mareas que los separaban de tierra firme. Los mayores no lamentaban regresar a las distracciones del mundo de los hombres, tras pasar dos meses en compañía del viento, el sol, las olas y los ondulantes tallos de la hierba. Pero los niños volvían con la cara bañada en lágrimas. Dejaban atrás a la mascota de la familia, el sempiterno camarada de sus migraciones, una preciosa gata con cara de luna y rayada como un tigre. El animal había desaparecido dos días antes, se había desvanecido misteriosamente de la desnuda faz de la isla. La única explicación razonable parecía ser que un águila la hubiera atrapado al vuelo.

La gata, mientras tanto, estaba presa en el otro extremo de la isla, oculta bajo un barril roto y varios quintales de arena amontonada.

El viejo barril, con las duelas de un lateral rotas y arrancadas en algún tropiezo pretérito con las mareas, había permanecido medio enterrado en lo alto de un montículo de arena erigido por el implacable viento. En su interior había encontrado la gata un hueco resguardado que el sol inundaba, donde tenía por costumbre pasar horas ovillada, deleitándose y durmiendo. Mientras tanto, la arena había ido acumulándose sin cesar tras la inestable barrera hasta que alcanzó demasiada altura y de pronto, embestido por una ráfaga de viento más fuerte, el barril acabó por volcar bajo la masa de arena y enterrar a la gata durmiente, aislándola de la vista y de la luz. Sin embargo, al mismo tiempo, la mitad recia del barril había formado un techo seguro para su prisión, gracias a lo cual el animal no había acabado aplastado ni asfixiado. Cuando los niños, en su ansiosa búsqueda por toda la isla, llegaron al montículo de fina arena blanca, apenas le dedicaron una mirada desdeñosa. No oyeron los débiles maullidos que brotaban a intervalos de la rigurosa oscuridad de su interior y se alejaron de allí afligidos, sin imaginar siquiera que su amiga estaba atrapada prácticamente bajo sus pies.

Durante tres días, la prisionera siguió lanzando sus intermitentes llamadas de socorro. Al tercero, el viento viró y se desató un vendaval que en pocas horas desenterró el barril. Un diminuto punto de luz apareció en un rincón. La gata se apresuró a introducir una zarpa por el orificio; al retirarla, la obertura se había agrandado considerablemente. El animal comprendió la lógica al instante y empezó a escarbar. Al principio sus esfuerzos no vieron mucha recompensa, pero enseguida, ya sea por fortuna o por rauda sagacidad, ella aprendió a escarbar con más eficacia. El hueco creció rápidamente, y la gata se escurrió por él al exterior.

El viento, cargado de arena, barría con furia la isla. El mar se arrojaba contra la playa y la pisoteaba con el estruendo de un bombardeo. La vegetación, azotada, se combaba pálida formando largas franjas de hierba plana y trémula. El sol observaba la agitación desde un azul intenso y despejado. En el mismo instante en que tomó contacto con el ímpetu del vendaval, la gata estuvo a punto de salir volando; en cuanto consiguió recuperar el equilibrio, se agazapó y se precipitó hacia la hierba en busca de refugio. Pero poco refugio había allí: los largos tallos rozaban el suelo como postrados por una mano implacable. A través de sus zarandeadas hojas, no obstante, corrió perseguida por el viento en dirección a la casa de campo, ubicada en el otro extremo de la isla, donde encontraría, como ingenuamente imaginaba, no solo comida y abrigo, sino también el consuelo y el cariño que la harían olvidar su terror.

Indeciblemente desierta y desolada bajo la intensa luz del sol y el aullar del viento, la casa la atemorizó. No conseguía entender los postigos cerrados y asegurados, las puertas clausuradas e indiferentes que ya no se abrían ante sus desesperadas súplicas. Después de que el viento la arrastrara sin piedad por la galería desierta, se encaramó con dificultad al alféizar de la ventana del comedor, por donde tantas veces la habían dejado entrar, y permaneció allí unos instantes antes de proferir un acongojado alarido. Luego, presa de un súbito pánico, saltó y corrió hacia el cobertizo, que encontró en el mismo estado. Nunca había visto sus puertas cerradas y no lograba comprender por qué lo estaban. Reptó cautelosa alrededor de los cimientos de la casa, pero eran recios y firmes: imposible entrar por ahí. Lo único que había por todos los costados eran las fachadas impertérritas, inexpresivas e impenetrables que la vieja casa familiar le ofrecía.

Los niños siempre la habían mimado y consentido tanto que la gata nunca había tenido necesidad de ir en busca de alimento; pero, por suerte para ella en semejante tesitura, había aprendido a cazar por diversión ratones en las marismas y gorriones en la hierba. Y en ese momento, hambrienta como estaba tras el largo ayuno bajo la arena, se alejó abatida de la casa desierta y se dirigió despacio y cautelosa, al abrigo de una cadena de montículos de arena, a una pequeña oquedad herbosa que conocía. Allí el vendaval solo alcanzaba los extremos de los tallos de la hierba, a los que combaba sin llegar a postrar, y en aquella calidez y aquella calma relativa, los pequeños y peludos habitantes de la marisma, ratones y musarañas, se dedicaban tranquilamente a sus cosas. La gata, rápida y sigilosa, atrapó uno y alivió así la ferocidad de su apetito. Luego atrapó varios más. Y después, tras volver a la casa, pasó horas merodeando compungida por su entorno, rodeándola una y otra vez, olisqueando y rebuscando, profiriendo maullidos lastimeros en el umbral y los alféizares de las ventanas, y viéndose cada poco ignominiosamente arrastrada por el suelo desnudo de la galería. Al final, sumida en el desaliento y la desesperanza, se acurrucó para protegerse del viento al pie de la ventana de la habitación de los niños y trató de dormir.

Al día siguiente el vendaval remitió y la hierba volvió a erguirse entre un revuelo de pájaros y pequeñas mariposas otoñales marrones y amarillas bajo el sol de septiembre. Inhóspita como era la isla, bullía, sin embargo, con la ajetreada e ínfima vida del pasto y los arenales. Ratones, grillos, saltamontes...; no parecía haber motivo para que la gata pasara hambre o se aburriera. Volvió a rodear la casa y el cobertizo, desde los cimientos hasta el tejado y la chimenea, aullando cada poco con una voz hueca y melancólica que podría haberse oído en toda la isla de haber habido alguien que escuchara, y también maullando cada poco con tonos leves y lastimeros no más audibles que los de un cachorro. Pasaba tandas de cuatro horas, cuando el hambre no la incitaba a la caza, sentada expectante en la cornisa de una ventana, o frente a la puerta, o en la escalera de la galería, con la esperanza de que en cualquier momento alguno de los accesos se abriera y unas voces conocidas y queridas la llamaran desde el interior. Cuando iba a cazar, lo hacía con una peculiar ferocidad, como para vengarse de algún agravio mayúsculo pero apenas comprendido.

Pese a la soledad y la tristeza, durante las dos o tres semanas siguientes, la vida de la prisionera de la isla en absoluto fue ardua. Además de disponer de abundante alimento en forma de pájaros y ratones, aprendió deprisa a capturar diminutos pececillos en la desembocadura del arroyo, donde las aguas dulces y saladas se encontraban. Aquello se tornó en un juego emocionante, y la gata pronto fue experta en hacerse con un bacalao gris en ruta y algún ammodítido azul y plateado con un simple barrido de su bien pertrechada garra. Pero cuando las tormentas equinocciales rugieron sobre la isla, con su lluvia furibunda y sus nubes bajas y negras hechas jirones, la vida se volvió más compleja para ella. Todos los animales huyeron despavoridos en busca de refugios recónditos y se esfumaron misteriosamente. Resultaba difícil moverse por entre la hierba encharcada y azotada por el viento, y, además, la gata detestaba la humedad. Pasaba hambre casi todo el tiempo, sentada, mohína y afligida, al abrigo de la casa y mirando desafiante la embravecida contienda de las olas.

La tormenta se prolongó casi diez días antes de extinguirse por completo. En el octavo encallaron en la orilla los restos de una pequeña goleta naufragada de Nueva Escocia, a la que un vapuleo inclemente había despojado de todo parecido con un navío. Sin embargo, pese a ser un mero casco, albergaba a cierto tipo de pasajeros: una horda de ratas empapadas, que consiguió vadear el oleaje y correteó hacia el cobijo de la hierba. Enseguida se adaptaron a su nuevo entorno, hurgando entre las raíces de la vegetación y bajo maderos semienterrados, y sembrando el pánico entre las filas de ratones y musarañas. En cuanto la tormenta cesó, la gata se llevó una contundente sorpresa en su primera expedición larga de caza. Había oído un susurro en la hierba y decidió seguirlo, esperando encontrarse con un ratón particularmente grande y rollizo. Cuando se abalanzó y aterrizó sobre una rata enorme procedente del viejo barco, con muchas travesías y muchas batallas en su haber, recibió una terrible mordedura. Semejante experiencia no se contaba entre su bagaje. En un primer momento se sintió tan malherida que a punto estuvo de recular y huir. Luego su pugnacidad latente despertó, y también el ardor de sus ancestros más lejanos: se lanzó a la lucha con una rabia que obvió sus lesiones, y la contienda fue breve. Pese a estar hambrienta, arrastró a la difunta rata hasta la casa y la depositó ufana en el suelo de la galería, ante la puerta, como exhibiéndola a la vista de sus amigos desaparecidos. Aguardó inmóvil y esperanzada unos instantes allí, tal vez con la melancólica idea de que una ofrenda tan espléndida ablandaría el corazón de los ausentes y los convencería de regresar. Pero nada ocurrió, de modo que, entristecida, llevó la presa escalera abajo, hasta su habitual guarida en la arena, y la engulló por entero a excepción de la cola. Sus heridas, que lamía confiada, no tardaron en curar en aquel aire limpio y tonificante, y a partir de entonces, habiendo aprendido a arreglárselas con presas tan grandes, no volvió a sufrir ninguna mordedura.

En la primera luna llena tras su abandono, la primera semana de octubre, la isla recibió la visita de un tiempo calmo, con mordaces heladas nocturnas. La gata descubrió entonces que resultaba más emocionante cazar de noche y dormir de día. No era sino una reversión natural a los instintos de sus antepasados, pero para ella constituyó todo un hallazgo. Descubrió también que a esas horas, bajo la extraña blancura de la luna, todas sus presas potenciales estaban activas, a excepción de los pájaros, aunque todos ellos habían huido durante la tormenta a tierra firme, donde ya se congregaban en visos de su inminente travesía al sur. Los herbazales escaldados, descubrió asimismo, rezumaban murmullos y correteos, y en las fantasmagóricas arenas blancas correteaban por doquier figuras pequeñas y vagas profiriendo débiles chillidos. Conoció un pájaro nuevo, que consideró con recelo en un principio y con ira vengadora después. Se trataba del búho pardo de pantano, llegado de tierra firme para cazar algún que otro ratón durante el otoño. Había en la isla dos parejas de estos cazadores grandes y voraces, de alas aterciopeladas y ojos redondos, e ignorantes de la presencia de una gata allí.

Observando a uno de estos búhos descender en picado y en absoluto silencio una y otra vez sobre los tallos plateados, la gata se agazapó y echó las orejas atrás. Con su amplia envergadura, el ave parecía más grande que ella misma, y su cara redondeada, su pico ganchudo y sus ojos feroces y escrutadores le conferían un aspecto formidable. Pero ella no era cobarde, y en ese instante, aunque no sin una comprensible cautela, se lanzó a la caza. De pronto el búho la atisbó entre el herbaje; probablemente viera sus orejas o su cabeza. Se lanzó hacia la gata y esta dio un gran brinco para enfrentar el asalto, bufando y gruñendo con furia, y embistiendo con las garras desenfundadas. Con un agitar frenético de sus grandes alas, el búho se detuvo, ascendió y eludió por muy poco esas zarpas indignadas. Después de este episodio, tanto él como sus compañeros se aseguraron de evitarla en lo posible; comprendieron que era preferible no interferir con el animal de rayas, sus ágiles y veloces saltos y sus temibles garras, y observaron que guardaba algún parentesco con ese peligroso merodeador: el lince. No obstante, si bien se habían visto importunados por la presencia en la isla de un rival tan peligroso como ella, también recibieron la generosa recompensa de la llegada de las ratas, que les proveyeron de una caza excelente, de una cualidad que nunca antes habían probado. A pesar de las cacerías, la peluda actividad de la marisma era tan abundante e inagotable que los expolios de la gata, las ratas y los búhos apenas hacían mella en ella. Así, la caza y el regocijo siguieron conviviendo bajo una luna indiferente, y los enjambres de vida que el destino perdonaba y dejaba intactos eran tan indiferentes como la misma luna a las misteriosas desapariciones de sus congéneres.

Con el devenir del invierno y sus rachas de frío gélido y vientos variables que la obligaban a cambiar de refugio constantemente, la infelicidad de la gata fue en aumento. La falta de un hogar le provocaba un dolor punzante, pues no consiguió encontrar en toda la isla un solo rincón donde sentirse a salvo tanto del viento como de la lluvia. En cuanto al viejo barril, causa primera de su infortunio, tampoco él le era de utilidad: hacía ya mucho tiempo que los vientos lo habían volcado por completo, dejándolo abierto al cielo y llenándolo después de arena para acabar por enterrarlo de nuevo. Y en cualquier caso, la gata habría temido volver a acercarse a él: no le faltaba memoria. Así, resultó que, de todos los habitantes de la isla, solo ella carecía de un refugio en el que guarecerse cuando llegó el verdadero viento, con nieves que ocultaron la hierba y heladas que ribetearon la orilla con afilados témpanos de hielo. Las ratas disponían de sus cuevas bajo los restos semienterrados del naufragio; los ratones y las musarañas contaban con sus túneles, profundos y cálidos; los búhos tenían nidos en árboles huecos lejos de allí, en los bosques continentales. Pero la gata, trémula y asustada, nada podía hacer salvo acurrucarse contra las paredes impertérritas de la implacable casa y dejar que la nieve se arremolinara y acumulara a su alrededor.

Y de pronto, para abundar en su desgracia, vio que su fuente de alimento se agotaba. Los ratones corrían seguros en sus pasadizos subterráneos, donde las raíces de la hierba les proporcionaban forraje fácil y abundante. También las ratas habían desaparecido de la vista tras excavar madrigueras en la nieve blanda con la esperanza de interceptar los túneles de los ratones y llevarse a algún transeúnte incauto. El ribete de hielo, que se desmigajaba y ascendía a merced de las despiadadas mareas, puso fin a su pesca. Habría tratado de atrapar a alguno de los formidables búhos, azuzada por el hambre, pero estos habían dejado de frecuentar la isla. Sin duda volverían más adelante, cuando la nieve se hubiera endurecido y los ratones empezaran a salir y a jugar en su superficie, pero por el momento preferían perseguir presas más fáciles en las profundidades de los bosques de las tierras altas.

Cuando la nieve dejó de caer y el sol volvió a salir, sobrevino el frío más intenso que jamás hubiese sentido la gata. Hambrienta como estaba, no conseguía dormir y se pasó la noche merodeando..., por fortuna, pues de haberse quedado dormida, sin más cobijo que la fachada de la casa, no habría vuelto a despertar. En su zozobra deambuló hasta el otro extremo de la isla, donde, en un rincón de la costa bastante protegido y soleado, frente a tierra firme, encontró un pequeño tramo de arena limpia, sin témpanos de hielo y recién despejada por la marea. Y allí vio las diminutas entradas de varias ratoneras.

Al lado de uno de estos orificios en la nieve, muy cerca, la gata se agazapó, temblorosa y atenta. Esperó durante diez minutos o más sin mover siquiera un bigote. Al cabo, un ratón asomó su pequeña y puntiaguda cabeza. Temerosa de que cambiara de opinión o se alertara, la gata se abalanzó sobre él al instante. El ratón, vislumbrando el sino que se cernía sobre él, se dobló sobre sí mismo en la angosta pasarela. En su desesperación, sin apenas saber lo que hacía, la gata introdujo la cabeza y los hombros en la nieve y tanteó a ciegas en busca de la desaparecida presa. Para su inmensa suerte, dio con ella y la atrapó.

Era su primer bocado en cuatro amargos días.

Acababa de aprender una lección. De natural astuto y con los instintos afilados por sus perentorias necesidades, había tanteado la idea de seguir a su presa un poco por el interior de la nieve. No se había apercibido de que esta fuera tan dúctil. Prácticamente había destrozado el acceso a esa ratonera en particular, pero se animó a probar con otra, frente a la que se agazapó. Allí tuvo que esperar mucho tiempo antes de que un intrépido ratón se acercara a echar un vistazo al exterior. Pero en esta ocasión la gata demostró haber aprendido bien de la experiencia: saltó directamente sobre el costado de la entrada, donde el instinto le dijo que se encontraría el cuerpo del ratón; una zarpa bloqueó así su retirada. La táctica le granjeó un éxito rotundo, y en cuanto introdujo la cabeza en la esponjosa blancura, percibió la presa entre sus zarpas.

Con el apetito saciado, se sintió desbordada de emoción con este nuevo estilo de caza. Había aguardado a menudo frente a aberturas de ratoneras, pero nunca le había parecido posible romper sus paredes e irrumpir en los túneles. Era una idea excitante. Cuando avanzaba sigilosa hacia otro orificio, un ratón penetró en él a toda velocidad levantando polvo a su paso. La gata, no lo bastante rauda para atraparlo antes de que desapareciera, intentó seguirlo. Escarbando con torpeza pero esperanzada, consiguió penetrar por completo en la nieve. Por descontado, no encontró indicio alguno del fugitivo, que para entonces corría a salvo por algún oscuro túnel transversal. Con los ojos, la boca, los bigotes y el pelaje llenos de finas partículas blancas, retrocedió muy decepcionada. Entonces, sin embargo, advirtió que allí, bajo la nieve, tenía menos frío que fuera, a merced del punzante aire. Aquella era una segunda y trascendental lección. Y aunque con toda certeza no tenía conciencia de haberla aprendido, puso en práctica esta nueva perla de sabiduría un rato después. Tras apresar con éxito otro ratón, y sin un apetito acuciante, lo llevó a la casa y lo dejó como ofrenda en la escalera de la galería mientras maullaba y miraba desesperanzada la puerta desierta y cubierta de nieve. Al no recibir respuesta, se llevó consigo al difunto ratón hasta el hueco que había formado la protuberante ventana salediza situada al final de la casa. Allí se ovilló apesadumbrada con la intención de echar un sueñecito.

Pero el frío la atería. Miró la pared inclinada de nieve que tenía junto a sí e introdujo en ella, con suma cautela, una pata. Era muy blanda y ligera; parecía no oponer resistencia alguna. Se puso a escarbar con cierta impericia hasta que hubo excavado una especie de pequeña cueva. Entró en ella con cuidado y prensando la nieve de las paredes a su paso hasta disponer de suficiente espacio para darse la vuelta. Y eso es lo que hizo varias veces, como muchos perros hacen hasta que consiguen que su cama quede a su gusto. En este proceso no solo había apelmazado la nieve del suelo, sino que además había modelado para sí una acogedora alcoba redondeada con una, proporcionalmente, estrecha entrada. Desde este níveo refugio miró hacia fuera con un solemne aire de propietaria, y luego se durmió con una sensación de confort, una sensación hogareña que no había experimentado desde la desaparición de sus amigos.

Habiendo conquistado así su entorno, y habiéndole ganado la partida al rigor invernal, su vida, si bien ardua, ya no estaba plagada de penurias. Con paciencia frente a las ratoneras, podía cazar lo suficiente para alimentarse, y en su nueva guarida dormía caliente y segura. Al cabo de poco tiempo, cuando ya se había formado una costra sobre la superficie, los ratones empezaron a salir por la noche a divertirse en la nieve. Después también los búhos regresaron, y la gata, al intentar atrapar uno, recibió picotazos y zarpazos antes de comprender la conveniencia de retirarse. Tras esta experiencia concluyó que, en definitiva, era preferible no interferir con ellos. Y en consecuencia, le pareció una opción excelente cazar en los inhóspitos, blancos e ininterrumpidos confines de la nieve.

Dueña así de la situación, vio cómo el invierno transcurría sin mayores peripecias. Solo en una ocasión, hacia finales de enero, quiso el destino imponerle un espantoso cuarto de hora. En las postrimerías de una racha de frío particularmente gélido, un búho blanco gigantesco procedente de las tundras árticas llegó un día a la isla. La gata, que observaba desde un rincón de la galería, lo vio. Le bastó un vistazo para tener la certeza de que aquel visitante no era, ni de lejos, de la misma clase que los búhos pardos de pantano. Se dirigió con sumo sigilo hacia su guarida y, hasta que el gran búho blanco se marchó, unas veinticuatro horas después, permaneció discretamente fuera de la vista.

Cuando la primavera regresó a la isla, con el estridente coro nocturno de las ranas estriadas en las charcas someras y juncosas, y las aves anidando entre la hierba joven, la vida de la prisionera se tornó casi fastuosa con semejante abundancia. Pero ahora volvía a carecer de hogar, puesto que su guarida se había desvanecido con la nieve, aunque no le importó demasiado, ya que el tiempo se volvía más cálido y apacible día tras día y, además, habiendo recuperado por obligación instintos durante largo tiempo latentes, había llegado a apreciar el despreocupado vagabundeo de la naturaleza. No obstante, pese a su notable capacidad de aprendizaje y adaptación, no había olvidado nada. Por ello, cuando un día de junio una barca cargada de pasajeros llegó desde la costa continental y el griterío de unas voces infantiles ascendió sobre el herbaje y rompió el desolado silencio de la isla, la gata se incorporó de un salto en la escalera de la galería, donde dormía. Permaneció allí un segundo, escuchando atenta. Luego, casi como lo habría hecho un perro, y de una forma que la mayoría de sus altaneros parientes denostarían, corrió veloz hacia el lugar de atraque para que cuatro niños felices la tomaran en brazos al instante, y para que su precioso pelaje quedara tan alborotado que requiriera una hora de diligente aseo devolverlo a su estado natural.

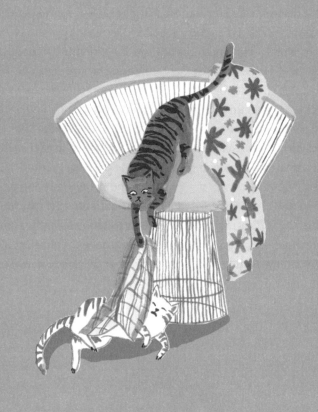

CUTUFATO Y SU GATO

RAFAEL POMBO

Quiso el niño Cutufato
Divertirse con un gato;
Le ató piedras al pescuezo,
Y riéndose el impío
Desde lo alto de un cerezo
Lo echó al río.

Por la noche se acostó;
Todo el mundo se durmió,
Y entró a verlo un visitante
El espectro de un amigo,
Que le dijo: ¡Hola! al instante
¡Ven conmigo!

Perdió el habla; ni un saludo
Cutufato hacerle pudo.
Tiritando y sin resuello
Se ocultó bajo la almohada;
Mas salió, de una tirada
Del cabello

Resistido estaba el chico;
Pero el otro callandico,
Con la cola haciendo un nudo
De una pierna lo amarró,
Y, ¡qué horror! casi desnudo
Lo arrastró.

Y voló con él al río,
Con un tiempo oscuro y frío,
Y colgándolo a manera
De un ramito de cereza
Lo echó al agua horrenda y fiera
De cabeza

¡Oh! ¡qué grande se hizo el gato!
¡qué chiquito el Cutufato!
¡Y qué caro al bribonzuelo
su barbarie le costó!
Más fue un sueño, y en el suelo
Despertó.

TOBERMORY

SAKI

Era la tarde fría y lluviosa de un día de finales de agosto, esa estación indefinida en la que las perdices están aún seguras o en suspensión temporal y no hay nada que cazar... a menos que uno limite al norte con el canal de Bristol, en cuyo caso podría uno correr legítimamente tras los gordos ciervos rojos. La fiesta de lady Blemley no limitaba al norte con el canal de Bristol, así que había un lleno total de invitados alrededor de la mesa del té en esa tarde en particular. Y, a pesar del vacío de la estación y de la trivialidad del momento, no había ni rastro entre la concurrencia de esa inquietud fatigosa que indica el miedo a la pianola y la discreta ansia del *bridge* de subasta. La atención embobada y sin disimulo de toda la fiesta estaba fija en la personalidad prosaicamente negativa del señor Cornelius Appin. De todos los invitados, él era el que había llegado a lady Blemley con la reputación más imprecisa. Alguien había dicho que era «inteligente» y obtuvo su invitación gracias a las moderadas expectativas, por parte de su anfitriona, de que al menos una parte de esa inteligencia contribuyese al entretenimiento general. En lo que iba de día, y llegada la hora del té, había sido incapaz de descubrir en qué dirección, si había alguna, se extendía su inteligencia. No era ingenioso ni un campeón en el cróquet ni una fuerza hipnótica ni un inspirador de representaciones teatrales de aficionados. Tampoco su exterior sugería el tipo de hombre al que las mujeres estarían dispuestas a perdonar un generoso equipaje de deficiencia mental. Había quedado reducido al simple señor Appin, y el Cornelius parecía apenas algo de transparente fanfarronería bautismal. Y ahora estaba asegurando que había lanzado al mundo un descubrimiento al lado del cual la invención de la pólvora, de la imprenta y de la máquina de vapor resultaban bagatelas insignificantes. La ciencia había dado pasos apabullantes en muchas direcciones durante las últimas décadas, pero esto parecía pertenecer a la esfera del milagro más que al logro científico.

—¿Y realmente nos pide que creamos —estaba diciendo sir Wilfrid— que usted ha descubierto un método para instruir a los animales en el arte del habla humana, y que ese querido y viejo Tobermory ha resultado ser su primer y exitoso alumno?

—Es un asunto en el que he trabajado durante los últimos diecisiete años —dijo el señor Appin—, pero solo durante los últimos ocho o nueve meses he sido recompensado con el vislumbre del éxito. Por supuesto, he experimentado con miles de animales, pero últimamente solo con gatos, esas maravillosas criaturas que se han asimilado tan maravillosamente a nuestra civilización conservando a la vez todos sus altamente desarrollados instintos salvajes. De vez en cuando, entre los gatos alguno alcanza un intelecto sorprendentemente superior, igual que ocurre entre los seres humanos, y cuando trabé conocimiento con Tobermory hace una semana enseguida me di cuenta de que estaba en presencia de un «gato avanzado» de extraordinaria inteligencia. Había llegado bastante lejos en el camino hacia el éxito en mis últimos experimentos; con Tobermory, como ustedes le llaman, he alcanzado la meta.

El señor Appin concluyó su notable aseveración con una voz que se esforzó en despojarse de cualquier inflexión de triunfo. Nadie dijo «ratas», aunque los labios de Clovis se movieron esbozando un monosílabo que probablemente invocaba a esos roedores de la incredulidad.

—¿Y quiere usted decir —preguntó la señorita Resker, tras una breve pausa— que usted ha enseñado a Tobermory a decir y entender frases sencillas de una sílaba?

—Mi querida señorita Resker —dijo el obrador de maravillas pacientemente—, uno enseña de esa manera y poco a poco a los niños pequeños y a los salvajes y a los adultos retrasados; cuando uno ha solucionado el problema del comienzo con un animal de inteligencia altamente desarrollada, no se necesitan tales métodos vacilantes. Tobermory puede hablar nuestro idioma con perfecta corrección.

Esta vez Clovis dijo muy claramente: «¡Más que ratas!».

Sir Wilfrid fue más educado, pero igualmente escéptico.

—¿No será mejor que hagamos entrar al gato y juzguemos por nosotros mismos? —sugirió lady Blemley.

Sir Wilfrid fue en busca del animal y los invitados se acomodaron lánguidamente a la espera de algún hábil espectáculo de ventriloquía de salón.

Un momento después, sir Wilfrid estaba de vuelta con el rostro blanco bajo su bronceado y con los ojos dilatados de excitación.

—¡Dios santo, es verdad!

Su agitación era inequívocamente genuina, y sus oyentes se pusieron en pie con un escalofrío de verdadero interés.

Derrumbándose sobre un sofá, prosiguió sin aliento:

—Lo encontré dormitando en el salón de fumar y le llamé para que viniera a tomar el té. Él parpadeó como hace siempre y yo le dije: «Vamos, Toby, no nos hagas esperar», y ¡Dios mío!, arrastrando las palabras y con una voz horriblemente natural dijo ¡que vendría cuando le diera la real gana! ¡Por poco pego un salto hasta el techo!

Appin había predicado para oyentes absolutamente incrédulos; la afirmación de sir Wilfrid provocó el convencimiento general. Se originó un coro de Babel de atónitas exclamaciones ante las cuales el científico permaneció sentado en silencio, disfrutando de los primeros frutos de su formidable descubrimiento.

En medio del clamor, Tobermory entró en la estancia y se dirigió con sedoso paso y estudiada indiferencia hacia el grupo sentado a la mesa de té.

Un repentino silencio tenso e incómodo se instaló entre los presentes. De algún modo, dirigirse en términos de igualdad a un gato doméstico de reconocida habilidad vocal parecía algo embarazoso.

—¿Tomarás un poco de leche, Tobermory? —preguntó lady Blemley con voz algo forzada.

—Me da igual —fue la respuesta, formulada en un tono de tranquila indiferencia. Un estremecimiento de sorpresa y excitación recorrió a la audiencia, y podría perdonársele a lady Blemley que derramara con torpeza toda la jarrita de leche.

—Me temo que he derramado gran parte de ella —dijo en tono de disculpa.

—Después de todo, no es mi Axminster[1] —fue la respuesta de Tobermory.

Un nuevo silencio cayó sobre el grupo y entonces la señorita Resker, con sus mejores modales de catequista voluntaria, le preguntó si le había resultado difícil aprender el lenguaje humano. Tobermory la miró directamente durante un momento y luego fijó serenamente sus ojos en la lejanía. Era obvio que aquella pregunta tan aburrida quedaba al margen de su estilo de vida.

—¿Qué opinas de la inteligencia humana? —preguntó Mavis Pellington con torpeza.

—¿La inteligencia de quién en particular? —preguntó Tobermory fríamente.

—Oh, bueno, de la mía, por ejemplo —dijo Mavis, con una débil risita.

—Me pone usted en una posición embarazosa —dijo Tobermory, cuyo tono y actitud ciertamente no sugerían ni pizca de embarazo—. Cuando se sugirió su inclusión en esta fiesta, sir Wilfrid se quejó de que era usted la mujer más descerebrada que conocía y que había una gran diferencia entre la hospitalidad y acoger a débiles mentales. Lady Blemley replicó que su falta de capacidad mental era precisamente la cualidad que la hacía merecer la invitación, pues era usted la única persona que se le ocurría lo bastante idiota como para comprarles el viejo coche. Ya sabe, el que llaman «la envidia de Sísifo», porque va divinamente cuesta arriba si se le empuja.

Las protestas de lady Blemley habrían tenido mayor efecto si aquella misma mañana no hubiera sugerido casualmente a Mavis que el coche en cuestión era justo lo que le convenía allá en su casa de Devonshire.

---

1   Famosas alfombras que se manufacturan en Devon desde el siglo XVIII. *(N. del T.)*

El mayor Barfield se lanzó rápidamente a una maniobra de distracción:

—¿Qué me dices de tus avances con la gatita parda allá en los establos?

Nada más decirlo todo el mundo se percató de la metedura de pata.

—Uno no suele discutir estos asuntos en público —dijo Tobermory gélidamente—. Tras observar por encima sus pasos desde que está usted en esta casa, imagino que encontraría inconveniente que yo llevara la conversación a sus propios asuntillos.

El pánico que provocó este comentario no se limitó al mayor.

—¿No te gustaría ir a ver si la cocinera ya tc ha preparado la comida? —sugirió lady Blemley presurosa, fingiendo ignorar el hecho de que faltaban al menos dos horas para la hora de cenar de Tobermory.

—Gracias —dijo Tobermory—. No tan seguido del té. No quiero morir de indigestión.

—Los gatos tienen nueve vidas, ya lo sabes —dijo sir Wilfrid efusivo.

—Posiblemente —respondió Tobermory—, pero un solo hígado.

—¡Adelaide! —dijo la señora Cornett—, ¿es que quieres animar a ese gato a ir a cotillear sobre nosotros en la sala de los sirvientes?

El pánico, de hecho, ya era general. Una estrecha balaustrada ornamental recorría el frente de la mayoría de las ventanas de los dormitorios de las Torres, y todos recordaron con consternación que esa balaustrada había sido el paseo favorito de Tobermory a todas horas, ya que desde allí podía contemplar a las palomas... y Dios sabe qué más cosas. Si lo que pensaba era

recuperar sus recuerdos en su actual estado de sinceridad, el efecto sería algo más que perturbador. La señora Cornett, que pasaba mucho tiempo en su tocador y cuyo cutis tenía fama de propender al nomadismo y aun así ser puntual, parecía tan inquieta como el mayor. La señorita Scrawn, que escribía una poesía fieramente sensual y llevaba una vida irreprochable, se limitó a mostrar irritación; si eres metódica y virtuosa en privado, no necesariamente deseas que todo el mundo lo sepa. Bertie van Tahn, que a los diecisiete años era tan depravado que hacía mucho tiempo que había renunciado a ser algo peor, se puso de un apagado tono blanco gardenia, pero no cometió el error de salir corriendo de la estancia, como Odo Finsberry, un joven caballero que se suponía que estudiaba para eclesiástico y al que posiblemente perturbó el pensar en las revelaciones escandalosas que podría escuchar respecto a otras personas. Clovis tuvo la presencia de ánimo de mantener una actitud exterior serena; privadamente, estaba calculando cuánto tiempo le llevaría obtener una caja de hámsteres a través de la agencia Exchange and Mart como material para sobornos.

Incluso en una situación delicada como la presente, Agnes Resker no podía soportar permanecer demasiado tiempo en segundo plano.

—¿Cómo habré venido yo a parar aquí? —preguntó dramáticamente. Tobermory aprovechó inmediatamente la brecha:

—A juzgar por lo que le dijo ayer a la señora Cornett en el campo de cróquet, salió usted a la caza de comida. Describió usted a los Blemley como la gente más aburrida que conocía, pero dijo que eran lo bastante inteligentes como para emplear a una cocinera de primera categoría; de otra manera les resultaría difícil que alguien volviera por segunda vez.

—¡No hay ni una palabra de verdad en lo que dice! Apelo a la señora Cornett —exclamó una Agnes consternada.

—La señora Cornett repitió más tarde su comentario a Bertie van Tahn —prosiguió Tobermory—, y dijo: «Esa mujer es la típica activista de las Marchas del Hambre; iría a cualquier parte por cuatro comidas garantizadas al día», y Bertie van Tahn dijo...

En este punto la crónica cesó piadosamente. Tobermory había captado un atisbo del gran gatazo amarillo de la rectoría abriéndose camino hacia él a través de los arbustos que conducían al ala de los establos. Al instante se había desvanecido como un rayo a través de la ventana abierta.

Tras la desaparición de su excesivamente brillante alumno, Cornelius Appin se vio acorralado por un huracán de amargos reproches, ansiosas preguntas y amedrentadas súplicas. La responsabilidad de lo sucedido recaía sobre él y debía tomar medidas para evitar que la cosa se complicara aún más. ¿Podía Tobermory enseñar su peligroso don a otros gatos?, fue la primera pregunta a la que tuvo que contestar. Entraba dentro de lo posible, respondió, que hubiera iniciado a su íntimo amigo, el minino del establo, en sus nuevas habilidades, pero era improbable que esta enseñanza hubiera tenido mayor alcance por el momento.

—Entonces —dijo la señora Cornett—, Tobermory podrá ser un gato valioso y una gran mascota; pero estoy convencida de que estarás de acuerdo, Adelaide, en que ambos, él y el gato del establo, deben ser eliminados sin mayor demora.

—¿No supondrás que yo he disfrutado del último cuarto de hora, verdad? —dijo lady Blemley amargamente—. Mi marido y yo apreciamos mucho a Tobermory... Al menos lo apreciábamos antes de estas horribles habilidades que le han sido infundidas; pero ahora, por supuesto, lo que hay que hacer es destruirlo lo antes posible.

—Podemos poner un poco de estricnina en las sobras que se come siempre a la hora de la cena —dijo sir Wilfrid—, y yo puedo ir y ahogar al gato del establo personalmente. Al cochero le dolerá perder a su mascota, pero yo le diré que ambos gatos han contraído una variedad de sarna muy contagiosa y que tememos que pudiera extenderse a las perreras.

—¡Pero mi gran descubrimiento! —protestó el señor Appin—. Todos esos años de investigación y experimentos...

—Puede usted ir y experimentar con las vacas de la granja, que están bajo el control apropiado —dijo la señora Cornett—, o los elefantes de los jardines zoológicos. Se dice que son sumamente inteligentes, y tienen la ventaja de que no andan deslizándose por nuestros dormitorios y bajo las sillas y todo eso.

Un arcángel que anunciase en estado de éxtasis el milenio, y luego se encontrase con que chocaba imperdonablemente con la regata de Henley y había indefectiblemente que posponerlo, no se habría mostrado más abatido que Cornelius Appin ante la recepción otorgada a su maravilloso descubrimiento. La opinión pública, sin embargo, estaba en su contra: de hecho, de haber sido consultada al respecto, una minoría bastante amplia habría votado a favor de incluirle también a él en la dieta de estricnina.

Malas combinaciones de trenes y un nervioso deseo de ver solucionado prontamente el asunto impidieron la inmediata dispersión de la concurrencia, pero la cena de esa noche no fue un éxito social. Sir Wilfrid había pasado un mal rato con el gato del establo y por consiguiente con el cochero. Agnes Resker restringió ostentosamente su cena a una tostada reseca, la cual mordía como si fuera un enemigo personal; Mavis Pellington, por su parte, se encerró en un rencoroso silencio durante toda la comida. Lady Blemley mantuvo vivo el flujo de lo que esperaba que pasase por una conversación, pero su atención estaba fija en la puerta de entrada. Un platillo en el que se habían dosificado cuidadosamente restos de pescado estaba dispuesto en el aparador, pero los dulces, los salados y los postres pasaron sin que Tobermory apareciera ni en el comedor ni en la cocina.

La cena sepulcral resultó jovial comparada con la posterior vigilia en el salón de fumar. Comer y beber había al menos proporcionado una distracción y un disfraz a la turbación imperante. El *bridge* estaba fuera de toda discusión ante la tensión nerviosa y el estado de ánimo generales, y después de que Odo Finsberry hubiera ofrecido una lúgubre versión de *Melisanda en el bosque* a una audiencia glacial, la música fue tácitamente abolida. A las once, los criados se acostaron tras anunciar que la ventanita de la despensa quedaba abierta, como siempre, para uso privado de Tobermory. Los invitados se dedicaron a leer sin descanso el lote de las revistas más recientes y fueron gradualmente recurriendo a la Biblioteca del Bádminton y los volúmenes encuadernados de Punch. Lady Blemley hacía periódicas visitas a la despensa y volvía cada vez con una expresión de apático abatimiento que hacía superflua cualquier pregunta.

A las dos, Clovis rompió el silencio dominante:

—No vendrá esta noche. Probablemente estará en este momento en la redacción del periódico local dictando la primera entrega de sus memorias.

En ellas no figurará Lady Cómo Se Titulaba Su Libro. Será el acontecimiento del día.

Tras esta contribución a la jovialidad general, Clovis se fue a la cama. A largos intervalos, varios miembros de la fiesta fueron siguiendo su ejemplo.

Los criados, al servir el té de la mañana, hicieron un unánime anuncio en respuesta a las unánimes preguntas. Tobermory no había vuelto.

El desayuno fue, si cabe, una ceremonia aún más ingrata que la cena, pero, antes de que concluyese, la situación se distendió. El cadáver de Tobermory fue traído desde los matorrales, donde había sido encontrado por un jardinero. A juzgar por los mordiscos en su garganta y el pelaje amarillo que recubría sus garras, resultaba evidente que había entablado un desigual combate con el gatazo de la rectoría.

Hacia el mediodía, la mayor parte de los invitados habían abandonado las Torres y, después del almuerzo, lady Blemley recobró el ánimo lo bastante como para escribir una carta extremadamente desagradable a la rectoría comentando la pérdida de su valiosa mascota.

Tobermory había sido el único alumno exitoso de Appin, y estaba destinado a no tener sucesor. Unas pocas semanas más tarde, un elefante del Jardín Zoológico de Dresde, que nunca anteriormente había mostrado signos de irritabilidad, se soltó y mató a un inglés que aparentemente había estado provocándolo. El nombre de la víctima se escribió en los periódicos en formas tan diversas como Appin o Eppelin, pero su nombre de pila fue fielmente registrado como Cornelius.

—Si estaba tratando de enseñarle los verbos irregulares alemanes a la pobre bestia —dijo Clovis—, se merecía lo que le ha pasado.

SOLILOQUIO DE UNA VIEJA GATA MORIBUNDA

ANNA SEWARD

Años me vieron con la gracia de la mansión de Acasto,
la más elegante y guapa de la raza de los gatos;
retozando ante él por el claro del jardín,
o tumbada a sus pies, tranquila y feliz;
alabada por mi sedoso lomo digno de una cebra
y, alrededor del cuello, una guirnalda negra,
suaves zarpas que nunca sacan afiladas garras,
los bigotes níveos y la sinuosa cola elevada;
ahora la avanzada edad vela las pupilas atentas
y el dolor ha anquilosado estas patas ágiles y esbeltas;
el destino de seis vidas se evaporó en un suspiro,
y aun la séptima se escapa por mis venas hacia el limbo.
No hay duda de que el futuro muchos bienes me reserva
cuando del fuego de mi amo disfrutar ya no pueda,
en esos benditos climas donde se apartan los peces
de ríos agitados y de lagos relucientes;
allí, mientras nuestra astuta y sigilosa raza contempla
encarnadas y atrayentes motas, doradas aletas,

aventurándose a nadar sin olas que las protejan,
boquean en bancos calmos nuestras fáciles presas;
mientras las aves sin alas por el suelo ociosas saltan
y el rollizo ratón trota ingenuo, sin miedo a nada,
junto a fuentes de nata que los mortales no quitan jamás,
con cálido maro cubriendo el borde, dulce manjar;
donde la verde valeriana se extiende exuberante,
limpia la guarida y forma un lecho fragante.
Mas, severo dador de la estocada postrera,
antes de derrotar a una vieja gata rastrera
escucha su última voluntad con oído atento,
unos días, unos breves días, dale aquí de consuelo;
así al constante guardián del bienestar de esta minina
revelarán estas tiernas verdades sus ronroneos y caricias:
Jamás tu agonizante gata podrá llegar a olvidar
la deuda eterna hacia tu amable cuidado y tu bondad,
ni todos los gozos que prometen los dulces reinos
superarán los mimos dados por ti, mi dueño,
a un sinfín de ratones prefiero tus sobras y huesos,
tu pan, a los peces dorados y a las aves sin vuelo;
el borde de jugoso maro y el lecho de valeriana
tu Selima desdeñará con la cabeza gacha,
suspira por no poder trepar ya con alegría
a tu sofá mullido y a tu dura rodilla;
¡ay! Incluso las fuentes de nata maldecirá,
porque tú, amantísimo amo, no estarás allá.